# 金陵全書

丁編・文獻類

# 文心雕龍

（南朝梁）劉勰 撰

# 詩品

（南朝梁）鍾嶸 撰

# 古畫品録

（南朝梁）謝赫 撰

# 千字文

（南朝梁）周興嗣 撰

南京出版傳媒集團
南京出版社

圖書在版編目（CIP）數據

文心雕龍 /（南朝梁）劉勰撰. 詩品 /（南朝梁）鍾嶸撰. 古畫品録 /（南朝梁）謝赫撰. -- 南京：南京出版社，2021.4

（金陵全書）

本書與“千字文”合訂

ISBN 978-7-5533-3200-0

Ⅰ.①文… ②詩… ③古… Ⅱ.①劉… ②鍾… ③謝… Ⅲ.①中國文學－古典文學－作品綜合集－南朝時代 Ⅳ.①I213.92

中國版本圖書館CIP數據核字(2021)第037882號

書　　名　【金陵全書】（丁編・文獻類）
文心雕龍・诗品・古畫品録・千字文

作　　者　（南朝梁）劉勰　（南朝梁）鍾嶸　（南朝梁）謝赫　（南朝梁）周興嗣

出版發行　南京出版傳媒集團
南京出版社

社址：南京市太平門街53號　郵編：210016

網址：http://www.njcbs.cn　電子信箱：njcbs1988@163.com

聯系電話：025-83283893、83283864（營銷）　025-83112257（編務）

出 版 人　項曉寧
出 品 人　盧海鳴
責任編輯　楊傳兵　嚴行健
裝幀設計　楊曉崗
責任印製　楊福彬

製　　版　南京新華豐製版有限公司
印　　刷　南京凱德印刷有限公司
開　　本　889毫米×1194毫米　1/16
印　　張　35.75
版　　次　2021年4月第1版
印　　次　2021年4月第1次印刷
書　　號　ISBN　978-7-5533-3200-0
定　　價　800.00元

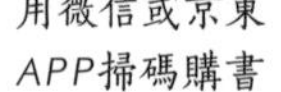

用微信或京東APP掃碼購書

用淘寶APP掃碼購書

# 總序

南京，古稱金陵，中國著名的四大古都之一，是國務院首批公佈的國家歷史文化名城。

南京有着六十萬年的人類活動史，近二千五百年的建城史，約四百五十年的建都史，享有『六朝古都』『十朝都會』的美譽。南京歷史的興衰起伏在某種程度上可以説是中國歷史的一個縮影。在中華民族光輝燦爛的歷史長河中，古聖先賢在南京創造了舉世矚目、富有特色的六朝文化、南唐文化、明文化和民國文化，爲中華民族文化的傳承和發展做出了不朽貢獻。然而，由於時代的遞遷、戰爭的破壞以及自然的損毀等原因，歷史上南京的輝煌成就以物質文化形態留存下來的相對較少，見諸文獻典籍的則相對較多。南京文獻内涵廣博，卷帙浩繁，版本複雜。截至一九四九年中華人民共和國成立，南京文獻留存下來的有近萬種，在全國歷史文化名城中名列前茅。以六朝《世説新語》《文心雕龍》《昭明文選》，唐朝《建康實録》，宋朝《景定建康志》《六朝事迹編類》，元朝《至正金陵新志》，明朝《洪武京城圖志》《金陵古今圖考》《客座贅語》，清朝《康熙江寧府志》《白下瑣言》，民國《首都計劃》《首都志》《金陵古蹟圖考》等爲代表的南京地方文獻，不僅是南京文化的集中體現，也是中華民族優秀傳統文化的重要組成部分。這些南京文獻，積澱貯存了歷代南京人民的經驗和智慧，翔實地反映了南京地區的社會變遷，是研究南京乃至全國政治、經濟、軍事、文化、外交和民風民俗的重要資料。

歷史上的南京文化輝煌燦爛，各類圖書典籍琳琅滿目。迄今爲止，南京文獻曾經有過三次不同程度的整理。

第一次是距今六百多年前的明朝永樂年間，明朝中央政府在南京組織整理出版了《永樂大典》。《永樂大典》正文二萬二千八百七十七卷，凡例和目録六十卷，分裝成一萬一千零九十五册，總字數約三億七千萬字。書中保存了中國上自先秦、下迄明初的各種典籍資料達七八千種，是中國古代最大的類書。

第二次是民國年間，南京通志館編印了一套《南京文獻》。《南京文獻》每月一期，從一九四七年元月至一九四九年二月共刊行了二十六期，收入南京地方文獻六十七種，包括元明清到民國各個時期的著作，其中收録的部分民國文獻今天已經成爲絶版。

第三次是二〇〇六年以來，南京出版社選取部分南京珍貴文獻，整理出版了一套《南京稀見文獻叢刊》點校本，到二〇二〇年，已經出版了六十九册一百零五種，時代上起六朝，下迄民國，在學術普及方面做出了一定的貢獻。

中華人民共和國成立以來，尤其是改革開放以來，南京的政治、經濟、文化建設飛速發展，但南京文獻的全面系統整理出版工作一直没有得到應有的重視，這與南京這座國家歷史文化名城的地位頗不相稱。據調查，目前有關南京的各類文獻主要保存在南京圖書館、南京市檔案館，以及全國各地的高等院校、科研院所、圖書館、檔案館、博物館，少數流散於民間和國外。一方面，廣大讀者要查閲這些收藏在全國各地的南京文獻殊爲不便；另一方面，許多珍貴的南京文獻隨着歲月的流逝而瀕臨損毁和失傳。南京文獻的存史、資治、教化、育人功能没有得到應有的發揮。

盛世修史（志）。在中華民族和平崛起和大力弘揚民族傳統文化、全力發展民族文化事業的大背景下，在建設『文化南京』的發展思路下，中共南京市委、南京市人民政府於二〇〇九年十二月做出決定，將南京有史以來的地方文獻進行全面系統的匯集、整理和影印出版，輯爲《金陵全書》（以下簡稱《全書》），以更好地搶救和保護鄉邦文獻，傳承民族文化，推動學術研究，促進南京文化建設；同時，也更爲有効地增加南京文獻存世途徑，提昇南京文獻地位，凸顯南京文獻價值。

爲編纂出能够代表當代最高學術水平和科技成就，又經得起時間檢驗的《全書》，我們將編纂工作分成三個階段進行。第一個階段爲調研階段，主要對南京現存文獻的種類、數量、保存現狀以及收藏地點等進行深入細緻的調研，召集專家學者多次進行學術論證和可操作性論證，撰寫出可行性調查報告，爲科學決策提供依據，此項工作主要由中共南京市委宣傳部和南京出版社組織完成。第二個階段爲啓動階段，以二〇〇九年十二月二十四日召開的『《金陵全書》編纂啓動工作會』爲標志，市委主要領導親自到會動員講話，市委宣傳部對《全書》的編纂出版工作作了明確部署。在廣泛徵求專家學者意見的基礎上，確定了《全書》的總體框架設計，確定了將《全書》列爲市委宣傳部每年要實施的重大文化工程，確定了主要參編責任單位和責任人，並分解了任務。第三個階段爲編纂出版階段，主要在全國範圍內進行資料的徵集、遴選和圖書的版式設計、複製、排版及印製工作。

爲了確保《全書》編纂出版工作的順利進行，中共南京市委、南京市人民政府成立了專門的編纂出版組織機構。其中編輯工作領導小組，由中共南京市委、市政府領導以及相關成員單位主要負責人組成；《全書》的編纂出版工作由市委宣傳部總牽頭；學術指導委員會，由蔣贊初、茅家琦、梁白泉等一批全國著名的專家學者組成，負責《全書》的學術審核和把關。

《全書》分爲方志、史料、檔案和文獻四大類。自二〇一〇年起，計劃每年出版四十册左右。鑒於《全書》的整理出版工作難度較大，周期較長，在具體操作中，我們採取了分工協作的方式。市委宣傳部和南京出版社負責《全書》的總體策劃，其中方志部分，主要由南京市地方志編纂委員會辦公室和南京出版傳媒集團·南京出版社共同承擔；史料和文獻部分，主要由南京圖書館承擔；檔案部分，主要由南京市檔案局（館）承擔。《全書》的編輯出版，得到了江蘇省文化廳、江蘇省新聞出版局、江蘇省檔案局（館）、南京大學、南京圖書館、南京市文廣新局、南京市社科聯（社科院）、南京市文聯、金陵圖書館以及各區委宣傳部和地方志辦公室等單位及社會各界的熱情鼓勵和大力支持，尤其是得到了中國國家圖書館和全國各地（包括港臺地區）高等院校、科研院所、圖書館、檔案館、博物館等藏書單位的鼎力相助，在此表示深深的謝意！

我們相信，在中共南京市委、南京市人民政府的長期不懈支持下，在各部門、各單位的積極配合和衆多專家學者的共同努力下，這項功在當代、利在千秋的傳世工程一定能够圓滿完成。

《金陵全書》編輯出版委員會

# 凡例

一、《金陵全書》（以下簡稱《全書》）收録的南京文獻，分爲方志、史料、檔案和文獻四大類。

二、《全書》按上述四大類分爲甲、乙、丙、丁四編，以不同的封面顏色加以區分；每編酌分細類，原則上以成書時代爲序分爲若幹册，依次編列序號。

三、《全書》收録南京文獻的地域範圍，包括了清代江寧府所轄上元、江寧、句容、溧水、高淳、江浦、六合。

四、《全書》收録的南京文獻，其成書年代的下限爲一九四九年。

五、《全書》收録方志、史料和文獻，盡量選用善本爲底本。《全書》收録的檔案以學術價值和實用價值較高爲原則，一般選用延續時間較長、相對比較完整的檔案全宗。

六、《全書》收録的南京文獻底本如有殘缺、漫漶不清等情況，必要時予以配補、抽換或修描，以保證全書完整清晰；稿本、鈔本、批校本的修改、批注文字等均保留原貌。

七、《全書》收録的南京文獻，每種均撰寫提要，置於該文獻前，以便讀者了解其作者生平、主要内容、學術文化價值、編纂過程、版本源流、底本採用等情況。

八、《全書》所收文獻篇幅較大時，分爲序號相連的若幹册；篇幅較小的文獻，則將數種合編爲一册。

九、《全書》統一版式設計，大部分文獻原大影印；對於少數原版面過大或過小的文獻，適當進行縮小或放大處理，並加以説明。

十、《全書》各册除保留文獻原有頁碼外，均新編頁碼，每册頁碼自爲起訖。

# 總目録

金陵全書

丁編·文獻類

# 文心雕龍

（南朝梁）劉勰 撰

南京出版傳媒集團
南京出版社

# 提要

《文心雕龍》十卷，南朝梁劉勰撰。

劉勰（約四六六—約五三二），字彦和，東莞莒（今山東莒縣）人。祖劉靈真，宋劉忠成公秀之弟；父劉尚，曾任越騎校尉，早亡。勰幼年失怙，篤志於學，以家貧不婚娶，入定林寺依止律學宗師僧祐，十餘年間遍觀内典，抄一切經論，以類相從，録而序之，遂能博通。梁天監初，起家奉朝請，歷臨川王及南康王記室、車騎倉曹參軍、太末令、步兵校尉、東宫通事舍人等職，昭明太子蕭統好文學，因『深愛接之』。晚年奉梁武帝之命重返定林寺與慧震等共撰經，既畢，乞出家得爲沙門，易名慧地，『未期而卒』。著述除《文心雕龍》外，尚存《滅惑論》及《石像碑》。生平具見《梁書》卷五十及《南史》卷七十二本傳。

清人劉毓崧嘗考《文心雕龍》結撰年代在南朝齊之末，蓋《時序》一篇特於『齊』前加『皇』字，而評騭歷朝君臣之文獨於齊一意頌美。書既寫竣，劉勰欲取定於沈約以獲增價，沈之『貴盛』，實自南齊末主和帝（四八八—五〇二）時始，其『四聲説』已頗流行，勰即沈説之支持者。《文心雕龍》特重聲律，《情采》即以形文、聲文、情文爲『立文之道』，《聲律》亦論『雙聲』『迭韵』闡揚沈説，是故沈約讀後，『謂爲深得文理，常陳諸几案』。

據《序志》知《文心雕龍》本止二卷，後人乃分作十卷，《隋書·經籍志》即依以著録，歸於總集類，《四庫全書總目》列爲集部詩文評類之冠。其《原道》以下二十五篇『論文章體制』，《神思》以下二十四篇『論文章工拙』，合終章《序志》成五十篇，體大慮周，源流粲然，實足代表古典時代文學理論之最高成就。

劉勰自謂《文心雕龍》之命名，乃取『爲文之用心』而『古來文章，以雕縟成體』之意，《原道》《徵聖》《宗經》開宗明義，謂文本於自然之道，『論文必徵於聖，窺聖必宗於經』，後世文章無不自六經衍派；《正緯》《辨騷》以爲輔翼，故《序志》贊云『文果載心』，猶『文以載道』焉。案是説祖述荀卿、揚雄，主言議循禮儀爲順，是非以聖王爲師，然劉勰論文能不滯於偏解，明言『唯務折衷』，深具圓通之識，尤近釋氏，與沈約『均聖論』似相呼應。其後，自《明詩》以迄《書記》二十篇，論列文體逾六七十類，有有韵之文，有無韵之筆，諸體之源流、名義、特徵、名篇及作文之法要悉備，故曰『鋪觀列代，而情變之數可監；撮舉同异，而綱領之要可明』。《神思》以下二十四篇最見心法精要，若《神思》論謀篇構思之『神與物游』『酌理研閲』『博而能一』，《體性》論風格特質之『數窮八體』『功以學成』『得其環中』，《風骨》論思想内容之『析辭必精』『述情必顯』，《通變》論承繼革新之『斟酌質文』『隱括雅俗』，《情采》論情辭關繫之『爲情造文』『述志爲本』，《養氣》論精神盛衰之『務在節宣』『勿使壅滯』，《附會》論統籌文理之『會詞切理』『首尾相援』，《物色》論感於物象之『情以物遷』『辭以情發』等，皆有的放矢，非虚誕空談；至於《時序》所云『文變染乎世情，興廢繫乎時序』，能見文學史觀，《才略》《知音》《程器》另所涉議者，即批評賞鑒之類也。

《文心雕龍》包舉宏纖、勝義迭見，自足統系，所賴《序志》一篇卒章以顯志，總括撰述之意圖及理路，不可忽視。劉勰謂其『詳觀近代之論文者』，『或臧否當時之才，或銓品前修之文，或泛舉雅俗之旨，或撮題篇章之意』，然『魏典密而不周，陳書辯而無當，應論華而疏略，陸賦巧而碎亂，《流别》精而少功，《翰林》淺而寡要』，有鑒於前人之疏失，乃奮力成此一書，樞紐、綱領、毛目，靡不畢陳，篇目亦應『大衍之數五十』，而其用四十有九，期以『述先哲之誥』而『益後生之慮』，今日反觀審思，劉勰之志不可謂不遂矣。

清季鳴沙石室遺書重光，中有唐人草書寫本《文心雕龍》殘卷，旋爲斯坦因氏携去，藏諸大英博物館，乃今所知最早本子，相較通行本殊多异文，雖僅存《原道》贊語『龍圖獻體』之『體』字至第十五篇《諧讔》篇題，然片羽亦足珍寶。日人鈴木虎雄、近人趙萬里等皆有校記，自潘重規印行《唐寫〈文心雕龍〉殘本合校》（一九七〇），全豹始得公之於世。今存《文心雕龍》最早刻本，即上海圖書館藏元至正十五年（一三五五）刊於嘉興郡學之十卷本，卷首有曲江錢惟善序，詳述付梓顛末，其《隱秀》《序志》二篇脱文七百餘字，卷五闕第九葉，王元化嘗促成上海古籍社影印出版（一九八四），撰文弁之，謂明弘治甲子吴門本、嘉靖庚子新安本、嘉靖癸卯新安本、萬曆己卯張之象本、萬曆壬午《兩京遺編》本等與其出入甚少，或屬同一版本系統。又萬曆三十七年（一六〇九）刻《楊升庵先生批點文心雕龍音注》，即所謂梅慶生音注本，則爲後傳諸種評校本之祖，初印已膺『善本』之譽，其卷首許延祖楷書顧起元序，具言楊慎『以五色之管，標舉勝義』，而梅慶生『手自校讎，博稽精考，補遺刊衍，汰彼淆訛。

凡升庵先生所題識者，載之行間，以核詞致』，唯刊刻之際以五類符號代其五色。天啟二年（一六二二）梅氏重修音注本，除古吴陳長卿、金陵聚錦堂兩種刊本外，另有含曹學佺序及眉批者，卷一首葉版心下欄亦刻『天啟二年梅子庚第六次校定藏板』字樣，較前二種不缺《定勢》篇，且補刻《隱秀》篇缺文兩版，末附朱鬱儀跋略述其事，清人馬曰璐舊藏三册本與該本同，今在南京圖書館，然卷前謝兆申跋并梅慶生識語爲前者所無，據之可知己酉音注本爲謝氏刻成，謝跋亦題於當歲，天啟二年梅氏改補校定，憶謝氏研討之功，乃附刻舊跋以爲追念。該本有小楷批跋，工致精雅，序前傳録錢允治、何焯二氏題識九行，目録後跋中引『義門師』所稱云云，款署『岩録』，而眉批及浮簽尤多『何云某某』、『沈本作某』之語，足證非何焯、沈岩本人批校，或疑係馬曰璐過録者，未能遽定。

《金陵全書》收録的《文心雕龍》以南京圖書館藏明萬曆三十七年刻《楊升庵先生批點文心雕龍音注》本爲底本原大影印出版。珍本再傳，化身百千，學人之福在邇，文心之秀可鑒焉。

谷卿

按此書至正乙未刻于嘉禾弘治甲子刻於吳門嘉靖庚子刻于新安辛卯刻于建安癸卯又刻于新安萬曆己酉刻于南昌至隱秀一篇均之闕如也余從阮華山得宋本抄補始爲完書甲寅七月廿四日書于南宮坊之新居時年七十四歲功甫記

康熙甲申余弟心友得錢丈遵王家所藏馮己蒼手校本功甫此跋己蒼手抄于後乙酉携至京師余因補録之己蒼以天啟丁卯從宗伯借得回乞友人謝行甫録之其隱秀一篇恐遂多傳于世聊自録之則兩公之用心頗近于隘後之君子不可不以爲戒若余兄弟者蓋惟恐此篇傳之不廣或致湮没也乙酉除夕何煌記

文心雕龍批評音註序

彥和以為此書也濬發靈心而卽雕龍自命末篇敘齒來夢聖人旨蓋鴻遠乎此者有肄文之典陸機出賦摯虞之論並為藝苑懸衡彥和囊舉而獄究之疏瀹詞源搏裁舊匠甄敘風雅揚搉古今允執術作之金科文

章出玉尺也至其辭將佚麗蔚乎鸞
龍辨騷有云才高者菀其鴻裁中巧
者獵其豔詞昭是自為賞譽耳升菴
先生酷嗜其文咀唼菁藻要以五色
之筆標舉勝義讀者快焉顧世覆文
淪駁蝕相譔閒撢戲定猶俟剡除豫
章檮子庚氏既擷東榮之學復賞博

南之鑒矣自較讎博稽精考補遺刊
行於後余論凡升菴先生所題識者
載之行間以覈詞數至篇中贖引出
事畢用疏明旁采出文咸為昭晰使
歆悅研味者不滯乎十以罕覽索鉤
較者直攝孝標之勝若乎庾者徹獨
為劉氏之功臣抑亦稱楊公之益尋

矣昔彥和既諳此書欲取定于沈尚書無由自達乃負笈車前不同粥販洎休文取閱大爲稱賞謂其深得文理陳諸几案夫即寸心千古猶假通人名山寂寥遺帙誰賞肆今歷禩緜曖不可子雲斯知羽陵之蠹不腐神奇酉室之藏盍嬴泯繼彥和固言

百齡影徂千載心在矣故士有藉鍾鼎而質竹帛縈絀珪組而仰觚翰誠知不朽之攸寄也故抗辭以著世教子庚系本僎源洞精文事閱雅術之漸淪也是卲竆寐眘贊抽揚遺典懲兹画而與彼眞龍也徒菇号羣繇縣其雕蔚已乎君他所著術固以彪炳一

序三

時覩厥標尚可即知其崇之所存矣

萬曆己酉嘉平月江寧顧起元撰于

嬾真艸堂

天啟壬戌長至日莆陽宋穀重書

# 文心雕龍序

劉勰撰文心雕龍五十篇見於本傳文獻通考諸家評隲無稱焉文之一字最爲宗人所忌加以雕龍之號則目不閲此書矣黄魯直以作文者不可無雕龍

作史者不可無史通雖則推尊亦弗倫次曾直好掊擊故引子玄也論家劉子五卷唐志亦謂勰撰陳振孫歸之劉晝孔貽謂序云晝傷已不遇天下陵夷播遷江表故作是書按是勰

以前人似東渡時作其於文辭爍然可觀晁公武以淺俗譏之亦不好文之一証矣傳稱勰為文深于佛理京師寺塔名僧碑誌多其所作予讀高僧傳往往及之但惜不見全文一篇勰不

婚娶依沙门僧佑与之居處十餘年博通經論定林寺藏勰所次也竊恐佑高僧傳乃勰手筆耳沈約論文要易見予而見理使人易誦而賞譽雕龍謂其深得文理大抵理非深

入則不能躍然彥和兼炳而采
流故取重于休文也雕龍上廿
五篇銓次文體下廿五篇驅引
筆術而古今短長時錯綜焉其
原道以心即運思于神也其徵
聖以情即摠性于習也宗徑詓

律存乎風雅詮賦及餘家乎文通良工心苦可得而言夫雲霞煥綺泉石吹籟此形聲之至也然無風則不行風者化感之本原性情之符契詩貴自然〻〻者風也辭達而已達者風也

偉此經區以其深瑕歌同賦異
流于修靡都國文計先集太
史之府諸家詭術不適賢王
之求以至詞命動民有取於巽
諧隱自愉適用于時豈此風振
則本舉風徽則末墜乎亢風

 

骨一篇歸之於氣氣屬風也文理妙盡乃尚通變變亦風也剛柔乘利而定勢繫肯場時而鎔裁律調則標清而務遠位失則飄寓而不安風刺道喪比興之義已消物色動搖形似之

工猶接蓋均一氣也襲蘭轉蕙
是以披襟伐木析屋令人喪膽倏
焉而起不知所自倏焉而亡亦去
所終善御之人行乎八極知音
之士程于尺幅勰不云乎深於
風者其情必顯勰之深得文理

也正與休文之好易合而勰之所
以孤乃也則有風以使之者矣
雕龍苦無善本漶漫不可讀
相傳爲楊用脩批點者然叢隱
未標字譌猶故予友梅子庾
從事於斯音註十五而校正十

七差可讀矣予以公暇取青州本寫校之間鐵其大指是亦以易見焉而少補茲刻之易見事易誦者也江州與子庚將為左萬曆壬子春仲友人曹學佺撰

天啓壬戌孟冬洪寬書

校刻楊升菴先生批點文心雕龍音註凡例

一雕龍五十篇楊用脩間有批評一篇之上或總批或另批今總批則附本篇之末另批則入本段之中俱用雙行小字以便觀者

一圈點楊用脩元用紅黃綠青白五色筆今刻本不能爲五色因作五種區別以代之其紅色圈作◎點作◊其黃色圈作⊙點作◊其綠色圈作□點作△其青色圈作

●點作丶其白色圈作○點作◌其人名
元用斜角地名元用長圈今人名地名已
爲註釋二法無所用

一元本字句雖經楊用脩校正而其脫其誤
其衍十尚七八因取諸家所校衆本參互
攷訂以改其誤補其脫刪其衍視元本自
謂五倍其功然訛若渡河喻同掃葉補闕
訂疑尚俟來喆

一篇中於改補字外用一□圈之且註元脫

元誤幷元改補人姓字于下如無姓字即
爲愚所正者欲使讀者知諸家用心之苦
與愚校訂之煩爾

一篇中字有訛者註云當作某疑者註云疑
作某他本與元本不同而二義俱通者註
云一作某皆存其本文不欲擅易志愼也

一音字專以韻會一書叶切

一註元爲字句脫誤甚多至不可讀乃尋攷
諸書用以改補復引諸書之文以相印證

又因篇中之事有難通曉者諸書之文有多秀偉者釋名釋義有便初學者遂並載其文而註成焉故每篇之中有註有不註每段之中或詳或略

一各註居各篇之後不令本文間斷唯人名及鳥獸書篇等名二三小字者註入本文以便觀覽

# 梁書劉舍人本傳

劉勰字彥和東莞莒（即今山東青州府莒州）人祖靈眞宋司空秀之弟也父尚越騎校尉勰早孤篤志好學家貧不婚娶依沙門僧祐與之居處積十餘年遂博通經論因區別部類錄而序之今定林寺經藏勰所定也天監初起家奉朝請中軍臨川王宏引兼記室遷車騎倉曹參軍出爲太末令政有清績除仁威南康王記室兼東宮通事舍人時七廟饗薦已用蔬果而二郊農社猶有

犧牲勰乃表言二郊宜與七廟同改詔付尚書議依勰所陳遷步兵校尉兼舍人如故昭明太子好文學深愛接之初勰撰文心雕龍五十篇論古今文體引而次之既成未爲時流所稱勰自重其文欲取定於沈約約時貴盛無由自達乃負其書候約出干之於車前狀若貨鬻者約便命取讀大重之謂爲深得文理常陳諸几案然勰爲文長於佛理京師寺塔及名僧碑誌必請勰製文有敕與慧震沙門於定林寺撰經證

功畢遂啓求出家先燔鬢髮以自誓敕許之乃於寺變服改名慧地未朞而卒文集行于世

本傳終

# 刻批點文心雕龍跋

始徐興公得是批點本示予々因取他刻數種復正之比至豫章以示朱鬱儀氏李孔章氏彼各有所正而鬱儀氏加詳矣然譌鈌尚多有之令歲焦太史讀予是本以爲善也嘗捧而會梅子庚氏慨文章之道日猥盍以是書爲程爲則乃肆爲訂補音注俟叁和之書頃成嘉本叁和有知當驚知己于曠代矣予嘗謂六朝之有文心龍雕也是曰文史其有水経注也是曰地史

謝跋

國當絕豔千古不但孤炳一時也子庚以爲知言子庚別有水經注箋將次第梓爲姑識之于此時

萬曆三十有七年綏安謝兆申譔

此謝耳伯巳酉年初刻是書時作也未嘗出以示予其研討之功實十倍予距今一十四載予復改補七百餘字乃無日不思我耳伯六月間偶從亂書堆得耳伯雕龍舊本内忽見是稿豈非精神感通乃爾耶令予悲喜交集者纍日夕因手書付梓用以少慰云

天啓二年壬戌仲冬至日麻原梅慶生識

文心雕龍讐校姓氏

楊慎 字用脩　焦竑 字弱侯

朱謀㙔 字鬱儀　曹學佺 字能始

王一言 字民法　許天叙 字伯倫

謝兆申 字耳伯　孫汝澄 字無撓

徐𤊹 字興公　沈天啟 字生予

音註校讐姓氏

柳應芳 字陳父　俞安期 字羨長

王嘉弼 字青蓮　王嘉丞 字性疑

張振豪字儁度　葉遵字循甫
許延祖字無念　鍾惺字伯敬
商家梅字孟和　欽叔陽字愚公
龔方中字仲和　許延禪字無射
鄭胤驥字閑孟　陳陽和字道育
程嘉燧字孟陽　李漢烇字孔章
徐應魯字宗孔　曾光魯字古狂
孫良蔚字文若　來逢夏字景禹
王嘉賓字仲觀　後學儒字醇季

# 文心雕龍目錄

卷一



卷二

卷三

上篇

卷六

卷九

卷十



義門師云此書萬曆己卯雲間張之象所刊者分上下篇而序志别爲一篇似亦有本然晁公武讀書志亦云五十篇則此固未爲失也晁

引書有論道經邦之語注其論說篇中所謂論語以前經無論字者為踈畧則是時古文尚書之出未久多疑其非古籍恐難以遽議該洽之士爾序志中張氏刻脫誤尤甚自嘗夢執丹漆至觀瀾而索源中間失去數百字張氏書其後遂云嘗夢索源近代寡學蓋不足道也又云序志中固自分上下篇其中又自析為四十九篇耳子止引論道經邦駁之固未為失議對篇中即引議事以制同為古文何獨此之遺耶　庚寅五月十九日巖録

文心雕龍目錄終

# 楊升菴先生批點文心雕龍卷之一

梁　通事舍人劉　勰　著

明　豫　章　梅慶生音註

## 原道第一

文之爲德也大矣與天地並生者何哉夫玄黄色雜方圓體分日月疊璧以垂麗天之象山川煥綺音杞以鋪理地之形此蓋道之文也仰觀吐曜俯察含章高卑定位故兩儀既生矣惟人參之性靈所鍾是謂三才爲五行之秀實天地

先提起心字而後及有心無心之別



之心心生而言立言立而文明自然之道也傷及萬品動植皆文龍鳳以藻繪呈瑞虎豹以炳蔚凝姿雲霞雕色有踰畫工之妙草木賁華無待錦匠之奇夫豈外飾蓋自然耳至於林籟結響調（去聲）如竽瑟泉石激韻和（去聲）若球鍠（音橫）故形立則章成矣聲發則文生矣夫以無識之物鬱然有彩有心之器其無文歟人文之元肇自太極幽贊神明易象惟先庖犧畫其始仲尼翼其終而乾坤兩位獨制文言（易十翼篇名）言之文也

天地之心哉若迺河圖孕乎八卦洛書韞乎九疇玉版金鏤之實丹文綠牒之華誰其尸之亦神理而已自鳥迹代繩文字始炳炎皞(音皓)遺事紀在三墳而年世渺邈(莫角切)聲采靡追唐虞文章則煥乎始盛元首載歌既發吟詠之志益稷陳[謨](元作謀楊改)亦垂敷奏之風夏后氏興業峻鴻績九序惟歌勳德彌縟逮及商周文勝其質雅頌所被英華日新文王患憂繇(音宙)辭炳曜符采複隱精義堅深重以公旦多材[振](元作褥朱改　一作縟)其徽

玄作元者宋諱也

何云起作揮



烈剬(音端)詩緝頌斧藻羣言至夫子繼聖獨秀前
哲鎔鈞六經必金聲而玉振雕琢情性組織辭
令木鐸起(昭)而千里應席珍流而萬世響寫天地
之輝光曉生民之耳目矣爰自風姓(伏羲)暨於孔
氏玄(一作元)聖創典素王述訓莫不原道心裁敷(從御覽)
章研神理而設教取象乎河洛問數乎蓍龜觀
天文以極變察人文以成化然後能經緯區宇
彌綸彝憲發輝事業彪炳辭義故(從御覽)知道沿聖以
垂文聖因文而明道旁通而無滯日用而不匱

御覽有者字

易曰鼓天下之動（者）存乎辭辭之所以能鼓天下者迺道之文也

贊曰

何云道心句乃引荀子

仁孝二字亦有斟酌

道心惟微神理設教光采玄聖炳燿仁孝龍圖獻體龜書呈貌天文斯觀民胥以傚

庖犧畫其始 亦作虙犧帝德合上下曰太昊取犧牲充庖廚曰庖犧母華胥氏行雷澤之渚履大人跡有虹繞之而孕風姓生於成紀都於陳以木德王 易繫辭曰包犧氏之王天下也仰則觀象于天俯則觀法于地觀鳥獸之文與地之宜近取諸身遠取諸物於是始作八卦以通神明之德以類萬物之情（虙一作伏）

九疇 書洪範九

疇一五行二五事三八政四五紀五皇極六三德七稽疑八庶徵九五福六極

**鳥跡代繩**太皞造書契以代結繩之政衛恒書勢云黃帝之史沮誦蒼頡眂彼鳥跡始作書契紀綱萬事垂法立制

**九序惟歌**書九功惟序九序惟歌左傳云九功之德皆可歌也謂之九歌六府三事謂之九功水火金木土穀謂之六府正德利用厚生謂之三事

**席珍**禮記儒行篇儒有席上之珍以待聘

## 徵聖第二

夫作者曰聖述者曰明陶鑄性情功在上哲夫子文章可得而聞則聖人之情見音現乎文辭矣先王聖化布在方冊夫子風采溢於格言是以

何云立當作文

何云疑作幾四句文之妙的

遠稱唐世則煥乎爲盛近褒周代則郁哉可從此政化貴文之徵也鄭伯入陳以立辭爲功宋置折俎以多文（元作方孫改）舉禮此事蹟貴文之徵也褒美子產則云言以足志文以足言泛論君子則云情欲信辭欲巧此脩身貴文之徵也然則志（元作忠謝改）足而言文情信而辭巧迺含章之玉牒秉文之金科矣夫鑒周日月妙極機神文成規矩思合符契或簡言以達旨或博文以該情或明理以立體或隱義以藏用故春秋一字

以褒貶喪（平聲）服舉輕以包重此簡言以達旨也邠詩七月（之詩）聯章以積句儒行（禮記篇名　行去聲）縟說以繁辭此博文以該情也書契斷（去聲）決以象夬文章昭晰以象離此明理以立體也四象（見易）精義以曲隱五例微辭以婉晦此隱義以藏用也故知繁略殊形隱顯異術抑引隨時變通會適徵之周孔則文有師矣是以子（元脫　楊補）政論文必徵於聖稚圭勸學（四字元脫　楊補）必宗於經易稱辨物正言斷辭則備書云辭尚體要弗惟好（去聲）異故知

何云此言乃訾字之訛

正言所以立辯，體要所以成辭，辭成無好異之尤，辯立有斷辭之義。雖精義曲隱，無傷其正言；微辭婉晦，不害其體要。體要與微辭偕通，正言共精義並用，聖人之文章，亦可見也。顏闔以爲仲尼飾羽而畫，徒（莊子作從）事華辭。雖欲此言，聖弗可得已。然則聖文之雅麗，固銜華而佩實者也。天道難聞，猶或鑽仰；文章可見，胡寧勿思？若徵聖立言，則文其庶矣。

贊曰

妙極生知，睿哲惟宰。精理爲文，秀氣成采。鑒懸日月，辭富山海。百齡影徂，千載心在。楊批奇句也諸贊例皆蛇足如此鱗角固不一二

鄭伯入陳以文辭爲功左傳鄭子產獻捷於晉戎服將事晉人問陳之罪子產對之趙文子曰其辭順仲尼曰言以足志文以足言不言誰知其志言之無文行而不遠晉爲伯鄭入陳非文辭不爲功愼辭哉宋置折俎以多文舉禮左傳宋人享趙文子司馬置折俎禮也仲尼使舉是禮以爲多文辭杜註舉謂記錄之也享有體薦有折俎有殽蒸五例左傳一曰微而顯二曰志而晦三曰婉而成章四曰盡而不汙五曰懲惡而勸善稚圭勸學愚按漢書匡衡字稚

圭東海承人也成帝即位衡上疏勸經學威儀之則曰臣聞六經者聖人所以統天地之心著善惡之歸明吉凶之分通人道之正使不悖於本性者也故審六藝之指則天人之理可得而和草木昆蟲可得而育此永永不易之道也及論語孝經聖人言行之要宜究其意

顏闔以爲仲尼飾羽而畫

楊用脩云顏闔事見莊子愚按莊子列禦寇篇魯哀公問於顏闔曰吾以仲尼爲貞幹國其有瘳乎曰殆哉圾乎仲尼方且飾羽而畫從事華辭以支爲旨忍性以視民而不知不信受乎心宰乎神夫何足以上民

## 宗經第三

三極彝訓其書言經經也者恒久之至道不刊

夫入二字從御覽



之鴻教也故象天地效鬼神參物序制人紀洞性靈之奧區極文章之骨髓者也皇世三墳帝代五典重以八索申以九丘歲歷綿曖條流紛糅自夫子删述而大寶咸（從御覽）耀於是易張十翼書標七觀（平聲）詩列四始禮正五經春秋五例義既極乎性情辭亦匠於文理故能開學養正昭明有融然而道心惟微聖謨卓絕墻宇重峻而吐納自深譬萬鈞之洪鍾無錚錚之細響矣夫易惟談天入神致用故繫稱旨遠辭文（元作高　孫改）言中

在元作莊何本六改作在云從弘治本

以具從御覽

王何本作生云疑作片

去聲事隱韋編三絕固哲人之驪淵也書實記言

然覽文如詭而尋理卽暢故子夏歎書昭昭若

日月之明離離如星辰之行言昭灼也詩主言

志義訓同書摛風裁興去聲藻辭譎音訣喻溫柔在

誦故附深衷而訓詁茫昧通乎爾雅則文意曉

然矣禮記立體弘用據事制範章條纖曲執而

後顯採掇王言莫非寶也春秋辨理四句一十六字元脫

朱按御覽補一字見義故觀辭立曉而訪義方隱五

石六鷁以詳畧成文雉門兩觀去聲以先後顯旨

何云者疑著

其婉章志悔諒以遂矣此聖人之殊致表裏之異體者也自書實記言下倒錯難通余從諸善本校定至根柢槃深枝葉峻茂辭約而旨豐事近而喻遠是以往者雖舊餘味日新後進追取而非晚元作曉前脩運用而未先可謂太山徧雨河潤千里者也故論說辭序則易統其旨首詔策章奏則書發其源賦頌歌讚則詩立其本銘誄箴祝則禮總其端紀傳移元作銘朱改檄則春秋為根並窮高以樹表極遠以啓疆所以百家騰躍終入環內者也若稟

此書以心爲主以風爲用故于六義首見之而末則歸之以文所謂麗而不淫即雕龍也

經以製式酌雅以富言是仰山而鑄銅煑海而爲鹽也故文能宗經體有六義一則情深而不詭二則風淸而不雜三則事信而不誕四則義直而不回五則體約而不蕪六則文麗而不淫揚子（名雄字子雲）比雕玉以作器謂五經之含文也夫文以行（去聲）立行以文傳四敎所先符采相濟勵德樹聲莫不師聖而建言脩辭鮮克宗經是以楚豔漢侈流弊不還正末歸本不其懿歟

贊曰

書實記言而詁訓茫昧通乎爾雅則文意曉然故子夏歎書昭〻若日月之明離離如星辰之行言昭灼也詩主言志詁訓同書摛風裁興藻辭譎喻溫柔在誦故最附深衷矣禮以立體具事剬範章條纖曲執而後



三極彝道訓深稽古致化歸一分教斯五性靈鎔匠文章奧府淵哉鑠乎羣言之祖

三極 易云六爻之動三極之道也註三極三材也兼三材之道故能見吉凶成變化也 三墳 三皇之書伏羲神農黃帝也 五典 五帝之書少昊顓頊帝嚳唐堯虞舜也 八索 八卦之說也 九丘 九州之志也 十翼 孔子作彖傳二篇繫辭二篇大象小象文言說卦雜卦序卦爲十翼 七觀 楊用脩云觀音官尚書大傳引孔子云六誓可以觀義五誥可以觀仁呂刑可以觀誡洪範可以觀度禹貢可以觀事皋陶可以觀治堯典可以觀美 四始 關雎爲風始鹿鳴爲小雅始文王爲大雅始淸廟爲頌始 鄭玄引詩緯汎歷樞云大明在亥水始也四牡在寅木始也嘉魚在巳

顯採掇生言 非寶也春秋 辯理一字見義 五石六鷁以詳 畧成文雉門 兩觀以先後 顯旨其婉章 志晦諒以邃 矣尚書則覽 文如詭而尋理 即暢春秋則 觀辭立曉而訪 義方隱此聖 人之殊致表裡 之異體者也 何本此段与梅本不全録之以備參攷

火始也鴻鴈在申金始也**禮正五經**未詳翻耳伯云五經即五禮吉凶賓軍嘉也愚按周禮大司徒掌建邦之五典以佐王擾邦國訓萬民一曰父子有親二曰君臣有義三曰夫婦有別四曰長幼有序五曰朋友有信因此五物者民之常註云五物即五典民所固有之常道也**五例**註見徵聖篇中**旨遠辭文**文元作高孫無撓曰按易繫辭曰其旨遠其辭文其言曲而中其事肆而隱**五石六鷁**春秋隕石于宋五六鷁退飛過宋都**詳略成文**春秋公羊傳曷爲先言隕而後言石隕石記聞聞其磌然視之則石察之則五曷爲先言六而後言鷁六鷁退飛記見也視之則六察之則鷁徐而察之則退飛**雉門兩觀**春秋定公二年雉門及兩觀災註云雉門公宮之南門兩觀闕名也**先後顯旨**公羊傳云其言雉門及兩

觀災何兩觀微也然則曷爲不言雉門災及兩觀主災者兩觀也時災者兩觀則曷爲後言之不以微及大也　何休註云雉門兩觀皆天子之制門爲其主觀爲其飾故微也

太山徧雨　公羊傳云觸石而出膚寸而合不崇朝而徧雨乎天下者唯泰山爾河海潤乎千里

揚子比雕玉以作器　揚子法言曰或曰良玉不雕美言不文何謂也曰玉不雕璵璠不作器言不文典謨不作經

## 正緯第四

夫神道闡幽天命微顯馬龍出而大易興神龜見而洪範燿故繫辭稱河出圖洛出書聖人則之斯之謂也但世夐文隱好生矯誕真雖存矣

[illegible]駁極當

僞亦憑焉夫六經彪炳而緯（音胃下同）候稠疊孝經論語昭晳（元作哲許改）而鉤讖葳蕤（音追）按經驗緯其僞有四蓋緯之成經其猶織綜絲麻不雜布帛乃成今經正緯奇倍擿千里其僞一矣經顯聖訓也緯隱神敎也聖訓宜廣神敎宜約而今緯多于經神理更繁其僞二矣有命自天廼稱符讖而八十一篇皆託於孔子則是堯造綠圖昌制丹書其僞三矣商周以前圖籙頻見春秋之末群經方備先緯後經體乖織綜其僞四矣僞

何云疑作揞



旣倍摘則義異自明經足訓矣緯何豫焉原夫圖籙之見迺昊天休命事以瑞聖義非配經故河不出圖夫子有歎如或可造無勞喟然昔康王河圖陳於東序故知前世符命歷代寶傳仲尼所撰序錄而已於是伎數之士附以詭術或說陰陽或序災異若鳥鳴似語蟲葉成字篇條滋蔓必假孔氏通儒討覈（音核）謂起哀（帝）平（帝）東序秘寶朱紫亂矣至於光武之世篤信斯術風化所靡學者比肩沛獻（王）集緯以通經曹褒（字叔）

戲何云疑作巇

通撰讖以定禮乖道謬典亦已甚矣是以桓譚字君山疾其虛僞尹敏字幼季戲其深瑕張衡字平子發其僻謬荀悅字仲豫明其詭誕四賢博練論之精矣若乃羲農太昊炎帝軒皞黃帝少昊之源山瀆鍾律之要白魚赤烏之符黃金紫玉之瑞元作理孫改事豐奇偉辭富膏腴無益經典而有助文章是以後來辭人採摭英華平子恐其迷學奏令禁絕仲豫惜其雜眞未許煨燔前代配經故詳論焉

贊曰

何云榮謂榮光也作熒非



榮音熒河温洛是孕圖緯神寶藏用理隱文貴世歷二漢朱紫騰沸芟音刪夷譎詭糅其雕蔚。

緯 緯者讖緯之書也經各有緯如易之通卦驗是慮謀尚書之中候詩之含神霧禮之含文嘉春秋之合誠圖元命苞孝經之援神契鈎命决論語讖之類 按天文定者爲經動者爲緯

鳥鳴似語 柳陳父云事出左傳鳥鳴于亳社如曰譆譆甲午宋大災宋伯姬卒

蟲葉成字 漢昭帝時上林苑中大柳樹斷仆地一朝起立生枝葉有蟲食其葉成文字曰公孫病已立昭帝崩無子徵昌邑王嗣位狂亂失道霍光廢之更立昭帝兄衛太子之孫是爲宣帝宣帝本名病已

東序祕寶 書云大玉夷玉天球河圖在東序

沛獻集緯 沛獻王漢光武子名輔善說京氏易及圖讖徙封沛

詩亡之後屈平直接其緒故彥和正緯以辨騷也此非劉子之言也國風小雅離騷兼之漢人已言之矣

曹褒撰讖以定禮（褒魯國薛人後漢章和元年帝令小黃門持班固所上叔孫通漢儀十二篇敕褒依禮條正乃次序禮事雜以五經讖記之文撰次天子至於庶人冠婚吉凶始終制度以爲百五十篇）

## 辨騷第五

（沈本作辯）

自風雅寢聲莫或抽緒奇文鬱起其離騷哉固已軒翥詩人之後奮飛辭家之前豈去聖之未遠而楚人之多才乎昔漢武愛騷而淮南王作傳以爲國風好（去聲）色而不淫小雅怨誹（元作謗許改）而不亂若離騷者可謂兼之蟬蛻穢濁之中浮

游塵埃之外皭然涅而不緇雖與日月爭光可也班固字孟堅以爲露才揚己忿懟音隆沉江羿澆奴弔切二姚與左氏不合崑崙懸一作玄圃非經義所載然其文辭麗雅爲詞賦之宗雖非明哲可謂妙才王逸字叔師註離騷以爲詩人提耳屈原名平一曰字平婉順離騷之文依經立義駟虬乘鷖則時乘六龍崑崙流沙則禹貢尚書篇名敷土名儒辭賦莫不擬其儀表所謂金相玉質百世無匹者也及漢宣帝嗟歎以爲皆合經術揚雄諷味亦言體

四家當是王逸非漢武

同詩雅四家（即漢武淮南宣帝揚雄）舉以方經而孟堅謂不合傳褒貶任聲抑揚過實可謂鑒而弗精翫而未覈（音核）者也將覈其論必徵言焉故其陳堯舜之耿介稱湯武之祗敬典誥之體也譏桀紂之猖披傷羿澆之顛隕規諷之旨也虬龍以喻君子雲蜺以譬讒邪比興（去聲）之義也每一顧而淹涕嘆君門之九重（平聲）忠怨之辭也觀茲四事同于風雅者也至於託雲龍說迂怪豐隆（雷師）求宓（音伏）妃鴆（沈去聲）鳥媒娀（音嵩元作娍）女詭異之辭也

摘其夸誕此發而知惡也彥和欲扶風雅之切如此



康回（共工名）傾地夷羿彈（元作蔽孫改）日木夫（元作天謝改）九首土伯三目（元作足朱改）譎怪之談也依彭咸（殷大夫）之遺則從子胥（伍員字）以自適狷狹之志也士女雜坐亂而不分指以爲樂娛酒不廢沉湎日夜舉以爲懽荒淫之意也摘此四事異乎經典者故論其典誥則如彼語其夸誕則如此固知楚辭者體慢（元作憲朱云宋本楚辭作體慢）於三代而風雅於戰國乃雅頌之博徒而詞賦之英傑也觀其骨鯁所樹肌膚所附雖取鎔經意亦自鑄偉辭故

何云往楚辭作任

馮云招隱楚辭本作大招下屈宋莫追疑大招為是

騷經九章朗麗以哀志九歌九辯宋玉作綺靡以傷情遠遊天問瓌音瑰詭而惠巧招魂宋玉作招隱淮南小山作耀豔而深華卜居標放言之志漁父寄獨往之才故能氣往轢古辭來切今驚采絕豔難與並能矣自九懷王褒作以下遽躡其跡而屈宋逸步莫之能追故其敘情怨則鬱伊而易感述離居則愴怏而難懷論山水則循聲而得貌言節候則披文而見時是以枚乘賈誼追風以入麗馬相如揚雄沿波而得奇其衣被詞人非一

山水循聲而得貌節候披文而見時此極真之文也若緯書祇

僞惑矣烏能眞



代也故才高者菀（音鬱）其鴻裁中（去聲）巧者獵其豔辭吟諷者銜其山川童蒙者拾其香草若能憑軾以倚雅頌懸轡以馭楚篇酌奇而不失其眞翫華而不墜其實則顧盼可以驅辭力欬唾可以窮文致亦不復乞靈於長卿（相如字）假寵於子淵（王褒字）矣

楊用脩批　耀豔深華四字尤盡二篇妙處故重圈之皮日休評楚辭幽秀古豔亦與此相表裏予稍易之云招魂耀豔而深華招隱幽秀而古朗　拾其香草尤奇句

贊曰

不有屈原，豈見離騷。驚才風逸，壯志煙高。山川無極，情理實勞。金相玉式，豔溢錙毫。元作絶益稱豪朱改宋本楚辭攷

離騷　離騷者猶離憂也按史記屈原傳原名平楚之同姓也爲楚左徒王甚任之上官大夫令尹子蘭譖之王怒而疏屈平故憂愁幽思而作離騷後人稱之曰騷經又作九歌天問九章遠遊卜居漁父諸篇

淮南作傳　淮南王名安漢高帝孫厲王長之子也武帝時安入朝獻所作內篇新出上愛秘之使爲離騷傳旦受詔日食時上

羿澆二姚　羿有窮君之號澆寒浞子二姚虞君思之女以妻夏后少康

駟虬乘鷖　有角曰龍無角曰虬鷖鳳凰別名也

崑崙流沙　禹貢崑崙析支渠搜

西戎即敘又云西被于流沙水經云崑崙墟在西西北去嵩高五萬里地之中也其高萬一千里河水出其東北陬酈道元注云崑崙之山三級下曰樊桐一名板松二曰玄圃一名閬風上曰增城一名天庭是謂太帝之居山海經曰西海之南流沙之濱赤水之後黑水之前有大山名崑崙穆天子傳云穆王於崑崙側瑶池上觴西王母

宓妃伏犧氏女爲洛水神也

娀女契母簡狄也

康回傾地康回共工名髦身朱髮任智自神傲亂天常竊保冀方自謂水德欲壅防百川墮高堙卑以害天下王逸離騷注云共工怒觸不周山地柱折故傾也

夷羿彈日孫無撓曰按離騷羿焉彈日彈射也愚按淮南子云昔者十日並出焦禾稼殺草木而民無所食猰貐鑿齒九嬰大風封豨脩蛇並爲民害堯乃使羿誅鑿齒於疇華之野殺九嬰於凶水之上繳大

風於青丘之野上射十日下殺猰貐斷脩蛇於洞庭擒封豨於桑林萬民皆喜置堯爲天子於是天下廣狹險易遠近始有道里又云羿除天下之害死爲宗布　山海經云猰貐龍首居弱水中其狀如龍食人　高誘鴻烈解云鑿齒獸名齒長三尺其狀如鑿下徹頷下而持戈盾羿射殺之　九嬰者水火之怪爲人害者也　博物志云羿與鑿齒戰于疇華之野羿持弓鑿齒持矛羿殺之風伯壞人屋室羿射中其膝　楊用脩鈎玄云大風卽大鵬也　風土記云羿屠巴蛇于洞庭積骨爲陵縣有巴丘山一名巴蛇塚

**木夫九首**按招魂云一夫九首拔木九千**土伯三目**按招魂云土伯九約其角觺觺參目虎首其身若牛**彭咸**殷之賢大夫諫其君不聽以身投水而死

楊升菴先生批點文心雕龍卷之一

詩以自然爲宗即此之謂

# 楊升菴先生批點文心雕龍卷之二

梁　通事舍人劉　勰　著
明　豫　章　梅慶生音註

## 明詩第六

大舜云詩言志歌永言聖謨所析義已明矣是以在心爲志發言爲詩舒文載實其在兹乎詩者持也持人情性三百之蔽義歸無邪持之爲訓有符焉爾人禀七情應物斯感感物吟志莫非自然昔葛天氏樂辭云玄鳥有曲黄帝雲門

達者自然也

此即自然也



理不空綺（朱云當作紘）至堯有大唐（一作章）之歌舜造南風之詩觀其二文辭達而已及大禹成功九序惟歌（註見原道）太康敗德五子咸怨順美匡惡其來久矣自商暨周雅頌圓備四始彪炳六義環深子夏監絢素之章子貢悟琢磨之句故商賜二子可與言詩自王澤殄竭風人輟采春秋觀志諷誦舊章酬酢以爲賓榮吐納而成身文逮楚國諷怨則離騷爲刺秦皇滅典亦造仙詩漢初四言韋孟首唱匡諫之義繼軌周人孝武（帝）

何云是詩不作善據

批自王澤殄竭罔上

愛文栢梁臺名列韻嚴忌馬相如之徒屬辭無方至成帝品錄三百餘篇朝章國采亦云周備而辭人遺翰莫見五言所以李陵字少卿班婕妤班況女漢成帝選入宮見疑於後代也按召南行露始肇半章孺子滄浪亦有全曲暇豫優歌遠見春秋邪徑童謠近在成帝世閱時取證則五言久矣又古詩佳麗或稱枚叔乘字其孤竹一篇則傅毅字武仲之詞比采而推兩漢之作乎觀其結體散文直而不野婉轉附物怊音超悵切情實五言之冠冕

采一作類

怊御覽作惆

此四句彥和寓傷時之意正始之弊何晏之流正是緯以亂經者故特詘之嵇阮應璩猶存風雅



也至于張衡怨篇清典可味仙詩緩歌雅有新聲暨建安初五言騰踊文帝曹丕陳思曹植封陳王謚曰思縱轡以騁節王粲徐幹應瑒劉楨望路而爭驅並憐風月狎池苑述恩榮敘酣宴慷慨以任氣磊落以使才造懷指事不求纖密之巧驅辭逐貌唯取昭晰之能此其所同也乃正始明道詩雜仙心何晏字平叔之徒率多浮淺唯嵇志清峻阮旨遙深故能標焉若乃應璩字休璉百一詩獨立不懼辭譎音決義貞亦魏之遺直也晉世群才

晰一作哲

意所以補救萬一

稍入輕綺張潘左陸比肩詩衢采縟于正始力柔于建安或析文以爲妙或流靡以自妍此其大略也江左篇製溺乎玄風嗤笑徇務之志崇盛忘機之談袁（袁宏字彥伯）孫（孫楚字子荆）已下雖各有雕采而辭趣一揆莫與爭雄所以景純（郭璞字）仙篇挺拔而爲俊矣宋初文詠體有因革莊（周）老（珊）告退而山水方滋儷采百字之偶爭價一句之奇情必極貌以寫物辭必窮力而追新此近世之所競也故鋪觀列代而情變之數可監撮

此與前對

何云二語足盡鮑謝之長晦翁之論古詩洵門外人語也

御覽有二則字

舉同異而綱領之要可明矣若夫四言正體雅潤爲本五言流調淸麗居宗華實異用唯才所安故平子得其雅叔夜嵇康字含其潤茂先張華字凝其淸景陽張協字振其麗兼善則子建曹植字仲宣王粲字偏美則太冲左思字公幹劉楨字然詩有恒裁思無定位隨性適分鮮能通圓若妙識所難其易也將至忽之爲易其難也方來至於三六雜言則出自篇什離合之發則萌於圖讖回文所興則道原未詳爲始聯句共韻則柏梁餘製巨

沈本作明

何云採此則

彥和不易言詩乃深于詩者其易也將至則近于自然矣

魏文燕歌文選所採此獨不序

細或殊情理同致總歸詩囿故不繁云

楊用脩批　此評古之詩直至齊梁勝鍾嶸詩品多矣（詩者持也至有符焉爾）儀禮詩附之又云詩懷之皆訓爲持此詩者持也本此千古詩訓字獨此得之宋人說詩夢寐不到此蓋宋人元不知詩爲何物也（觀其結體至冠冕也）評古詩十九首得其髓者（至於張衡怨篇諸條）鍾嶸評十九首云文溫以麗意悲以遠驚心動魄一字千金與此互相發宋之腐儒不知詩作詩詩話詩談詩格詩評無一可采誤人無限與其觀宋人之書何不觀此至言不出佗言勝也然可語此世亦無幾人唯吾禺山可也

贊曰

民生而志詠歌所含興發皇世風流二南周南召南

神理共契。政序相參。英華彌縟。萬代永耽。

堯有大唐之歌 呂覽云堯命質爲樂命曰大章 世紀云堯命伯夔放山林谿谷之音作樂六章 按(詩所)載虞舜大唐歌辭逸(古樂苑)亦云堯大唐歌辭不載未詳孰是

舜造南風之詩 南風之薰兮可以解吾民之慍兮南風之時兮可以阜吾民之財兮 孔子家語曰舜彈五弦之琴歌南風之詩 史記樂書曰舜歌南風而天下治南風者生長之音也舜樂好之樂與天地同意得萬國之驩心故天下治也

太康敗德五子咸怨 夏書太康尸位以逸豫滅厥德黎民咸貳乃盤游無度畋于有洛之表有窮后羿因民弗忍距于河厥弟五人御其母以從徯于洛之汭五人咸怨述大禹之戒以作歌曰 皇祖有訓民可近不可下民惟邦本本固邦寧予視

天下愚夫愚婦一能勝予一人三失怨豈在明不見是圖予臨兆民懍乎若朽索之馭六馬爲人上者柰何不敬　訓有之內作色荒外作禽荒甘酒嗜音峻宇雕墻有一于此未或不亡　惟彼陶唐有此冀方今失厥道亂其紀綱乃底滅亡（厥道左傳作其行）　明明我祖萬邦之君有典有則貽厥子孫關石和鈞王府則有荒墜厥緒覆宗絕祀　嗚呼曷歸予懷之悲萬姓仇予予將疇依鬱陶乎予心顏厚有忸怩弗慎厥德雖悔可追

六義毛詩子夏序云詩有六義焉一曰風二曰賦三曰比四曰興五曰雅六曰頌

秦皇滅典亦造仙詩史記秦始皇三十六年有墜星下東郡至地爲石黔首或刻其石曰始皇帝死而地分始皇聞之遣御史逐問莫服盡取石旁居人誅之因燔銷其石始皇不樂使博士爲仙眞人詩及行所游天下傳令樂人弦歌之

始肇半

章詩行露篇誰謂雀無角何以穿我屋誰謂女無家何以速我獄暇豫優歌優施通于驪姬姬欲害申生而難里克優施乃飲里克酒中飲優施起舞曰暇豫之吾吾不如鳥鳥人皆集于苑己獨集于枯里克笑曰何謂苑何謂枯優施曰其母爲夫人其子爲君可不謂苑乎其母既死其子又有謗可不謂枯乎邪徑童謠邪徑敗良田讒口亂善人桂樹花不實黃爵巢其顛昔爲人所羨今爲人所憐漢書五行志曰成帝時歌謠也桂赤色漢家象花不實無繼嗣也王莽自謂黃象黃爵巢其顛也張衡怨篇猗猗秋蘭植彼中阿有馥其芳有黃其葩雖曰幽深厥美稱嘉之子云遠我勞如何回文所興則道原爲始按苻秦竇滔妻蘇蕙織錦爲迴文五綵相宣縱廣八寸題詩二百餘首計八百餘言縱橫反覆皆爲文章名曰璇璣圖宋賀道慶

作四言廻文詩一首計十二句四十八言從尾至首讀亦成韻而道原無可攷恐慶字之誤也聯句共韻則柏梁餘製漢武帝作柏梁臺詔羣臣二千石有能爲七言詩乃得上坐

## 樂府第七

樂府者聲依永律和聲也鈞天九奏既其上帝葛天八闋音缺爰乃皇時自咸英咸池五英樂名以降亦無得而論矣至於塗山歌於候人始爲南音有娀音嵩謠乎飛燕始爲北聲夏甲歎於東陽東音以發殷整元作氂朱云呂覽所謂殷整甲也思於西河西音以

興音聲推移亦不一槩矣匹（元作及，許改）夫庶婦謳吟土風詩官採言樂胥（宋本育；元作育，許改）被律志感絲篁氣變金石是以師曠覘風於盛衰季札鑒微於興廢精之至也夫樂本心術故響浹肌髓先王愼焉務塞淫濫敷訓胄子必歌九德故能情感七始化動八風自雅聲浸微溺音騰沸秦燔樂經漢初紹復制氏紀其鏗鏘叔孫通定其容與於是武德興乎高祖四時廣於孝文雖摹韶（舜樂）夏（禹樂）而頗襲秦舊中和之響闃（苦昊反）其不還暨

朱一作校

武帝崇禮始立樂府總趙代之音撮齊楚之氣延年（李）以曼聲協律朱（買臣）馬（相如）以騷體製歌桂華雜曲麗而不經赤鴈群篇靡而非典河間（獻王）薦雅而罕御故汲黯致譏於天馬也至宣帝雅頌詩效鹿鳴邇及元（帝）成（帝）稍廣淫樂正音乖俗其難也如此暨後郊廟惟雜雅章辭雖典文而律非夔（后夔）曠（師曠）至於魏之三祖氣爽才麗宰割辭調音靡節平觀其北上衆引秋風列篇或述酣宴或傷羇戍志不出于淫蕩辭不離于哀

先心後器
先詩後聲
此極得論
樂府之體



思雖三調之正聲實韶夏之鄭曲也逮於晉世
則傅玄(字休奕)曉音創定雅歌以詠祖宗張華新
篇亦充庭萬然杜夔調律音奏舒雅荀勗(字公曾)
改懸聲節哀急故阮咸(字仲容)譏其離聲後人驗
其銅尺和樂精妙固表裏而相資矣故知詩爲
樂心聲爲樂體樂體在聲瞽師務調其器樂心
在詩君子宜正其文好樂無荒(詩蟋蟀)晉風所以
稱遠伊其相謔(詩溱洧)鄭國所以云亡故知季札
觀辭不直聽聲而已若夫豔歌婉孌(音戀)怨志訣

此非聲之罪也辭之罪也

降及唐宋絕句詩餘凡披之管絃者莫不皆然

絕淫辭在曲正響焉生然俗聽飛馳職競新異雅詠溫恭必欠伸魚睨奇辭切至則拊髀雀躍詩聲俱鄭自此階矣凡樂辭曰詩詩聲曰歌聲來被辭辭繁難節故陳思稱李延年閑於增損古辭多者則宜減之明貴約也觀高祖之詠大風孝武之歎來遲歌童被聲莫敢不協子建士衡咸有佳篇並無詔伶人故事謝絲管俗稱乖調蓋未思也至於軒俞羨長云疑作軒代沈本伎鼓吹曲漢世鐃歌挽歌雖戎喪平聲殊事而並總入樂府繆襲

所致亦有可算焉昔子政品文詩與歌別故略具樂篇以標區界

贊曰

八音摛文樹辭爲體謳吟坰野金石雲陛韶響難追鄭聲易啓豈惟觀樂於焉識禮

鈞天九奏史記趙簡子疾五日不知人七日乃寤語大夫曰我之帝所甚樂與百神遊於鈞天廣樂九奏萬舞不類三代之樂其聲動人心葛天八闋元作闋投呂覽葛天氏作樂也三人操牛尾投足以歌八闋一曰載民二曰玄鳥三曰遂草木四曰奮五穀五曰謹天常六曰達帝功七曰依地德八曰總萬物之極是謂廣樂咸

英咸池黃帝樂五英帝嚳樂塗山歌于候人始爲南音禹行功見塗山氏之女禹未之遇而巡省南土塗山氏之女乃令其妾待禹于塗山之陽女乃作歌曰候人兮猗始實作爲南音有娀謠乎飛燕始爲北聲有娀氏有二佚女居于九成之臺飲食必以鼓帝令燕往視之鳴若謚隘二女愛而爭搏之覆以玉筐少選發而視之燕遺二卵北飛遂不反二女作歌一終曰燕燕往飛實始作爲北音夏甲歎於東陽東音以發夏后氏孔甲田於東陽萯山天大風晦冥孔甲迷惑入于民室主人方乳或曰后來乃良日也之子是必大吉或曰不勝也之子是必有殃后乃取其子以歸曰以爲余子誰敢殃之子長成入幕動拆橑斧斬其足遂爲守門者孔甲曰嗚呼有疾命矣夫乃作爲破斧之歌實始爲東音殷整

思於西河西音以興
周昭王親將征荊辛餘靡長且多力爲王右還反涉漢梁敗王及蔡公抎於漢中辛餘靡振王北濟又反振蔡公周公乃侯之于西翟實爲長公殷整甲徙宅西河猶思故處實始作爲西音
師曠覘風於盛衰
左傳晉人聞有楚師師曠曰不害吾驟歌北風又歌南風南風不競多死聲必無功
季札鑒微
左傳襄公二十九年吳公子札來聘請觀于周樂云云
敷訓胄子必歌九德
舜典帝曰夔命汝典樂教胄子　皐陶謨皐陶曰亦行有九德寬而栗柔而立愿而恭亂而敬擾而毅直而溫簡而廉剛而塞彊而義　漢書古者自卿大夫師瞽以下皆選有道德之人朝夕習業以教國子國子者卿大夫之子弟也皆學歌九德
七始
十二律各有七曰宮商角徵羽變宮變徵爲七始也
八風
晉書樂志

云乾之音石其風不周坎之音革其風廣莫艮之音匏其風融震之音竹其風明庶巽之音木其風清明離之音絲其風景坤之音土其風凉兌之音金其風閶闔**溺音**禮記云宋音燕女溺志鄭音好濫淫志衛音趨數煩志齊音傲僻驕志**制氏紀其鏗鏘**漢書禮樂志漢興樂家有制氏以雅樂聲律世世在太樂官但能紀其鏗鏘而不能言其義**叔孫定其容與**漢書叔孫通因秦樂人制宗廟樂大祝迎神于廟門奏嘉至皇帝入廟門奏永至乾豆上奏登歌登歌再終下奏休成之樂皇帝就酒東廂坐定奏永安之樂**武德興乎高祖**漢書武德舞者高祖四年作以象天下樂已行武以除亂也**四時廣於孝文**漢書四時舞者孝文所作以明示天下之安和也**武帝崇禮始立樂府**漢書武帝定郊祀之

禮乃立樂府采詩夜誦有趙代秦楚之謳以李延年爲協律都尉多舉司馬相如等數十人造爲詩賦略論律呂以合八音之調作十九章之歌**桂華**漢高唐山夫人作安世房中歌有桂華一章**赤鴈**漢武帝太始三年行幸東海獲赤鴈作**河間薦雅而罕御**河間獻王名德景帝子武帝時獻雅樂天子下太樂官常存肄之歲時以備數然不常御**汲黯致譏於天馬**史記樂書漢武帝嘗得神馬渥洼水中作歌曰太一貢兮天馬下霑赤汗兮沫流赭騁容與兮跇萬里今安匹兮龍與友後伐大宛得千里馬馬名蒲梢作歌曰天馬來兮從西極經萬里兮歸有德承靈威兮懷外國涉流沙兮四夷服中尉汲黯進曰凡王者作樂上以承祖宗下以化兆民今陛下得馬詩以爲歌協于宗廟先帝百姓豈能知其音耶**庭萬**詩公庭萬舞公羊傳

萬者何干舞也 何休注云干謂楯也能爲人扞難而不使害人故聖王貴之以爲武樂萬者其篇名武王以萬人服天下民樂之故名之云爾 杜夔調律音奏舒雅荀勗改懸聲節哀急故阮咸譏其離聲後人驗其銅尺 晉後略曰鍾律之器自周之末廢而漢成哀之間諸儒脩而治之至後漢末復隳矣魏武使協律知音者杜夔造之不能考之典禮徒依于時絲管之聲時之尺寸而制之甚乖失禮度於是世祖命中書監荀勗依典制定鍾律既鑄律管募求古器得周時玉律數枚比之不差又諸郡舍倉庫或有漢時故鍾以律命之皆不叩而應聲響韻合又若俱成 晉諸公賛曰律成散騎侍郎阮咸謂勗所造聲高高則悲夫忘國之音哀以思其民困今聲不合雅懼非德政中和之音必是古今尺有長短所致然今

鐘磬是魏時杜夔所造不與勗律相應音聲舒雅而久不知夔所造時人爲之不足改易勗性自矜乃因事左遷咸爲始平太守而病卒後得地中古銅尺校度勗今尺短四分方明咸果解音然無能正者

高祖之咏大風

史記十二年十月高祖還歸過沛宮悉召故人父老子弟縱酒發沛中兒得百二十人教之歌酒酣高祖擊筑自爲歌詩令兒皆和習之歌曰大風起兮雲飛揚威加四海兮歸故鄉安得猛士兮守四方

孝武之歎來遲

漢書外戚傳曰李夫人早卒帝思念不已方士齊人少翁言能致其神迺夜張燭設帷帳陳酒肉而令帝居帷帳遙望見好女如李夫人之貌還幄坐而步又不得就視帝愈益相思悲感爲作詩令樂府諸音家絃歌之歌曰是耶非耶立而望之偏何姍姍其來遲

同義則重風骨異體則流華靡此是一篇之案

招字句亦佳（何云拓字御覽作拓字）

# 詮賦第八

詩有六義其二曰賦賦者鋪也鋪采摛文體物寫志也昔邵（呂覽作召）公稱公卿獻詩師（箴瞍）賦傳云登高能賦可爲大夫詩序則同義傳說則異體總其歸塗實相枝幹劉向云明不歌而頌班固（字孟堅）稱古詩之流也至如鄭莊公之賦大隧士蔿之賦狐裘結言揑韻詞自已作雖合賦體明而未融及靈均（屈原字）唱騷始廣聲貌然賦也者受命於詩人招字（孫云疑是體憲）於楚辭也於是荀況

禮（賦）智（賦）宋玉風（賦）釣（賦）爰錫名號與詩畫境
六義附庸蔚成大國遂（許云當作述）客至（當作主）以首
引極聲（元脫曹補）貌以窮文斯蓋別詩之原始命賦
之厥初也秦世不文頗有雜賦漢初詞人順流
而作陸賈（曹云賈有感春賦）扣其端賈誼振其緒枚馬
同其風王（褒）揚騁其勢皐（枚皐）朔（元作翔曹改東方朔也）已
下品物畢圖繁積於宣（帝）時校閱於成（帝）世進
御之賦千有餘首討其源流信興楚而盛漢矣
夫京殿苑獵述行序志並體國經野義尚光大

何云薌子騰試文選中高堂賦誤以賦語爲之序直是未嫺前人體製

何云南宋李長民廣汴賦因亂以理篇之義其末遂作理曰此亦須美之一方

既履端於倡敘亦歸餘於總亂序以建言首引情本亂以理篇迭致文契按那之卒章閔馬元作焉朱改稱亂故知殷人輯頌楚人理賦斯並鴻裁之寰域雅文之樞轄也至於草區禽族庶元作鹿曹改品雜類則觸興致情因變取會擬諸形容則言務纖密象其物宜則理貴側附斯又小制之區畛奇巧之機要也觀夫荀況結隱語即禮智二賦事數自環宋玉發巧談即風釣二賦實始淫麗枚乘兔園賦舉要以會新相如上林賦繁類以成豔

合何疑作含

賈誼鵩鳥(賦)致辨於情理子淵洞簫(賦)窮變於聲貌孟堅兩都(賦)明絢(元作朋約朱改御覽改)以雅贍張衡二京(賦)迅發以宏富子雲甘泉(賦)構深瑋之風延壽(王逸子字文考)靈光(殿賦)含飛動之勢凡此十家並辭賦之流也及仲宣靡密發端必遒偉長博通時逢壯采太冲安仁策勲於鴻規士衡子安(成公綏字)底績于流制景純綺巧縟理有餘彥伯(袁宏字)梗槩情韻不匱亦魏晉之賦首也原夫登高之旨蓋覩物興情情以物興故義必明雅物以

情觀故詞必巧麗麗詞雅義符采相勝如組織之品朱紫畫繪之著玄黃文雖新而有質色雖糅而有儀此立賦之大體也然逐末之儔蔑棄其本雖讀千賦愈惑體要遂使繁華損枝膏腴害骨無貴風軌莫益勸戒此揚子所以追悔雕蟲貽誚於霧縠者也

(拉)楊用脩云音義與餖同

贊曰

賦自詩出分岐異派寫物圖貌蔚似雕畫析滯

必揚言庸無險風歸麗則辭翦美稗◎◎◎◎

邵公稱公卿獻詩呂氏春秋云厲王虐民國人皆謗王使衛巫監謗者國莫敢言王喜以告召公曰吾能弭謗矣召公曰是障之也非弭之也治川者決之使導治民者宣之使言是故天子聽政使公卿列士正諫陳詩矇箴師誦庶人傳語鄭莊之賦大隧鄭莊公以弟叔段之故遂寘母姜氏於城潁而誓之曰不及黃泉毋相見也因潁考叔而告之悔對曰君何患焉若闕地及泉隧而相見其誰曰不然公從之公入而賦大隧之中其樂也融融姜出而賦大隧之外其樂也洩洩遂爲母子如初士蔿之賦狐裘左傳晉獻公使士蔿爲二公子築蒲與屈不愼公讓之退而賦曰狐裘蒙茸一國三公吾誰適從那之卒章閔馬稱亂朱鬱儀云

頌亦本于風雅故摯虞云雜以風雅而不

閔馬當作閔馬見魯語　愚按魯語齊閭丘來盟子服景伯戒宰人曰陷而入於恭閔馬父笑景伯問之對曰笑吾子之大滿也昔正考父校商之名頌十二篇於周大師以那爲首其輯之亂曰自古在昔先民有作溫恭朝夕執事有恪先聖王之傳恭猶不敢專稱曰自古古曰在昔昔曰先民今吾子之戒吏人曰陷而入於恭其滿之甚也（亂樂之卒章也）

## 頌讚第九

四始之至頌居其極頌者容也所以美盛德而述形容也昔帝嚳之世咸墨（帝嚳臣）爲頌以歌九韶自商已下文理允備夫化偃一國謂之風風正四方謂之雅容告神明謂之頌風雅序人事

變旨趣

卽野誦之體意

何云橘頌乃賦也

兼變正頌主告神義必純美魯國（元脫曹補）以公旦次編商人以前王追錄斯乃宗廟之正歌非燕饗之常詠也時邁（周頌篇名）一篇周公所製哲人之頌規式存焉夫民各有心勿壅惟口晉輿（元作興曹改）之稱原田（元作由曹改）魯民之刺裘鞸直言不詠短辭以諷丘明子高並諜爲誦斯則野誦之變體浸被乎人事矣及三閭橘頌情采芬芳比類寓意又覃及細物矣至於秦政（始皇名）刻文爰頌其德漢之惠（帝）景（帝）亦有述容沿世並作相繼

何云北征廣城雖標頌名其實賦漢書王襃傳亦謂洞簫爲頌並沿橋頌之名何以獻識

於時矣若夫子雲之表充國（趙營平侯）孟堅之序戴侯（竇融）仲武之美顯宗（後漢明帝）史岑（字孝山一字子孝）之述熹（元作僖曹改）后（和帝后鄧氏謚熹）或擬清廟或範駉（魯頌）篇那（商頌篇名）雖淺深不同詳略各異其褒德顯容典章一也至於班（固）傅（毅）之北征（頌）西遨（疑作巡）變爲序引豈不褒過而謬體哉馬融（字季長）之廣成上林（疑作東巡）雅而似賦何弄文而失質乎又崔瑗（字子玉）文學（南陽文學官志）蔡邕（字伯喈）樊渠（樊惠渠頌）並致美於序而簡約乎篇摯虞（字仲洽）品藻頗爲精覈

從御覽增

至云雜以風雅而不變旨趣徒張虛論有似黃白之僞說矣及魏晉辨頌鮮有出轍陳思所綴以皇子（皇子生頌）爲標陸機積篇惟功臣（漢高祖功臣三十一人）最顯其褒貶雜居固末代之訛體也原夫頌惟典雅辭必清鑠敷寫似賦而不入華侈之區敬慎如銘而異乎規戒之域揄揚以發藻汪洋以樹儀唯纖曲巧致與情而變其大體所底如斯而已讚者明也助也昔虞舜之祀樂正重讚蓋唱發之辭也及益讚于禹伊陟（大戊相）贊于巫咸（殷臣）

之語足見古人相沿之妙

御覽作史班書記以贊褒貶

從御覽作必讚本廣二字全

並颺言以明事嗟嘆以助辭也故漢置鴻臚以唱拜爲讚卽古之遺語也至相如屬筆始讚荊軻及遷史固書託讚褒貶約文以總錄頌體以論辭又紀傳後元作侈朱改御覽改評亦同其名而仲治流別謬稱爲述失之遠矣及景純注雅爾雅動植讚之義兼美惡亦猶頌之變耳然其爲義事生奬歎所以古來篇體促而不曠必結言于四字之句盤桓乎數韻之辭約舉以盡情昭灼以述義此其體也發源雖遠而致用蓋寡大抵所歸

其頌家之細條乎

贊曰

容體底頌勳業垂讚鏤影摛文聲理有爛年積逾遠音徽如旦降及品物炫辭作翫

咸墨爲頌以歌九韶咸墨帝嚳臣帝命咸作九部六列六英晉輿之稱原田左傳晉輿人之誦曰原田每每舍其舊而新是謀魯民之刺裘鞞呂氏春秋曰孔子始用于魯魯人鷖誦之曰麛裘而鞞投之無戾鞞之麛裘投之無郵鷖人名也麛鹿子也其皮以爲裘加裼衣以朝君鞞小貌投棄也戾郵皆罪也三閭即屈原掌王族昭屈景三姓故曰三閭益贊于禹書大

文字最醒皆如此類

禹謨益贊于禹曰惟德動天無遠弗屆滿招損謙受益時乃天道伊陟贊于巫咸史記伊陟贊言于巫咸巫咸治王家有成作咸乂流別楊用脩云摯虞著有文章流品別

## 祝盟第十

天地定位祀徧羣[神]元作臣朱改六宗旣禋三望咸秩甘雨和風是生黍稷兆民所仰美報興焉犧盛平聲惟馨本於明德祝史陳信資乎文辭昔伊[耆]元作祁柳改始蜡音乍以祭八神其辭云土[反]元作及許改其宅水歸其壑昆蟲無作草木歸其澤則上

皇祝文爰在兹矣舜之祠田云荷此長耜耕彼南畝四海俱有利民之志頗形於言矣至於商履湯名聖敬日躋玄牡告天以萬方罪巳即郊禋之詞也素車禱旱以六事責躬則雩禜音詠之文也及周之大祝掌六祝之辭是以庶物咸生陳於天地之郊旁作穆穆唱於迎日之拜夙興夜處言於附廟之祝多福無疆布於少牢之饋宜社類禡莫不有文所以寅虔許改於神祇嚴恭於宗廟也春秋巳下黷祀諂祭祀幣史辭靡神不

善罵猶可兼讚益非

至至於張老成室致善於歌哭之禱蒯聵臨戰獲佑於筋骨之請雖造次顛沛必於祝矣若夫楚辭招魂可謂祝辭之組纚也漢之群祀肅其旨禮既總碩儒之儀亦參方士之術所以祕祝移過異於成湯之心侲音真子歐疫元作歐疾王改同乎越巫之祝體失之漸也至如黃帝有祝邪之文東方朔有罵鬼之書于是後之譴呪務于善罵唯陳思誥咎元脫曹補裁以正義矣若乃禮之祭祀事止告饗而中代祭文兼讚言行祭而兼讚蓋

引伸而作也又漢代山陵哀策流文周喪去聲盛姬内史執策然則策本書贈因哀而爲文也是以義同於誄而文實告神誄首而哀末頌體而祝儀太史所作之讚因周之祝文也凡群言發華而降神務實〔務實〕脩辭立誠在于無媿祈禱之式必誠以敬祭奠之楷宜恭且哀此其大較也班固之祀濛山祈禱之誠敬也潘岳字安仁之祭庾婦奠祭之恭哀也舉彙而求昭然可鑒矣盟者明也騂毛白馬珠盤玉敦音對陳辭乎方明之下

此非臧劉之罪

祝告於神明者也在昔三王詛盟不及時有要（平聲）誓結言而退周衰屢盟以及要契始之以曹沫（魯莊公時人）終之以毛遂（趙平原君客）及秦昭盟夷設黄龍之詛漢祖建侯定山河之誓然義存則克終道廢則渝始崇替在人呪何預焉若夫臧洪（字子源）歃辭氣截雲蜺劉琨（字越石）鐵誓精貫霏霜而無補于晉漢反爲仇讎故知信不由衷盟無益也夫盟之大體必序危機奬忠孝共存亡戮心力祈幽靈以取鑒指九天以爲正感激以立

言何云疑作焉



誠切至以敷辭此其所同也然非辭之難處辭爲難後之君子宜在殷鑒忠信可矣無恃神焉

贊

毖音祕祀欽明祝史惟談立誠在肅脩辭必甘季代彌飾絢言朱藍神之來格所貴無慚

六宗 尚書禋于六宗 孔叢子宰我問六宗孔子曰所宗者六埋少牢于太昭所以祭時也祖迎於坎壇所以祭寒暑也主于郊宮祭日也夜明祭月也幽禜所以祭星也雩禜所以祭水旱也 書正義云漢世以來說六宗者多矣孔光劉歆謂乾坤六子賈逵謂天宗三日月星地宗三河海岱馬融云天地春夏秋冬鄭玄謂星辰司中司命風師雨師

三望左傳杜註云分野之星國中山川望而祭之伊耆始蜡以祭八神禮記疏云伊伊耆氏即神農也伊耆氏始為蜡蜡者索也歲十二月合聚萬物而索饗之也蜡之祭也主先嗇而祭司嗇也祭百種以報嗇也饗農及郵表畷禽獸仁之至義之盡也古之天子使之必報之迎貓為其食田鼠也迎虎為其食田豕也迎而祭之也祭坊與水庸事也既蜡君子不興功六事責躬湯以六事自責曰政不節歟民失職歟宫室崇歟女謁盛歟苞苴行歟讒夫昌歟雩禜説文禱雨為雩禱晴為禜左傳龍見而雩雩旱祭也又云雪霜風雨之災則禜之禜禳也宜社禮記天子將出征宜于社鄭玄注云宜祭名類禡詩是類是禡注師祭也師出征伐類于上帝禡于出征之地張老成室致善於歌哭之禱禮記晉獻

文子成室晉大夫發焉張老曰美哉輪焉美哉奐焉歌于斯哭于斯聚國族于斯

**蒯聵臨戰獲佑於筋骨之請**左傳哀二年齊人輸范氏粟鄭送之趙鞅禦之遇于戚將戰郵無卹御簡子衛太子爲右太子禱曰曾孫蒯聵敢昭告皇祖文王烈祖康叔文祖襄公鄭勝亂從晉午在難不能治亂使鞅討之蒯聵不敢自佚備持矛焉敢告無絕筋無折骨無面傷以集大事無作三祖羞大命不敢請佩玉不敢愛

**秘祝移過**漢書郊祀志云秦祝官有秘祝即有災祥輒祝祠移過于下

**侲子敺疫**王性凝曰事見後漢書　愚按鄧后紀注云侲之言善也善童幼子也侲子逐疫之人也　禮儀志云大儺選中黃門子弟年十歲以上十二以下百二十人爲侲子皆赤幘皁製執大鞀方相氏黃金四目蒙熊皮玄衣朱裳執戈揚盾十二獸有衣毛角中黃

門行之冗從僕射將之以逐惡鬼於禁中夜漏上水朝臣會侍中尚書御史謁者虎賁羽林郎將執事皆赤幘陛衛乘輿御前殿黃門令奏曰侲子備請逐疫於是中黃門唱侲子和曰甲作食殈胇胃食虎雄伯食魅騰簡食不祥攬諸食咎伯奇食夢強梁祖明共食磔死寄生委隨食觀錯斷食巨窮奇騰根共食蠱凡使十二神追惡凶掠女軀拉女幹節解女肉抽女肺腸女不急去後者爲糧殈音凶磔音窄

同乎越巫之祝

史記昔東甌王敬鬼壽百六十歲後世怠慢故衰耗乃令越巫立越祝祠

陳思誥咎

曹能始曰按曹子建誥咎文序曰五行致災先史咸以爲應政而作天地之氣自有變動未必政治之所興致也干時大風發屋拔木意有感焉聊假上帝之命以誥咎祈福

秦昭盟夷設黃龍之詛

楊用脩云黃龍盟見西南夷傳 愚按後漢書

秦昭襄王時有一白虎常從羣虎數遊秦蜀巴漢之境傷害千餘人昭王乃重募國中有能殺虎者賞邑萬家金百鎰時有巴郡閬中夷人能作白竹之弩乃登樓射殺白虎昭王嘉之而以其夷人不欲加封乃刻石盟要復夷人頃田不租十妻不筭傷人者論殺人得以倓錢贖死盟曰秦犯夷輸黃龍一雙夷犯秦輸清酒一鍾夷人安之

臧洪歃辭氣截雲蜺 後漢書臧洪廣陵射陽人也年十五以父功拜童子郎舉孝廉補郎丘長靈帝中平末棄官還家太守張超請爲功曹時董卓弑帝圖危社稷超與洪西至陳留見兄邈計事邈引洪與語大異之乃與諸牧守大會酸棗設壇場將盟既而更相推讓莫敢先登咸共推洪洪乃攝衣升壇操血而盟曰漢室不幸皇綱失統賊臣董卓乘釁縱害禍加至尊毒流百姓大懼淪喪社稷剪覆四海某等糾合義兵並赴國難凡我同

盟齊心一力以致臣節殞首喪元必無二志有渝此盟俾墜其命皇天后土實皆鑒之

劉琨鋏誓精貫飛霜晉書元帝稱制江左琨乃令長史溫嶠勸進於是琨與段匹磾期討石勒匹磾推琨爲大都督喢血載書檄諸方守俱集襄國　北堂書鈔琨與匹磾盟文曰天不靖晉難集上邦四方豪傑是焉扇動乃憑陵於諸夏俾天子播越震蕩罔有攸底二虜交侵區夏將泯神人之主蒼生無歸百罹備臻死喪相枕肌膚潤于鋒鏑骸骨曝于艸莽千里無烟火之廬列城有兵曠之邑茲所以痛心疾首仰訴皇穹者也臣琨蒙國寵靈叨竊台岳臣匹磾世效忠節忝荷公輔大懼醜類滑夏王旅殞首喪元盡其臣禮古先哲王貽厥後訓所以翼戴天子敦敘同好者莫不臨之神明結之盟誓故齊桓會于召陵而羣后加恭晉文盟於踐土而諸侯茲順如臣等分在遐鄙而與主相

去迴遼是以敢干先典刑牲歃血自今日既盟之後皆盡忠竭節以翦夷二寇有加難於琨磾必救加難於磾琨亦如之繾綣齊契披布胷懷書功金石藏於王府有渝此盟亡其宗族俾墜軍旅無其遺育

# 楊升菴先生批點文心雕龍卷之三

梁　通事舍人劉　勰　著

明　豫　章　梅慶生音註

## 銘箴第十一

昔帝軒刻輿几以弼違大禹勒筍虡音巨而招諫成湯盤盂著日新之規武王戶席題必戒之訓周公慎言於金人仲尼革容於欹器則先聖鑒戒其來久矣故銘者名也觀器必也正名審用貴乎盛德蓋臧武仲之論銘也曰天子令德諸

侯計功大夫稱伐夏鑄九牧之金鼎周勒肅愼之楛（音戶）矢令德之事也呂望銘功於昆吾仲山鏤績於庸器計功之義也魏顆紀勳於景鐘（元作銘曹改）孔悝（音魁）表勤於衛鼎稱伐之類也若乃飛廉（紂臣）有石槨之錫靈公有蒿里之謚銘發幽石吁可怪矣趙靈勒跡於番吾（元作禺楊改）秦昭刻博（元作傳朱改）於華山夸誕示後吁可笑（元作茂曹改）也詳觀衆例銘義見矣至於始皇勒岳政暴而文澤亦有踈通之美焉若班固燕然之勒張昶華

陰之碣（華山堂闕碑銘）序亦盛矣蔡邕銘思獨冠古今橋（元作僑孫改）公（名玄字公祖）之銘（元作箴）吐納典謨朱穆（字公叔）之鼎（鼎銘邕作）全成碑文溺所長也至如敬通（馮衍字）雜器準矱戒銘而事非其物繁略違中崔駰（字亭伯）品物讚多戒少李尤（字伯仁）積篇義儉辭碎著龜神物而居博奕之中衡斛嘉量而在臼杵之末曾名品之未暇何事理之能闕哉魏文九寶（銘）器利辭鈍唯張載（元作采謝改）劍閣（銘）其才清采迅足駸駸後發前至勒銘岷漢得其宜矣

箴者所以攻疾防患喻鍼石也斯文之興盛于三代夏商二箴餘句頗存及周之辛甲（武王時太史）百官箴一篇體義備焉迄至春秋微而未絕故魏絳諷君於后羿楚子訓民於在勤戰代已來棄德務功銘辭代興箴文委絕至揚雄稽古始範虞人箴作卿尹州牧（箴）廿五篇及崔（駰瑗琦）胡（廣補）綴總稱百官指事配位鞶鑑可徵信所謂追清風於前古攀辛甲於後代者也至於潘勗（字元茂）符節（箴）要而失淺溫嶠（字太眞）傅臣（箴）博而患繁

何本作引多事寡

王濟（字武子）國子箴引廣事雜潘尼（字正叔）乘輿箴
義正體蕪凡斯繼作鮮有克衷至於王朗（字景興）
雜箴乃寘巾履得其戒慎而失其所施觀其約
文舉要憲章戒銘而水火井竈繁辭不已志有
偏也夫箴誦於官銘題於器名目雖異而警戒

何本作文質確切

實同箴全禦過故文資确（元作確朱改）切銘兼褒讚
故體貴弘潤其取事也必覈（元作覆）以辨其摛文
也必簡而深此其大要也然矢言之道蓋闕庸
器之制久淪所以箴銘異用罕施（于）代惟秉文君

子宜酌其遠大焉

贊曰

銘實表器箴惟德軌有佩於言無鑒於水秉茲貞厲敬言乎履義典則弘文約為美

大禹勒筍虡而招諫淮南子禹之時以五音聽治懸鐘鼓磬鐸置鞀以待四方之士為號曰教寡人以道者擊鼓諭寡人以義者擊鐘告寡人以事者振鐸語寡人以憂者擊磬有獄訟者搖鞀當此之時一饋而十起一沐而三捉髮以勞天下之民此而不能建善效忠者則才不足也武王戶席題必戒之訓戶銘曰夫名難得而易失無勤弗志而曰我知之乎無勤弗及而曰我杖之乎擾阻以泥之若

風將至必先搖搖雖有聖人不能爲謀也席銘曰安樂必敬無行可悔一反一側亦不可不志殷鑒不遠視爾所代

周公慎言於金人

家語孔子見金人三緘其口而銘其背曰古之慎言人也戒之哉無多言多言多敗無多事多事多患安樂必戒無行所悔勿謂何傷其禍將長勿謂何害其禍將大勿謂不聞神將伺人焰焰不滅炎炎若何涓涓不壅終成江河綿綿不絕或成網羅毫末不劄將尋斧柯誠能慎之福之根也口是何傷禍之門也強梁者不得其死好勝者必遇其敵盜憎主人民怨其上君子知天下之不可上也故下之知衆人之不可先也故後之溫恭慎德使人慕之執雌持下人莫踰之人皆趨彼我獨守此人皆惑之我獨不徙內藏我知不示人技我雖尊高人莫害我夫江湖雖左長於百谷者以其卑下也天道無親常與善人戒之哉

仲尼華

**容於欹器** 家語孔子觀於魯桓公之廟有欹器焉問於守廟者曰此何器也對曰此蓋爲宥坐之器孔子曰吾聞宥坐之器虛則欹中則正滿則覆明君以爲至戒故常置之於坐側顧謂弟子曰試注水焉乃注之水中則正滿則覆夫子喟然歎曰嗚呼夫物惡有滿而不覆者哉

**飛廉有石槨之錫** 楊用脩云飛廉事見史記秦紀 愚按秦紀飛廉爲紂石北方還無所報爲壇霍泰山而報得石棺銘曰帝令處父不與殷亂賜爾石棺以華氏死遂葬于霍泰山

**靈公有蒿里之諡** 楊用脩云靈公事見莊子 愚按莊子仲尼問于豨韋曰夫衛靈公所以爲靈者何耶豨韋曰夫靈公也死卜葬於故墓不吉卜葬於沙丘而吉掘之數仞得石槨焉洗而視之有銘焉曰不馮之子靈公奪而埋之夫靈公之爲靈也久矣 搜神記曰人死精神歸于蒿里

**趙**

**靈勒跡於番吾** 楊用脩云趙靈事見韓非子番吾山名何物白丁改作番禺番禺在南海古嶺趙武靈何由至其地耶愚按韓子趙主父令工施鉤梯而緣潘吾刻疏人跡其上廣三尺長五尺而勒之曰主父嘗遊於此

**秦昭刻博於華山** 韓非子秦昭王令工施鉤梯而上華山以松栢之心爲博箭長八尺棊長八寸而勒之曰昭王嘗與天神博於此矣

**始皇勒岳** 登泰山刻石文曰皇帝臨位作制明法臣下脩飭二十有六年初并天下罔不賓服親巡遠方黎民登茲泰山周覽東極從臣思迹本原事業祗誦功德治道運行諸產得宜皆有法式大義休明垂於後世順承勿革皇帝躬聖既平天下不懈於治夙興夜寐建設長利專隆教誨訓經宣達遠近畢理咸承聖志貴賤分明男女禮順愼遵職事昭隔內外靡不清淨施于後嗣化及無窮遵奉遺詔

永承重威魏絳諷君於后羿左傳無終子嘉父使孟樂如晉因魏莊子以請和諸戎晉侯曰不如伐之魏絳曰夏訓有之曰有窮后羿公曰后羿何如對曰昔有夏之方衰也后羿自鉏遷于窮石因夏民以代夏政恃其射也不脩民事而淫于原獸有窮於是遂亡失人故也昔周辛甲之爲太史也命百官官箴王闕於虞人之箴曰芒芒禹迹畫爲九州經啟九道民有寢廟獸有茂草各有攸處德用不擾在帝夷羿冒于原獸忘其國恤而思其麀牡武不可重用不恢于夏家獸臣司原敢告僕夫虞箴如是可不懲乎於是晉侯好田故魏絳及之公曰然則莫如和戎乎對曰和戎有五利焉君其圖之公說使魏絳盟諸戎脩民事田以時

## 誄碑第十二

切一作戚

何云有脫誤

周世盛德有銘誄之文大夫之材臨喪平聲能誄誄者累也累其德行旌之不朽也夏商已前其詳靡聞周雖有誄未被于士又賤不誄貴幼不誄長在萬乘去聲則稱天以誄之讀誄定謚其節文大矣自魯莊公戰乘丘始及于士逮尼父卒哀公作誄觀其慭魚覲切遺之切嗚呼之嘆雖非叡作古式存焉至柳妻之誄惠子柳下惠則辭哀而韻長矣暨乎漢世承流而作揚雄之誄元帝后王氏文實煩穢沙麓撮其要而摯疑成篇安有

累德述尊而闊略四句乎杜篤（字季雅）之誄有譽前代吳（漢杜作）誄雖工而他篇頗疎豈以見稱光武而改盼千金哉傅毅所制文體倫序孝山崔瑗辨絜相參觀其序事如傳辭靡律調固誄之才也潘岳構意專師孝山（蘇順字）巧於序悲易入新麗所以隔代相望能徵厥聲者也至如崔駰誄趙劉陶（字子奇）誄黃並得憲章工在簡要陳思叨名而體實繁緩文皇誄末旨言自陳其乖甚矣若夫殷臣誄湯追褒玄鳥之祚周史歌文上闡后

稷之烈誄述祖宗蓋詩人之則也至於序述哀情則觸類而長（長上聲）傅毅之誄北海（靖王興）云白日幽光雰霧杳冥始序致戚（謝云疑作感御覽）遂爲後式景而效者彌取於[工]（元作功謝改）矣詳夫誄之爲制蓋選[言以]錄行傳體而頌文榮始而哀終論其人也曖乎若可覿道其哀也悽焉如可傷此其旨也

碑者埤（音皮）也上古帝皇始號封禪（音善）樹石埤岳故曰碑也周穆紀跡于弇（音掩）山之石亦古碑之意也又宗廟有碑樹之兩楹事[正]（謝云當作止）麗牲

未勒勳績而庸器漸缺故後代用碑以石代金同乎不朽自廟徂墳猶封墓也自後漢以來碑碣雲起才鋒所斷莫高蔡邕觀楊賜（字伯獻）之碑骨鯁訓典陳（寔）郭（泰）二文句（從御覽）無擇言周乎衆碑莫非清允其敘事也該而要其綴采也雅而澤清詞轉而不窮巧義出而卓立察其爲才自然而至孔融（字文舉）所創有慕伯喈張（儉）陳兩文辨給足采亦其亞也及孫綽（字興公）爲文志在碑誄溫王郄庾辭多枝雜桓彝（字茂倫）一篇最爲辨

光字妙

裁夫屬碑之體資乎史才其序則傳（去聲）其文則銘標序盛德必見清風之華昭紀鴻懿必見峻偉之烈此碑之制也夫碑實銘器銘實碑文因器立名事光（光當作先）於誄是以勒石讚勳者入銘之域樹碑述已者同誄之區焉

贊曰

寫實追虚碑誄以立銘德慕行文采允集觀風似面聽辭如泣石墨鐫華頹影豈忒

魯莊戰乘丘始及于士（檀弓魯莊公及宋人戰于乘丘縣賁父御

卜國爲右馬驚敗績公隊佐車授綏公曰未之卜也縣賁父曰他日不敗績而今敗績是無勇也遂死之圉人浴馬有流矢在白肉公曰非其罪也遂誄之士之有誄自此始也

**逮尼父卒哀公作誄** 左傳孔丘卒公誄之曰旻天不弔不慭遺一老俾屏余一人以在位煢煢余

**柳妻之誄惠子**

在疚嗚呼哀哉尼父無自律

說苑柳下惠死門人將誄之妻曰將誄夫子之德耶則二三子不如妾之知也乃誄曰夫子之不伐兮夫子之不竭兮夫子之信成而與人無害兮柔屈從俗不强察兮蒙恥救民德彌大兮雖遇三黜終不弊兮豈弟君子永能厲兮嗟乎惜哉乃下世兮庶幾遐年今遂逝兮嗚呼哀哉神魂泄

**殷臣誄湯追褒玄鳥**

兮夫子之謚宜爲惠兮

**之祚** 商頌玄鳥之詩曰天命玄鳥降而生商宅殷土芒芒古帝命武湯正域彼四方

方命厥后奄有九有周史歌文上闡后稷之烈周頌思文之詩曰思文后稷克配彼天立我烝民莫匪爾極周穆紀跡於弇山之石穆天子傳天子觴西王母于瑶池之上西王母爲天子謡曰白雲在天山陵自出道里悠遠山川間之將子無死尚能復來天子答之曰予歸東土和洽諸夏萬民平均吾顧見汝比及三年得復而野天子遂驅升于弇山乃紀丌跡于弇山之石而樹之槐眉曰西王母之山

## 哀弔第十三

賦憲孫云當作議德之謚短折曰哀哀者依也悲實依心故曰哀也以辭遣哀蓋不淚之悼故不在黃

髮必施夭（元作天）昏昔三良殉秦（穆公）百夫莫贖事
均天橫黃鳥賦哀抑亦詩人之哀辭乎暨漢武
封禪而霍子侯（元作光病曹改）暴亡帝（武帝）傷而作詩亦
哀辭之類矣及後漢汝陽王亡崔瑗哀辭始變
前式（元作戒謝改）然履突鬼門怪而不辭駕龍乘雲
仙而不哀又卒章五言頗似歌謠亦彷彿乎漢
武也至於蘇愼（疑順）張升（字景眞）並述哀文雖發其
情華而未極心實建安哀辭惟偉長差善行女
一篇時有惻怛及潘岳繼作實踵其美觀其慮

善辭變情洞悲苦敘事如傳結言摹詩促節四言鮮有緩句故能義直而文婉體舊而趣新金鹿澤蘭莫之或繼也原夫哀辭大體情主於痛傷而辭窮乎愛惜幼未成德故譽止於察惠弱不勝務故悼加乎膚色隱心而結文則事愜觀文而屬心則體奢奢體爲辭則雖麗不哀必使情往會悲文來引泣乃其貴耳弔者至也詩云神之弔矣言神至也君子令終定謚事極理哀故賓之慰主以至到爲言也壓溺乖道所以不

忿御覽作介



弔文宋水鄭火行人奉辭國災民亡故同弔也
及晉築虒（音斯元作虎孫改）臺齊襲燕城史趙（元脫孫補）蘇
秦翻賀爲弔虐民構敵亦亡之道凡斯之例弔
之所設也或驕貴而殞身或狷忿以乖道或有
志而無時或美才而兼累追而慰之並名爲弔
自賈誼浮湘發憤弔屈體同而事覈辭清而理
哀蓋首出之作也及相如之弔二世全爲賦體
桓譚以爲其言惻愴讀者嘆息及卒章要切斷
而能悲也揚雄弔屈思積功寡意深文略故辭

沈本文作闡

韻沉膇（音墜）班彪（字叔皮）蔡邕並敏于致語然影附賈（誼）氏難爲並驅耳胡阮之弔夷齊褒而無文仲宣所制譏呵實工然則胡阮嘉其清王子傷其隘各其志也禰（音你）衡（字正平）之弔平子縟麗而輕清陸機之弔魏武序巧而文繁降斯以下未有可稱者矣夫弔雖古義而華辭未造華過韻緩則化而爲賦固宜正義以繩理昭德而塞違割析褒貶哀而有正則無奪倫矣

贊曰

辭定所表在彼弱弄苗而不秀自古斯慟雖有通才迷方告控千載可傷寓言以送

黃鳥賦哀史記秦繆公卒葬雍從死者百七十七人秦之良臣子輿氏三人名曰奄息仲行鍼虎亦在從死之中秦人哀之為作黃鳥之詩曰交交黃鳥止于棘誰從穆公子車奄息維此奄息百夫之特臨其穴惴惴其慄彼蒼者天殲我良人如可贖兮人百其身交交黃鳥止于桑誰從穆公子車仲行維此仲行百夫之防臨其穴惴惴其慄彼蒼者天殲我良人如可贖兮人百其身交交黃鳥止于楚誰從穆公子車鍼虎維此鍼虎百夫之禦臨其穴惴惴其慄彼蒼者天殲我良人如可贖兮人百其身霍子侯暴亡按漢書霍去病子名嬗字子侯武帝愛之幸其壯而將之為奉車都尉從帝封禪天

子至梁父禮祠地主封太山下東方禮畢天子獨與侍中奉車子侯上太山亦有封其事皆禁明日下陰道禪太山下趾東北肅然山還坐明堂羣臣更上壽乃復東至海上望冀遇蓬萊焉奉車子侯暴病一日死上乃遂去

**晉築虒臺齊襲燕城**

**史趙蘇秦翻賀爲弔** 左傳晉築虒祁之宮魯叔弓如晉賀虒祁也游吉相鄭伯以如晉亦賀虒祁也史趙見子太叔曰甚哉其相蒙也可弔也而又賀之子太叔曰若何弔也其非我賀將天下實賀 杜註虒祁地名也築宮於虒祁之地史趙晉史也子太叔即游吉鄭大夫也 國策燕文公卒齊宣王因燕喪攻之取十城 武安君蘇秦爲燕說齊王再拜而賀因仰而弔齊王按戈而却曰此一何慶弔相隨之速也對曰人之飢所以不食烏喙者以爲雖偷充腹而與死同患也今燕雖弱小強秦之少壻也王利其

玉海作揚雄覃思文閣碎文璅語肇為連珠



十城而深與強秦爲仇今使弱燕爲鴈行而強秦制其後以招天下之精兵此食烏喙之類也

雜文第十四

智術之子博雅之人藻溢於辭辭盈乎氣苑囿文情故日新殊致宋玉含才頗亦負俗始造對問（對楚王問）以申其志放懷寥廓氣實使之及枚乘摛豔首製七發腴辭雲構夸麗風駭蓋七竅所發發乎嗜欲始邪末正所以戒膏粱之子也揚雄覃思文闊業深綜述碎文璅語肇爲連珠其

辭雖小而明潤矣凡此三者文章之枝派暇豫之末造也自對問以後東方朔字曼倩效而廣之名爲客難託古慰志疎而有辨揚雄解嘲雜以諧謔迴環自釋頗亦爲工班固賓戲含懿采之華崔駰達旨吐典言之裁張衡應問密而兼雅崔寔字子夏客譏整而微質蔡邕釋誨體奧而文炳景純客傲情見而采蔚雖迭相祖述然屬篇之高者也至於陳思客問辭高而理疎庾敳音開字子嵩元作凱欽改客咨意榮而文悴元作粹朱改斯類甚衆

即連珠一節以玉海校之其脫誤至不可勝[illegible]此書北宋善本以釋胄中之結哉　玉海亦節畧前後語

欲作雜文數家之製皆當熟後未可以其彼此祖述而少之也　何評

批上僧連珠字接寫

無所取裁矣原茲文之設迺發憤以表志身挫
憑乎道勝時屯寄乎情泰莫不淵岳其心麟鳳
其采此立本之大要也自七發以下作者繼踵
觀枚氏乘首唱信獨拔而偉麗矣及傅毅七激
會清要之工崔駰七依入博雅之巧張衡七辨
結采綿靡崔瑗七厲植義純正陳思七啟取美
於宏壯仲宣七釋致辨於事理自桓麟字元鳳七
說以下左思七諷以上枝附影從十有餘家或
文麗而義暌或理粹而辭駁觀其大抵所歸莫

骨體亦佳

不高談宮館壯語畋獵窮瓌奇之服饌極蠱（讀作治）媚之聲色甘意搖骨體（楊云當作髓）豔詞動魂識雖始之以淫侈而終之以居正然諷一勸百勢不自反子雲所謂先騁鄭衛之聲曲終而奏雅者也唯七厲敘賢歸以儒道雖文非拔羣而意實卓爾矣自連珠以下擬者間出杜篤賈逵（字景伯）之曹劉珍（字秘孫）潘勗之輩欲穿明珠多貫魚目可謂壽陵匍匐非復邯鄲之步里醜（元作配謝改）捧心不關西施之嚬矣唯士衡運思理新文敏

而裁章置句廣於舊篇豈慕朱仲四寸之璫乎夫文小易周思閑可贍足使義明而詞淨事圓而音澤磊磊自轉可稱珠耳詳夫漢來雜文名號多品或典誥誓問或覽略篇章或曲操弄引或吟諷謠詠總括其名並歸雜文之區甄別其義各入討論之域類聚有貫故不曲述

贊曰

偉矣前脩學堅多飽負文餘力飛靡弄巧枝辭攢映嘒若參昴慕嚬之心於焉祇攪

客難解嘲賓戲達旨應問客譏釋誨客傲楊用脩云八篇皆見于史唯崔寔客譏一篇不傳愚按後漢崔寔客譏曰客有譏夫人之享天爵而應睿哲也必將振民毓德弭難濟時故或階滕以納説或桎梏而不辭或擊角以自衒或養老以待期及其規合策從勳績克章撥亂夷險九合一匡聖人大寶唯斯為光今子遊精太清潛思九玄勵節縹霄抗志浮雲口願甘而常苦身樂逸而長勤志求貴而永畀情好富而困貧慕榮利而失厚思慮勞乎形神荅曰子徒休彼綉衣不知嘉遯之獨肥也且麟隱于遐荒不紆機穽之路鳳凰翔于寥廓故節高而可慕李斯奮激果失其度胥種遂功身乃無處觀夫人之進趨也不揣己而干禄不揆時而要會或遭否而不遇或智小而謀大纖芒毫末禍亟無外榮速激電辱必彌世故曰愛餌銜鉤悔在鸞刀披文食

參乃啓其毛若夫守恬履靜澹爾無求沈縉濬壑棲息高丘雖無炎炎之樂亦無灼灼之憂余竊嘉兹庶遵厥猷

**客問客咨** 俱篇名 **七發七激七依七辨七厲七啓七釋七說七諷** 俱七類篇名 **連珠**

藝文傳玄敘連珠云所謂連珠者興于漢章帝之世班固賈逵傳毅三子受詔作之而蔡邕張華之徒又廣焉其文體辭麗而言約不指說事情必假喻以達其旨而賢者微悟合於古詩勸興之義欲使歷歷如貫珠易覩而可悅故謂之連珠也 愚按西漢揚雄巳有連珠班固擬連珠非始於固也嗣從潘勗擬連珠魏王粲有儗連珠晉陸機有演連珠宋顏延之有範連珠齊王儉有暢連珠梁劉孝儀探物作豔體連珠

## 諧隱第十五

芮良夫（周大夫芮伯）之詩云自有肺腸俾民卒狂（大雅桑柔篇）夫心險如山口壅若川怨怒之情不一歡謔之言無方昔華（去聲）元棄甲城者發睅（音罕）目之謳臧紇喪師國人造侏儒之歌並嗤戲形貌内怨爲俳也又蠶蟹鄙諺貍首淫哇苟可箴戒載于禮典故知諧辭讔言亦無棄矣諧之言皆也辭淺會俗皆悦笑也昔齊威（元作宣許改）酣樂而淳于髡說甘酒楚襄讌集而宋玉賦好（去聲）色意在微諷有足觀者及優旃之諷漆城優孟之諫葬

馬並譎音決辭飾說抑止昏暴是以子長司馬遷編
史列傳滑稽以其辭雖傾回意歸義正也但本
體不雅(雜)其流易弊於是東方朔枚皐餔糟啜醨
無所匡正而詆嫚媟弄故其自稱爲賦迺亦俳
也見視如倡亦有悔矣至魏大因俳說以著笑
何云文字以意改
元作茂孫改書薛綜字敬文憑宴會而發嘲調雖抃推
疑誤席而無益時用矣然而懿文之士未免枉轡
何云而字以意改
潘岳醜婦之屬束皙字廣微賣餅之類尤相效之
蓋以百數魏晉滑稽盛相驅扇遂乃應瑒之鼻

方於盜削卵張華之形比乎握春杼曾是莠言有虧德音豈非溺者之妄笑元作茂朱改云溺者必笑出左傳胥靡之狂歌歟讔者隱也遯辭以隱意譎譬以指事也昔還社元作楊求拯元作極于楚師喻眢音鴛井而稱麥麯叔儀吳大夫姓申乞糧于魯人歌佩玉而呼庚癸伍舉楚大夫刺荊王以大鳥齊客譏薛公靖郭君以海魚莊姬託辭于龍尾臧文謬書于羊裘隱語之用被于紀傳大者興治濟身其次弼違曉惑蓋意生于權譎而事出于機急與夫

諧辭可相表裏者也漢世隱書十有八篇歆劉向少子字子駿固編文錄之歌末昔楚莊王齊威王性好隱語至東方曼倩尤巧辭述但謬辭詆戲無益規補自魏代已來頗非俳優而君子嘲隱化爲謎語謎也者迴互其辭使昏迷也或體目文字或圖象品物纖巧以弄思元作忠謝改淺察以衒辭義欲婉而正辭欲隱而顯荀卿況字蠶賦已兆其體至魏文陳思約而密之高貴鄉公魏曹髦博舉品物雖有小巧用乖遠大夫觀古之爲隱理周

要務豈爲童稚之戲謔搏髀而抃笑哉然文辭之有諧讔譬九流之有小說蓋稗官所采以廣視聽若效而不已則髡袒而入室旃孟之石交乎

贊曰

古之嘲隱振危釋憊雖有絲麻無棄菅蒯會義適時頗益諷誡空戲滑稽德音大壞

華元棄甲城者發睅目之謳左傳宋城華元爲植巡功城者謳曰睅其目皤其腹棄甲而復于思于思棄甲復來使其驂乘謂之曰牛則有皮犀兕尚

多棄甲則那役人曰從其有皮丹漆若何華元曰去之夫其口衆我寡

**臧紇喪師國人造侏儒之歌**左傳襄公四年臧紇救鄫侵邾敗于狐駘國人誦之曰臧之狐裘敗我於狐駘我君小子侏儒侏儒是使侏儒侏儒使我敗于邾

**蠶蠏鄙彥**檀弓成人有其兄死而不爲衰者聞高子皐爲成宰遂爲衰成人歌曰蠶則績而蟹有匡范則冠而蟬有緌兄則死而子皐爲之衰（范蜂也緌謂蟬喙長在腹下此嗤兄死者其衰之不爲兄也）

**貍首淫哇**禮記原壤母死孔子助之沐槨原壤登木曰久矣予之不託於音也歌曰貍首之斑然執女手之卷然（貍首之斑言木文之華也卷與拳同如執女手之拳言沐槨之滑膩也）

**齊威酣樂而淳于說甘酒**齊威王之時喜隱好爲淫樂長夜之飲沉湎不治委政卿大夫百官荒亂諸侯並侵

國且危亡在於旦暮威王置酒後宮召髡賜之酒問曰先生能飲幾何而醉對曰臣飲一斗亦醉一石亦醉威王曰先生飲一斗而醉惡能飲一石哉其說可得聞乎髡曰賜酒大王之前執法在傍御史在後髡恐懼俯伏而飲不過一斗徑醉矣若親有嚴客髡帣韝鞠𦜝侍酒於前時賜餘瀝奉觴上壽數起飲不過二斗徑醉矣若朋友交遊久不相見卒然相覩歡然道故私情相與飲可五六斗徑醉矣若乃州閭之會男女雜坐行酒稽留六博投壺相引爲曹握手無罰目眙不禁前有墮珥後有遺簪髡竊樂此飲可八斗而醉二參日暮酒闌合尊促坐男女同席履舄交錯杯盤狼籍坐上燭滅主人留髡而送客羅襦襟解微聞薌澤當此之時髡心最歡能飲一石故曰酒極則亂樂極則悲萬事盡然言不可極極之而衰以諷諫焉齊王曰善乃罷長夜之飲

## 優旃之諷漆城

史記

秦二世立欲漆其城優旃曰善主上雖無言臣固將請之漆城雖於百姓愁費然佳哉漆城蕩蕩寇來不能上卽欲就之易爲漆耳顧難爲蔭室於是二世笑之以其故止

優孟之諫葬馬　楚莊王之時有所愛馬病肥死使羣臣喪之欲以棺槨大夫禮葬之左右爭之以爲不可王下令曰有敢以馬諫者罪至死優孟聞之仰天大哭王驚而問其故優孟曰馬者王之所愛也以楚國堂堂之大何求不得而以大夫禮葬之薄請以人君禮葬之王曰何如對曰臣請以雕玉爲棺文梓爲槨楩楓豫章爲題湊發甲卒爲穿壙老弱負土齊趙陪位於前韓魏翼衛其後廟食大牢奉以萬戶之邑諸侯聞之皆知大王賤人而貴馬也　王曰寡人之過一至此乎

還社求拯于楚師喻眢井而稱麥麴　左傳楚子伐蕭還無社與司馬卯言號申叔展叔展曰有

麥麴乎曰無有山鞠窮乎曰無河魚腹疾柰何曰目於眢井而拯之若爲茅絰哭井則已明日蕭潰申叔視其井則茅絰存號而出之還無社蕭大夫司馬卯申叔展楚大夫號乎聲鞠音芎

叔儀乞糧于魯人歌佩玉而呼庚癸左傳吳申叔乞糧於公孫有山氏曰佩玉橤兮余無所繫之旨酒一乘兮余與褐之父睨之對曰梁則無矣麤則有之若登首山以呼曰庚癸乎則諾杜註庚西方主穀癸北方主水

伍舉刺荊王以大鳥楚莊王蒞政三年無令發無政爲也右司馬御坐而與王隱曰有鳥止南方之阜三年不翅不飛不鳴嘿然無聲此爲何名王曰三年不翅將以長羽翼不飛不鳴將以觀民則雖無飛飛必衝天雖無鳴鳴必驚人子釋之不穀知之矣

齊客譏薛公以海魚靖郭君將城薛客多以諫者靖郭君

謂謁者曰毋爲客通齊人有請見者曰臣請三言而已過三言臣請烹靖郭君因見之客趨進曰海大魚因反走靖郭君曰請聞其說客曰君聞大魚乎網不能止繳不能過蕩而失水螻蟻得意焉今夫齊亦君之海也君長有齊奚以薛爲君失齊雖隆薛城至於齊猶無益也靖郭君曰善乃輟不城薛

**莊姬託辭于龍尾** 楚莊姬上楚王書曰大魚失水有龍無尾墻欲內崩而王不視王問之對曰魚失水離國五百里也龍無尾年三十無太子也墻崩不視禍將成而王不改也

**臧文謬書于羊裘** 臧文仲使于齊齊人繫之獄遺魯君書曰斂小器投諸台食獵犬組羊裘琴之合甚思之臧我羊羊有母食我以桐魚冠纓不足帶有餘公得書與諸大夫議之莫能知之者有言臧孫母世家子也君何不試召而問焉於是乃召而語之曰吾使臧子之齊今持書來云

爾何也臧孫母泣下襟曰吾子拘有木治矣公曰何以知之對曰斂小器投諸台言取郭萌内之于城中也食獵犬組羊裘言趣饗戰鬭之士而繕甲兵也琴之合甚思之者言思妻也臧我羊羊有母是告妻善養母也食我以桐魚桐者其文錯錯者所以治鋸鋸者所以治木也是有木治繫于獄矣冠纓不足帶有餘頭亂而不得梳饑不得食也故知吾子拘而有木治矣

荀卿蠶賦

有物於此儽儽兮其狀屢化女神功被天下爲萬世文禮樂以成貴賤以分養老長幼待之爲而後存名號不美與暴爲鄰功立而身廢事成而家敗棄其耆老收其後世人屬所利飛鳥所害臣愚而不識請占之五泰五泰占之曰此夫身女好而頭馬首者與屬化而不壽者與善壯而拙老者與有父母而無牝牡者與冬伏而夏遊食葉而吐絲前亂而後治夏生而惡暑喜溫而惡雨蛹以爲母蛾以爲父三

俯三起事乃大巳
夫是之謂鬛理

論史處彥和正而子玄偏

# 楊升菴先生批點文心雕龍卷之四

梁　通事舍人劉勰　著

明　豫章　梅慶生音註

## 史傳第十六

開闢草昧，歲紀綿邈，居今識古，其載籍乎！軒轅之世，史有倉頡，主文之職，其來久矣。曲禮曰：史載筆左右。史者，使也，執筆左右，（六字元脫，按胡孝轅本補）使之記也。（元作已，按胡本改）古（元脫，孫補）者左史記事者，右史記言者。言經則尚書，事經則春秋。唐虞流于典

此卽春秋之始

夫子上御覽有昔者二字



謨商夏被于誥誓自洎周命維新姬公定法紬三正以班曆貫四時以聯事諸侯建邦各有國史彰善癉音但惡樹之風聲自平王微弱政不及雅憲章散紊彝倫攸斁音亦夫子閔王道之缺傷斯文之隆靜居以歎鳳臨衢而泣麟於是就太師以正雅頌因魯史以修春秋舉得失以表黜陟徵存亾以標勸戒褒見一字貴踰軒冕貶在片言誅深斧鉞然睿旨存亾二字衍幽隱御覽作秘經文婉約丘明同時實得微言乃原始要終創爲傳

體傳者轉也轉受經旨以授於後實聖文之羽翮記籍之冠冕也至從橫之世史職猶存秦幷七王而戰國有策蓋錄而弗敘故卽簡而爲名也漢滅嬴（秦）項（羽）武功積年陸賈稽古作楚漢春秋（書名）爰及太史談（司馬遷之父）世惟執簡子長繼志（元作至胡改）甄序帝勣比堯稱典則位雜中賢法孔題經則文非元聖故取式呂覽（書名）通號曰紀紀綱之號亦宏稱也（元脫謝補）故本紀以述皇王列傳以總侯伯八書以鋪政體十表以譜年爵雖

殊古式而得事序焉。爾其實録無隱之旨博雅宏辯之才愛奇反經之尤條例踳（音蠢雜也）落之失叔皮（班彪字）論之詳矣及班固述漢因循前業觀司馬遷之辭思實過半其十志該富讚序弘麗儒雅彬彬信有遺味至於宗經矩聖之典端緒豐贍之功遺親攘美之罪徵賄鬻筆之愆公理（楊云薛統字公理仲長統亦字公理）辨之究矣觀夫左氏綴事附經間（去聲）出于文爲約而氏族難明及史遷各傳（去聲）人始區別詳而易覽述者宗焉及孝惠（帝）委機

何云呂氏立紀著其實也元后之時王莽竊柄政已他屬又不當以此爲例

呂后攝政班固史立紀違經失(元脫朱補)實何則庖犧以來未聞女帝者也漢運所值難爲後法牝雞無晨武王首誓婦無與(去聲)國齊桓著盟(葵丘之會)宣后(昭襄王母)亂秦呂氏(高帝后)危漢豈唯政事難假亦名號宜慎矣張衡司史而惑同遷固元平二(元作帝王孫改)后欲爲立紀謬亦甚矣尋子弘雖僞要當孝惠之嗣孺子誠微實繼平帝之體二子可紀何有於二后哉至於後漢紀傳發源東觀(漢紀)袁(宏)張(璠)所製偏駮不倫薛(綜)謝(承)之作踈謬

御覽有若字

何云何以獨不及范史當有脫文

得御覽作明



少信可馬彪（字紹統）之詳實華嶠（字叔駿）之準當則其冠也及魏代三雄記傳（去聲）互出陽秋（書名）魏略（書名魚豢著）之屬江表吳錄（書名）之類或激抗難徵或疎闊寡要（元脫謝補）唯陳壽（字承祚）三國志文質辨洽荀張比之於遷固非妄譽也至於晉代之書繫（繁）乎著作陸機肇始而未備王韶（字[illegible]）續末而不終于寶（字令升）述紀以審正得序孫盛（字安國）陽秋以約舉為能按春秋經傳舉例發凡自史漢以下莫有準的至鄧[璨]（元作琰朱改）晉紀始立條例又

何云攡落從御覽此二字惟馮校有之

攡略漢魏憲章殷周雖湘川梁長沙人曲學亦有心典謨及安元作交未改國立例乃鄧氏之規焉原夫載籍之作也必貫乎百氏元作姓被之千載表徵盛衰殷鑒興廢使一代之制共日月而長存王霸之跡並天地而久大是以在漢之初史職爲盛郡國文計先集太史之府欲其詳悉於體國必閱石室啓金匱抽裂帛檢殘竹欲其博練於稽古也是立義選言宜依經以樹則勸戒與奪必附聖以居宗然後銓評昭整苛濫不作矣然

何云可悟子由古史爲妄作矣

紀傳爲式編年綴事文非泛論按實而書歲遠則同異難密事積則起訖易踈斯固總會之爲難也或有同歸一事而數人分功兩記則失於複重（平聲）偏舉則病於不周此又銓配之未易也故張衡摘史班之舛濫傳玄譏後漢之尤煩皆此類也若夫追述遠代代遠多僞公羊高（子夏門人作春秋傳）云傳聞異辭荀況稱録遠略近蓋文疑則闕貴信史也然俗皆愛奇莫顧實理傳聞而欲偉其事録遠而欲詳其跡於是棄同即異穿鑿

御覽記作略
臣作心

傷說舊史所無我書則傳此訛濫之本源而述
遠之巨蠹也至於記編同時時（元脫胡補）同多詭雖
定哀微辭而世情利害勳榮之家雖庸夫而盡
飾迍敗之士雖令德而常嗤理欲（二字衍）吹霜喣
露寒暑筆端此又同時之枉（可爲）歎息者也故（元作
欲朱改）述遠則誣矯如彼記近則回邪如此析理
居正唯素臣（元作心今改謂左丘明也）乎若乃尊賢隱諱固
尼父之聖旨蓋纖瑕不能玷瑾瑜也奸慝懲戒
實良史之直筆農夫見莠其必鋤也若斯之科

亦萬代一準焉至于尋繁領雜之術務信棄奇之要明白頭訖之序品酌事例之條曉其大綱則衆理可貫然史之爲任乃彌綸一代負海内之責而贏是非之尤秉筆荷（上聲）擔莫此之勞遷固通矣而歷詆後世若任情失正文其殆哉

贊曰

史肇軒黄體備周孔世歷斯編善惡偕總騰褒裁貶萬古魂動辭宗丘明直歸南董（齊南史晉董狐）紬三正以班曆（夏以斗建寅之月爲正平旦爲朔法物見色尚黑殷以斗

建丑之月爲正鷄鳴爲朔法物牙色尚白周以斗建子之月爲正夜半爲朔法物萌色尚赤紬者繫王於正二三月之上也書王正月者周王之正月也二月三月皆有王者二月殷之正月也三月夏之正月也王者存二王之後使統其正朔服其服色行其禮樂所以尊先聖通三統師法之義恭讓之禮於是可得而觀之

**貫四時以聯事**春秋無事四時必書首月如春王正月夏四月秋七月冬十月是也

**臨衢而泣**

**麟**孔叢子曰叔孫氏之車子鉏商樵于野而獲麟焉衆亦莫之識以爲不祥棄之五父之衢冉有告曰麕身而肉角豈天之妖乎夫子往觀焉泣曰麟也麟出而死吾道窮矣乃歌云唐虞世兮麟鳳游今非其時來何求麟兮麟兮我心憂

**八書**史記司馬遷作禮書樂書律書歷書天官書封禪書河渠書平準書

**十表**史記三代世表十二諸侯

年表六國年表秦楚之際月表漢興以來諸侯年表高祖功臣侯者年表惠景閒侯者年表建元以來侯者年表建元以來王子侯者年表漢興以來將相名臣年表

**十志**

漢書班固作律曆志禮樂志刑法志食貨志郊祀志天文志五行志地理志溝洫志藝文志

**牝雞無晨武王首誓**

書牧誓時甲子昧爽王朝至于商郊牧野乃誓王左杖黃鉞右秉白旄以麾曰逖矣西土之人王曰嗟我友邦冢君御士司徒司馬司空亞旅師氏千夫長百夫長及庸蜀羌髳微盧彭濮人稱爾戈比爾干立爾矛予其誓王曰牝鷄無晨牝鷄之晨惟家之索今商王受惟婦言是用昏棄厥肆祀弗答昏棄厥惟王父母弟不迪乃惟四方之多罪逋逃是崇是長是信是使是以爲大夫卿士俾暴虐于百姓以姦宄于商邑

**子弘雖僞要當孝惠之嗣**

史記宜平侯張

敖女爲孝惠皇后時無子佯爲有身取美人子名之殺其母立所名子爲太子孝惠崩太子立爲帝呂太后幽殺之復立孝惠後宮子恒山王義更名日弘孺子誠微實繼平帝之體漢書孺子嬰宣帝玄孫平帝崩無嗣王莽迎而立之

## 諸子第十七

諸子者入道見志之書太上立德其次立言百姓之羣居苦紛雜而莫顯君子之處世疾名德之不章唯英才特達則炳曜垂文騰其姓氏懸諸日月焉昔風后元脫曹補力牧伊尹咸其流也篇述者蓋上古遺語而戰代所記者也至鬻熊芊姓

楚之先也知道而文王諮詢餘文遺事錄爲鬻子子自肇始莫先於茲及伯陽（老聃字）識禮而仲尼訪問爰序道德（經）以冠百氏然則鬻惟文（王）友李實孔（子）師聖賢並世而經子異流矣逮及七國力政俊乂蠭起孟軻膺儒以磬折莊周述道以翱翔墨翟執儉确之教尹文（子）課名實之符野老治國於地利騶子（衍）養政於天文申（不害）商（鞅）刀鋸以制理鬼谷（子）脣吻以策勳尸佼（元作狡柳改）兼總於雜術青史（子）曲綴以街談承流而枝附

諸子亦當辨其純駁

一本作流鱗萃止

者不可勝（平聲）算並飛辯以馳術饜祿而餘榮矣暨於暴秦烈火勢炎崐岡而煙燎之毒不及諸子逮漢成[留]思子政讎校於是七略（篇名劉歆作）芬菲[九流]鱗萃—殺青所編百有八十餘家矣迄至魏晉作者間出讕（音蘭逸也又謾也元作譋朱改）言兼存璅語必錄類聚而求亦充箱照軫矣然繁[辭]（謝補）雖積而本體易總述道言治枝條五經其純粹者入矩踳駁者出規禮記月令取乎呂氏（春秋）之紀三年問喪（平聲）寫乎荀子之書此純粹之類也若乃

何云諸下脫子字



湯之問棘云蚊睫有雷霆之聲惠施對梁王云蝸角有伏尸之戰列子(名禦寇)有移山跨海之談淮南(子)有傾天折地之說此踳駮之類也是以世疾諸混洞虛誕按歸藏之經大明迂怪乃稱羿斃十日(注見辨騷篇)嫦娥(羿妻)奔月殷湯如茲況諸子乎至如商(子)韓(非子)六蝨五蠹(篇名)棄孝廢仁轘(秦孝公以車裂鞅曰轘)藥(韓非飲藥而死)之禍非虛至也公孫(龍)之白馬孤犢(二篇名)辭巧理拙魏(公子)牟比之鴞(音梟)鳥非妄貶也昔東平(王名蒼)求諸子史記而漢朝

不與蓋以史記多兵謀而諸子雜詭術也然洽聞之士宜撮綱要覽華而食實棄邪而採正極睇參差亦學家之壯觀也研夫孟荀所述理懿而辭雅管晏屬篇事覈而言練列御寇之書氣偉而采奇鄒子之說心奢而辭壯墨翟隨巢意顯而語質尸佼尉繚術通而文鈍鶡冠綿綿亟發深言鬼谷眇眇每環奧義情辨以澤文子擅其能辭約而精尹文得其要慎到析密理之巧韓非著博喻之富呂氏鑒遠而體

一本氣下有文字 可

周淮南汎採而文麗斯則得百氏之華采而辭氣之大略也若夫陸賈典語賈誼新書揚雄法言劉向說苑王符字節信潛夫論崔寔政論仲長統昌言論杜夷字幽求論咸敘經典或明政術雖標論名歸乎諸子何者博明萬事爲子適辨一理爲論彼皆蔓延雜說故入諸子之流夫自六國以前去聖未遠故能越世高談自開戶牖兩漢以後體勢漫弱雖明乎二字元作雜于朱改坦途而類多依採云用秋水語此遠近之漸變也嗟

夫身與時舛志共道申標心於萬古之上而送懷於千載之下金石靡矣聲其銷乎

贊曰

丈夫處世懷寶挺秀辨雕萬物智周宇宙立德何隱含道必授條流殊述若有區囿

諸子 漢書藝文志鬻子二十二篇老子道德三篇孟子七篇莊子五十二篇墨子七十一篇尹文子一篇野老十七篇騶子四十九篇申子六篇商子二十九篇鬼谷子十三篇尸子二十篇靑史子五十七篇呂氏春秋二十六篇荀卿子三十三篇惠子一篇列子八篇韓非子五十五篇公孫龍子一十四篇魏公子牟四篇管子八十六篇晏子八篇鄒奭

子一十二篇隨巢子六篇尉繚子二十九篇鶡冠子一篇文子九篇慎子四十二篇淮南子內二十一篇外三十三篇

**七略** 漢書劉歆總羣書而奏其七畧曰輯畧六藝畧諸子畧詩賦畧兵書畧術數畧方技畧

**六蝨** 商子靳令篇六蝨曰禮樂曰詩書曰脩善曰孝悌曰誠信曰貞廉曰仁義曰非兵曰羞戰國有十二者上無使農戰必貧至削十二者成羣此謂君之治不勝其臣官之治不勝其民此謂六蝨勝其政也

**五蠹** 韓非曰亂國之俗其學者則稱先王之道以藉仁義盛容服而飾辯說以疑當世之法而二人主之心其言古者爲設詐稱借於外力以成其私而遺社稷之利其帶劍者聚徒屬立節操以顯其名而犯五官之禁其患御者積于私門盡貨賂而用重人之謁退汗馬之勞其商工之民修治苦窳之器聚弗靡之財蓄積待時而侔農夫之利此五者邦之蠹也

何云論道經邦唯見古文尚書故彥和以爲經無論字

何云今之六韜亦非本書乃阮逸雜取古書所引僞撰而成

論說第十八

聖哲（元作世朱按玉海改）彝訓曰經述經敘理曰論論者倫也倫理無爽則聖意不墜昔仲尼微言門人追記故仰其經目稱爲論語蓋群論立名始於茲矣自論語已前經無論字（楊批按書云論道經邦已有論字矣）六韜（太公著）二論後人追題乎詳觀論體條流多品陳政則與議說合契釋經則與傳（去聲）注參體辨史則與贊評齊行（音杭）銓文則與敘引共紀故議者宜言說者說語傳（去聲）者轉師注者主解贊者

明意評者平理序者次事引者胤辭八名區分一揆宗論論也者彌綸羣言而研精元脫朱補一理者也是以莊周齊物以論爲名不韋呂氏春秋六論昭列至石渠閣名論藝白虎觀名通講聚述聖言通經論家之正體也及班彪王命論嚴尤字伯石元作允朱改三將論敷述昭情善入史體魏之初霸術兼名法傅嘏字蘭石王粲校練名理迄至正始務欲守文何晏之徒始盛玄論於是聃周當路與尼父爭塗矣詳觀蘭石之才性論仲宣之去代

叔夜之辨聲太初(夏侯玄字)之本玄輔嗣(王弼字)之兩例平叔之二論並師心獨見鋒穎精密蓋人倫之英也至如李康(字蕭遠)運命同論衡(王充著)而過之陸機辨亾(元作正謝改)效過秦而不及然其美矣次及宋岱(元作代)郭象(字子玄元作蒙朱云據舊本作宋代郭象代岱有周易論一卷)銳思於機神之區夷甫(王衍字)裴頠(字逸民作崇有論)交辨於有無之域並獨步當時流聲後代然滯有者全繫於形用貴無者專守於寂寥徒銳偏解莫詣正理動極神源其般若(音鉢惹)之絕境

一作才不持論寧如其已

何本無二于字

如御覽作辟



乎逮江左羣談惟玄是務雖有日新而多抽前緒矣至如張衡譏世論韻似徘說孔融孝廉論但談嘲戲曹植辨道體同書抄言不持正論如其已原夫論之為體所以辨正然否音痞窮于有數追于無形鑽堅求通鉤深取極乃百慮之筌蹄萬事之權衡也故其義貴圓通辭忌枝碎必使心與理合彌縫莫見其隙辭共心密敵人不知所乘斯其要也是以論如析薪貴能破理斤利者越理而橫斷上聲辭辨者反義而取通覽文雖

巧而檢跡知妄唯君子能通天下之志安可以曲論哉若夫注釋爲詞解散論體雜文雖異總會是同若秦君延（楊云註疏作近君）之注堯典十餘萬字朱普（字）之解尚書三十萬言所以通人惡煩羞（元作差朱改）學章句若毛公（萇）之訓詩安國（孔氏）之傳書鄭君（名玄字康成）之釋禮王弼之解易要約明暢可爲式矣說者悅也兌爲口舌故言咨悅懌過悅必僞故舜驚讒說說之善者伊尹以論味隆殷太公以辨釣興周及燭（之）武行而紓鄭

端木（賜）出而存魯亦其美也暨戰國爭雄辨士雲踊從（音蹤）横參謀長短角勢轉丸騁其巧辭飛鉗伏其精術一人之辨重於九鼎之寶三寸之舌強於百萬之師六印（蘇秦事）磊落以佩五都（秦惠王封張儀五邑）隱賑而封至漢定秦楚辨士弭節酈君食其既斃於齊鑊蒯子（通）幾入乎漢鼎雖復陸賈籍甚張釋之（字季南）傅會杜欽（字子夏）文辨婁護（字君卿）脣舌頡頏（音叶杭）萬乘之階抵噓公卿之席並順風以託勢莫能逆波而泝洄矣夫說貴撫會弛

張相隨不專緩頰亦在刀筆范雎（字叔）之言事李斯之止逐客並順情入機動言中務雖批逆鱗而功成計合（就）此上書之善說也至於鄒陽之說吳（王濞）梁（孝王武）喻巧而理至故雖危而無咎矣敬通之說（元脫孫補）鮑（永）鄧（禹）事緩而文繁所以歷騁（元作聘柳改）而罕遇（元作過）也凡說（論）之樞要必使時利而義貞進有契於成務退無阻於榮身自非譎敵則唯忠與信披肝膽以獻主飛文敏以濟辭此說之本也而陸氏直稱說煒曄以譎誑何哉

贊曰

理形於言敘理成論詞深人天致遠方寸陰陽莫貳鬼神靡遯說爾飛鉗呼吸沮勸敬通之說鮑鄧（按後漢書蘇竟與鄧禹書曰今日裘與蓑孰急見雨則裘不用上堂則蓑不御此更爲適者也今敬通逢堂蓑之不御者也）

## 詔策第十九

皇帝御寓其言也神淵嘿黼扆（音倚）而響盈四表唯詔策乎昔軒轅唐虞同稱爲命命之爲義制性之本也其在三代事兼誥誓誓以訓戎誥以

何云疑衍一則字以定儀為讀

敷政命喻自天故授管（疑作官）錫胤易之姤象后以施命誥四方誥命動民若天下之有風矣降及七國並稱曰命命者使也秦并天下改命曰制漢初定儀則則命有四品一曰策書二曰制書三曰詔書四曰戒敕敕戒州部詔誥百官制施赦命策封王侯策者簡也制者裁也詔者告也敕者正也詩云畏此簡書易稱君子以制度數禮稱明君之詔書稱敕天之命並本經典以立名目遠詔近命習秦制也記稱絲綸所以應

接羣后虞重納言（官名）周貴喉舌（詩毛傳喉舌冢宰也）故兩
漢詔誥職在尚書王言之大動入史策其出如
綍不反若汗是以淮南有英才武帝使相如視
草隴右多文士光武加意於書辭豈直取美當
時亦敬慎來葉矣觀文（帝）景（帝）以前詔體浮新
武帝崇儒選言弘奧策封三王文同訓典勸（元作觀謝改）
戒淵雅垂範後代及制詔嚴助即云厭承
明廬蓋寵才之恩也孝宣（帝）璽書賜太守（元作責博士因攷漢書改）
陳遂亦故舊之厚也逮光武撥亂留意

斯文而造次喜怒時或偏濫詔賜鄧禹（字仲華）稱司徒爲堯敕責侯霸（字君房）稱黃鉞一下若斯之類實乖憲章暨明帝崇學雅（元作惟朱改）詔間出安帝和帝政弛禮閣鮮（上聲）才每爲詔敕假手外請建安（漢獻帝年號）之末文理代興潘勗九錫典雅逸羣衛覬（字伯儒元作凱孫改覬音記）禪誥符命炳燿弗可加已自魏晉誥策職在中書劉放（字子棄）張華互管斯任施命發號洋洋盈耳魏文帝下詔辭義多偉至於作威作福其萬慮之一弊乎晉氏中興

唯明帝崇才以温嶠文清故[引入]元脫朱按御覽補中書自斯以後體[憲]元作慮朱改風流矣夫王言崇秘大觀在上所以百辟其刑萬邦作孚故授官選賢則義炳重離之輝優文封策則氣含風雨之潤敕戒恒誥則筆吐星漢之華治戎燮伐則聲有洊雷之威眚災肆赦則文有春露之滋明罰敕法則辭有秋霜之烈此詔策之大略也戒敕爲文實詔之切者周穆命[郊]元作鄧朱改穆天子傳改父受敕憲此其事也魏武稱作敕戒當指事而語勿

從御覽

得依違曉治要矣及晉武敕戒備告百官勅都督以兵要戒州牧以董司警郡守以恤隱勤牙門以禦衛有訓典焉戒者愼也禹稱戒之用休君父至尊在三罔（元作同許改）極漢高祖之敕太子東方朔之戒子亦顧命之作也及馬援已下各貽家戒班姬（彪女）女戒足稱母師也敎者效也言出而民效也契（音泄）敷五敎故王侯稱敎昔鄭弘（字稺卿）之守南陽條敎爲後所述乃事緒明也孔融之守北海文敎麗而罕於理乃治體乖也若

從御覽

明命爲重一本作明其重也



諸葛孔明之詳約庾稚恭庾翼字之明斷並理得而辭中去聲雜之善也自敎以下則又有命詩云有命自天明命爲重周禮曰師氏詔王明詔爲輕今詔重而命輕者古今之變也

贊曰

皇王施令寅嚴宗誥我有絲言兆民尹式好輝音峻舉鴻風遠蹈騰義飛辭渙其大號

策封三王文同訓典漢書武帝子齊懷王閎燕王旦廣陵王胥同日立皆賜策各以國土風俗申戒焉曰惟元狩六年四月乙巳皇帝使御史大夫湯廟立子

閎爲齊王曰嗚呼小子閎受兹青社朕承天序惟稽古建爾國家封于東土世爲漢藩輔嗚呼念哉共朕之詔惟命不于常人之好德克明顯光義之不圖俾君子怠悉爾心允執其中天祿永終厥有愆不臧迺凶于乃國而害于爾躬嗚呼保國乂民可不敬與王其戒之　策燕王旦曰嗚呼小子旦受兹玄社建爾國家封于北土世爲漢藩輔嗚呼葷鬻氏虐老獸心以姦巧邊甿朕命將率徂征厥罪萬夫長千夫長三十有二帥降旗奔師葷鬻徙域北州以妥悉爾心毋作怨毋作棐德毋廢乃備非教士不得從征王其戒之　策廣陵王胥曰嗚呼小子胥受兹赤社建爾國家封于南土世世爲漢藩輔古人有言曰大江之南五湖之間其人輕心揚州保疆三代要服不及以正嗚呼悉爾心祗祗兢兢迺惠迺順毋相好逸毋邇宵人惟法惟則書云臣不作福不作威靡有後羞王其戒之　**制誥**

**嚴助** 漢書嚴助爲會稽太守數年不聞問武帝賜書曰制詔會稽太守君厭承明之廬勞侍從之事懷故土出爲郡吏會稽東接于海南近諸越北枕大江間者闊焉久不聞問具以春秋對毋以蘇秦從横

**孝宣璽書賜太守陳遂** 愚按漢書游俠傳陳遵祖父遂字長子宣帝微時與有故相隨博奕數負進及帝即位用遂稍遷至太原太守乃賜遂璽書曰制詔太原太守官尊祿厚可以償博進矣

**詔賜鄧禹** 後漢書光武以關中未定鄧禹久不進兵下敕曰司徒堯也亡賊桀也長安吏人遑遑無所依歸宜以時進兵鎮慰西京繫百姓之心（鄧禹時爲司徒）

**敕責侯霸** 後漢書光武賜侯霸書曰恒山幽都何所偶黄鉞一下無處所

**潘勗九錫** 韓詩外傳諸侯之有德天子錫之一錫車馬再錫衣服三錫虎賁四錫樂器五錫納陛六錫朱戶七

錫弓矢八錫鈇鉞九錫秬鬯謂之九錫漢獻帝時曹操自爲魏公加九錫曷爲尚書郎作文

**衛覬禪誥** 魏志衛覬漢時爲侍郎勸贊禪代之義爲文誥之詔冊命曹丕

**周穆命郊父** 穆天子傳天子屬官效器乃命正公郊父受敕憲

**高祖之敕太子** 漢高祖敕太子曰吾生不學書但讀書問字而遂知耳以此故不大工然亦足自辭解今視汝書猶不如吾可勤學習每上疏宜自書勿使人也

**東方朔之戒子** 書曰明者處世莫尚于中優哉游哉於道相從首陽爲拙柳惠爲工飽食安步以仕代農依隱玩世詭時不逢是故才盡者身危好名者得華有羣者累生孤貴者失和遺餘者不匱自盡者無多聖人之道一龍一蛇形見神藏與物變化隨時之宜無有常家

**班姬女戒** 班姬名昭適曹世叔號曰大家作女戒七章卑弱第一夫

婦第二敬慎第三婦行第四專心第五曲從第六叔妹第七

## 檄移第二十

震雷始於曜電出師先乎威聲故觀電而懼雷壯聽聲而懼兵威兵先乎聲其來已久昔有虞始戒於國夏后初誓於軍殷誓軍門之外周將交刃而誓之故知帝世戒兵三王誓師宣訓我衆未及敵人也至周穆[王名滿]西征祭[音債]公謀父稱古有威讓之令令有文告之辭即檄之本源也及春秋征伐自諸侯出懼敵弗服故兵出須

恭一本作龔



名振此威風暴彼昏亂劉獻公周大夫名摯之所謂告之以文辭董之以師武者也齊桓征楚詰苞菁茅之闕晉厲伐秦責箕郜之焚管仲呂相奉辭先路詳其意義即今之檄文暨乎戰國始稱爲檄檄者皦也宣露於外皦然明白也張儀檄楚書以尺二明白之文或稱露布播諸視聽也夫兵以定亂莫敢自專天子親戎則稱恭行天罰諸侯御師則云肅將王誅故分閫推轂奉辭伐罪非唯致果爲毅亦且厲辭爲武使聲如衝元作

衝風所擊元作繫氣似欃槍妖星名所掃奮其武怒總其罪人懲其惡稔之時顯其貫盈之數搖奸宄之膽訂信順之心使百尺之衝摧折於咫書萬雉之城顛墜於一檄者也觀隗囂字季孟之檄亡新布其三逆文不雕飾而辭切事明隴右文士得檄之體矣陳琳字孔璋之檄豫州元脫壯有骨鯁雖奸閹攜養章實太甚發丘摸金誣過其虐然抗辭書釁皦然露布元作骨孫改矣敢指曹公之鋒幸哉免袁紹黨之戮也鍾會字士季檄蜀徵驗

甚明桓公（温）檄胡觀釁尤切並壯筆也凡檄之大體或述此休明或敘彼苛虐指天時審人事算彊弱角權勢標著龜于前驗懸鞶鑑于已然雖本國信實參兵詐譎詭以馳旨煒曄以騰說凡此衆條莫或違之者也故其植義颺辭務在剛健插羽以示迅不可使辭緩露板以宣衆不可使義隱必事昭而理辨氣盛而辭斷此其要也若曲趣密巧無所取才矣又州郡徵吏亦稱爲檄固明舉之義也移者易也移風易俗令往

何云才當作材

無所取才

推元板作摧



而民隨者也相如之難去聲蜀父老文曉而喻博有移檄之骨焉及劉歆之移太常辭剛而義辨文移之首也陸機之移百官言約而事顯武移之要者也故檄移爲用事兼文武其在金革則逆黨用檄[順]元作傾曹改命資移所以洗濯民心堅[同]元作用曹改符契意用小異而體義大同與檄參伍故不重平聲論也

贊曰

三驅弛剛綱九伐先話肇鑑吉凶著龜成敗推壓

鯨鯢抵落蜂蠆移寶易俗草偃風邁

有虞始戒於國虞書帝曰咨禹惟時有苗弗率汝徂征禹乃會羣后誓于師曰濟濟有衆咸聽朕命蠢茲有苗昏迷不恭侮慢自賢反道敗德君子在野小人在位民棄不保天降之咎肆予以爾衆士奉辭伐罪爾尚一乃心力其克有勳夏后初誓于軍有扈氏不服啓伐之大戰于甘將戰作甘誓乃召六卿申之王曰嗟六事之人予誓告女有扈氏威侮五行怠棄三正天用勦絕其命今予惟恭行天之罰左不攻于左女不恭命右不攻于右女不恭命御非其馬之正女不恭命用命賞于祖不用命戮于社予則孥戮女殷誓軍門之外夏桀爲虐政淫荒而諸侯昆吾氏爲亂湯乃興師率諸侯伊尹從湯湯自把鉞以伐昆吾遂伐桀作湯誓王曰格爾衆庶悉聽

朕言非台小子敢行稱亂有夏多罪天命殛之今爾有衆汝曰我后不恤我衆舍我穡事而割正夏予惟聞女衆言夏氏有罪予畏上帝不敢不正今女其曰夏罪其如台夏王率遏衆力率割夏邑有衆率怠弗協曰時日曷喪予及爾偕亡夏德若茲今朕必往爾尚輔予一人致天之罰予其大賚女爾毋不信朕不食言爾不從誓言朕則孥戮汝罔有攸赦

**周將交刃而誓之**

時甲子昧爽云云見前註王曰今予發惟恭行天之罰今日之事不愆于六步七步乃止齊焉夫子勗哉不愆于四伐五伐六伐七伐乃止齊焉勗哉夫子尚桓桓如虎如貔如熊如羆于商郊弗迓克奔以役西土勗哉夫子爾所弗勗其于爾躬有戮

**齊桓征楚告苞茅之闕**

左傳齊侯伐楚楚子使與師言曰君處北海寡人處南海惟是風馬牛之不相及也不虞君之涉吾地也何故

管仲對曰昔召康公命我先公太公曰五侯九伯汝實征之以夾輔周室賜我先君履東至于海西至于河南至于穆陵北至于無棣爾貢苞茅不入王祭不供無以縮酒寡人是徵昭王南征而不復寡人是問對曰貢之不入寡君之罪也敢不供給昭王之不復君其問諸水濱

**晉厲伐秦責箕郜之焚**

左傳晉侯使呂相絕秦曰我君景公引領西望曰庶撫我乎君亦不惠稱盟利我有狄難入我河縣焚我箕郜芟夷我農工虔劉我邊垂我是以有輔氏之聚

**張儀檄楚**

史記儀相秦爲文檄告楚相曰始吾從若飲我不盜而璧若笞我若善守女國我顧且盜而城

**隗囂之檄亡新**

囂移檄告郡國曰故新都侯王莽慢侮天地悖道逆理鴆殺孝平皇帝篡奪其位矯託天命僞詐符書欺惑衆庶震怒上帝反戾飾文以爲祥瑞戲弄神祇歌頌禍殃楚越之

竹不足以書其惡天下昭然所共聞見今略舉大端以喻吏民蓋天爲父地爲母禍福之應各以事降莽明知之而冥昧觸冒不顧大計詭亂天術援引史傳昔秦始皇毀壞謚法以一二數欲至萬世而莽下三萬六千之歷言身當盡此度循亡秦之軌推無窮之數是其逆天之大罪也分裂郡國斷截地絡田爲王田賣買不得規錮山澤奪民本業造起九廟窮極土作發冢河東攻劫丘壟此其逆地之大罪也尊任殘賊信用姦佞誅戮忠正覆按口語赤車奔馳法冠晨夜宄繫無辜妄族衆庶行炮烙之刑除順時之法灌以醇醯裂以五毒政令日變官名月易貨幣歲改吏民昬亂不知所從商旅窮窘號泣市道設爲六管增重賦斂刻薄百姓厚自奉養苞苴流行財入公輔上下貪賄莫相檢考民坐挾銅炭没入鍾官徒隸殷積數十萬人工匠飢死長安皆臭既亂諸夏狂心益悖北攻彊胡南擾

勁越西侵羌戎東摘濊貊使四境之外並入爲害緣邊之郡江海之瀕滌地無類故攻戰之所敗苛法之所陷饑饉之所夭疾疫之所及以萬萬計其死者則露屍不掩生者則奔亡流散幼孤婦女流離繫虜此其逆人之大罪也是故上帝哀矜降罰于莽妻子顛殞還自誅刈大臣反據亡形已成大司馬董忠國師劉歆衛將軍王涉皆結謀內潰司命孔仁納言嚴尤秩宗陳茂舉衆外降今山東之兵二百餘萬已平齊楚下蜀漢定宛洛據敖倉守函谷威命四布宣風中岳興滅繼絕封定萬國遵高祖之舊制修孝文之遺德有不從命武軍平之馳使四夷復其爵號然後還師振旅櫜弓臥鼓申命百姓各安其所庶無負子之責

## 陳琳之檄豫州

琳爲袁紹檄豫州曰操父嵩乞丐攜養因贓假位輿金輦壁輸貨權門竊盜鼎司傾覆重器續遇董卓侵官暴國於是收羅英雄棄瑕取

用故遂與操同諮合謀操遂承資跋扈肆行凶慝割剝元元殘賢害善爵賞由心刑戮在口所愛光五宗所惡滅三族又特置發丘中郎將摸金校尉所過隳突無骸不露乃欲摧撓棟梁孤弱漢室除滅忠正專爲梟雄幕府奉漢威靈折衝宇宙長戟百萬胡騎千羣奮中黃育獲之士騁良工勁弩之勢幷州越太行而角其前荆州下宛葉而掎其後若舉炎火以焫飛蓬覆滄海以沃漂炭有何不消滅者　獻帝春秋曰操平鄴謂琳曰君昔爲本初作檄書但罪孤而已何乃以及父祖乎琳曰矢在弦上不得不發也

鍾會檄蜀

魏鍾會檄蜀文曰今主上聖德欽明紹隆前緒宰輔忠肅明允劬勞王室布政垂惠而萬邦協和施德百蠻而肅慎致貢悼彼巴蜀獨爲匪民是以命授六師龔行天罰今邊境乂清方內無事蓄力待時幷兵一向而巴蜀一州之衆分張守備難以禦天下之師比

年以來曾無寧歲征夫勤瘁難以當子來之民此皆諸賢所共親見誠能深鑒成敗邈然高蹈投跡微子之蹤措身陳平之軌則福同古人慶流來裔

桓公檄胡 晉桓

溫檄石勒文曰胡賊石勒暴肆華夏齊民塗炭前困斃孽至使六合殊風九鼎垂越每惟國難不遑啓處撫劒北顧慨歎盈懷寡人不德忝荷戎重師次安陸經營舊邑瞻望華夏暫成楚越登丘悽覽征夫憤慨昔叔孫絕粒義不同惡龔生守節恥存莽朝歷紀遒僣一朝蕩定拯撫黎民即安本土訓之以德禮潤之以玄澤信感荒外武揚入極先順者獲賞後伏者前誅德刑既明隨才攸序此之風範想所聞也

文心雕龍卷四　二五

升菴先生批點文心雕龍卷之四

封禪緯之流也然天人兼焉古今雜焉故必樹骨于訓典而不流聲乎虛要

# 楊升菴先生批點文心雕龍卷之五

梁 通事舍人劉 勰 著
明 豫 章 梅慶生音註

## 封禪第二十一

夫正位北辰嚮明南面所以運天樞毓黎獻者何嘗不經道緯德以勒皇蹟者哉綠圖曰潬潬音灘噅噅音撝棼棼雉雉萬物盡化言至德所被也丹書曰義勝欲則從欲勝義則凶戒慎之至也則戒慎以崇其德至德以凝其化七十有二君

何云陳當作諫



所以封禪矣昔黃帝神靈克膺鴻瑞勒功喬岳鑄鼎荆山大舜巡岳顯乎虞典成王康王封禪聞之樂緯及齊桓公之霸爰窺王跡夷吾管仲名譎陳距以怪物固知玉牒金鏤專在帝皇也然則西鶼東鰈南茅北黍空談非徵勳德而已是史遷八書明述封禪者固禋祀之殊禮名元作銘朱改號之秘祝元脫朱補祀天之壯觀矣秦始皇銘岱文見銘箴篇自李斯法家辭氣體乏弘潤然疎而能壯亦彼時之絕采也鋪觀兩漢隆盛孝武禪號於

肅然（太山下山名）光武巡封於梁父（太山下山名）[讄]（元作請）
誦德銘勲乃鴻筆耳觀相如封禪（書）蔚爲唱首
爾其表權輿序皇王炳玄符鏡鴻業驅前古於
當今之下騰休明於列聖之上歌之以禎瑞讚
之以介丘（太山也）絶筆茲文固惟新之作也及光
武勒碑則文[自]（元作字）張純（字伯仁）首胤典謨末同
祝辭引鈎讖叙離[亂]（元脫許補）計武功述文德事覈
理舉華不足而實有餘矣凡此二家並岱宗實
跡也及揚雄劇秦（美新文）班固典引（篇名）事非鐫石

而體因紀禪觀劇秦爲文影寫長卿詭言遯辭故兼包神怪然骨掣靡密辭貫圓通自稱極思無遺力矣典引所敘雅有懿乎歷鑒前作能執厥中其致義會文斐然餘巧故稱封禪麗而不典劇秦典而不實豈非追觀易爲明循勢易爲力歟至於邯鄲淳受命魏受命述攀響前聲風末力寡輯韻成頌雖文理頗曹改序而不能奮飛陳思魏德假論客主問答迂緩且已千言勞深勣寡飈餤鈌焉茲文爲用蓋一代之典章也構位

之始宜明大體樹骨於訓典之區選言於宏富之路使意古而不晦於深文今而不墜於淺義吐光芒辭成廉鍔則為偉矣雖復道極數殫終然相襲而日新其采者必超前轍焉

贊曰

封勒帝勣對越天休逖聽高岳聲英克彪樹石九旻泥金八幽鴻律蟠采如龍如虬

封禪封者增高也禪者廣厚也皆刻石紀號著己之功績以自効也齊桓之霸爰窺王跡夷吾譎陳距以怪物史記封禪書齊桓公

既霸會諸侯于葵丘而欲封禪管仲曰古者封泰山禪梁父者七十二家而夷吾所記者十有二焉昔無懷氏封泰山禪云云虙羲封泰山禪云云神農封泰山禪云云炎帝封泰山禪云云黃帝封泰山禪亭亭顓頊封泰山禪云云帝俈封泰山禪云云堯封泰山禪云云舜封泰山禪云云禹封泰山禪會稽湯封泰山禪云云周成王封泰山禪社首皆受命然後得封禪桓公曰寡人北伐山戎過孤竹西伐大夏涉流沙束馬懸車上卑耳之山南伐至召陵登熊耳山以望江漢兵車之會三而乘車之會六九合諸侯一匡天下諸侯莫違我昔三代受命亦何以異乎於是管仲睹桓公不可窮以辭因設之以事曰古之封禪鄗上之黍北里之禾所以爲盛江淮之間一茅三脊所以爲藉也東海致比目之魚西海致比翼之鳥然後物有不召而自至者十有五焉今鳳凰麒麟不來嘉穀不生而蓬蒿藜

莠茂鴟梟數至而欲封禪毋乃不可乎於是桓公乃止

叙離亂許無念曰按漢光武東封泰山碑有云宗廟隳壞社稷喪亡不得血食十有八年楊徐青三州首亂兵革横行延及荆州豪傑併兼百里屯聚往往僣號北夷作寇千里無烟無鷄鳴犬吠之聲

## 章表第二十二

夫設官分職高卑聯事天子垂珠以聽諸侯鳴玉以朝敷奏以言明試以功故堯咨四岳舜命八元固辭再讓之請俞往欽哉之授並陳辭帝庭匪假書翰然則敷奏以言即章表之義也明試以功即授爵之典也至太甲既立伊尹書誡

思庸歸亳文作書以續續當作讚文翰獻替事斯見矣周監二代文理彌盛再拜稽首對揚休命承文受冊敢當丕顯雖言筆未分而陳謝可見降及七國未變古式言事於主皆稱上書秦初定制改書曰奏漢定禮儀則有四品一曰章二曰奏三曰表四曰議章以謝恩奏以按劾表以陳

請御覽作情

請議以執異章者明也詩云為章于天謂文明也其在文物赤白曰章表者標也禮有表記謂德見儀其在器式揆景景讀作影曰表章表之目蓋

必一作止

取諸此也按七略藝文謠詠必録章表奏議經國之樞機然闕而不纂者乃各有故事而在職司也前漢表謝遺篇寡存及後漢察舉必試章奏左雄字伯豪奏議臺閣爲式胡廣字伯始章奏天下第一並當時之傑筆也觀伯始謁陵之章足見其典文之美焉昔晉文受冊三辭元脱朱補從命是以漢末讓表以三爲斷曹公稱爲表不必三讓又勿得浮華所以魏初表章指事造實求其靡麗則未足美矣至於文舉孔之薦禰衡氣揚

若承上文儁字亦通晉字上何增覽字

采飛孔明之辭後主（出師表）志盡文暢雖華實異旨並表之英也琳（陳琳）瑀（阮瑀）章表有譽當時孔璋稱健則其標也陳思之表獨冠羣才觀其體贍而律調辭清而志顯應物掣巧隨變生趣執轡有餘故能緩急應節逮晉初筆札則張華爲儁（元作儁）其三讓公封理周辭要引義比事必得其偶世珍鷦鷯（賦華作）莫顧章表及羊公（祜字叔子）之辭開府有譽於前談庾公（亮字元規）之讓中書信美於往載序志顯類有文雅焉劉琨勸進張駿（字文長）

自序文致耿介並陳事之美表也原夫章表之爲用也所以對揚王庭昭明心曲既其身文且亦國華章以造闕風矩應明表以致禁骨采宜耀循名課實以文爲本者也是以章式炳貴志在典謨使要而非畧明而不淺表體多包情僞屢遷必雅義以扇其風清文以馳其麗然懇惻者辭爲心使浮侈者情爲文屈使繁約得正華實相勝脣吻不滯則中律矣子貢云心以制之言以結之蓋以辭意也荀卿以爲

（元作文謝改）（元脫）

觀人美辭麗於黼黻文章亦可以喻於斯乎

贊曰

敷奏絳闕獻替黼扆言必貞明義則弘偉肅恭節文條理首尾君子秉文辭令有斐

八元　高辛氏有才子八人伯奮仲堪叔獻季仲伯虎仲熊叔豹季貍忠肅恭懿宣慈惠和天下之民謂之八元世濟其美不隕其名以至于堯堯不能舉舜臣堯舉八元使布五教于四方父義母慈兄友弟恭子孝内平外成

太甲旣立伊尹書誡　書太甲維嗣王不惠于阿衡伊尹作書曰先王顧諟天之明命以承上下神祇社稷宗廟罔不祇肅天監厥德用集大命撫綏萬方惟尹躬左右厥辟宅師肆嗣王丕承基緒

惟尹躬先見于西邑夏自周有終相亦惟終其後嗣王罔克有終相亦罔終嗣王戒哉祗爾厥辟辟不辟忝厥祖

思庸歸亳又作書以纘

尚書惟三祀十有二月朔伊尹以冕服奉嗣王歸于亳作書曰民非后罔克胥匡以生后非民罔以辟四方皇天眷佑有商俾嗣王克終厥德實萬世無疆之休

左雄奏議臺閣爲式

後漢書左雄掌納言多所匡肅每有章奏表議臺閣以爲故事

胡廣章奏天下第一

胡廣始察孝廉至京師試以章奏安帝以廣爲天下第一

文公受冊三辭從命

周語襄王使太宰文公及內史興賜晉文公命太宰蒞之晉侯端委以入太宰以王命命冕服內史贊之三命而後即冕服

## 奏啓第二十三

昔唐虞之臣敷奏以言秦漢之輔上書稱奏陳政事獻典儀上急變劾僭謬總謂之奏奏者進也言（元脫謝補）敷于下情進于上也秦始立奏而法家少文觀王綰（始皇時爲丞相）之奏勳德辭質而義近李斯之奏驪山事略而意逕政無膏潤形於篇章矣自漢以來奏事或稱上疏儒雅繼踵殊采可觀若夫賈誼之務農鼂錯之兵事（元作卒孫改）匡衡之定郊王吉（字子陽）之觀禮溫舒（姓路字長君）之緩獄谷永（字子雲）之諫仙理既切至辭亦通辨可謂

惻字從御覽

識大體矣後漢群賢嘉言罔伏楊秉（字叔節）耿介於災異陳蕃（字仲舉）憤懣於尺一骨鯁得焉張衡指摘於史職蔡邕銓列於朝儀博雅明焉魏代名臣文理迭興若高堂（名隆字升平）天文黃觀（魏志作王觀字偉臺）教學王朗節省甄（元作甌朱改）毅考課亦盡節而知治矣晉氏多難世交遷移劉頌（字子雅）殷勤於時務溫嶠懇切於費役並體國之忠規矣夫奏之爲筆固以明允篤誠爲本辨析疏通爲首強志足以成務博見足以窮理酌古御今治繁

清何疑作靖

總要此其體也若乃按劾之奏所以明憲清國昔周之太僕繩愆糾繆秦之御史職主文法漢置中丞總司按劾故位在鷙擊砥礪其氣必使筆端振風簡上凝霜者也觀孔光（字子夏）之奏董賢則實其姦回路粹（字文蔚）之奏孔融則誣其釁惡名儒之與險士固殊心焉若夫傅咸（元作盛）勁直而按辭堅深劉隗（字大連）切正而劾文闊略各其志也後之彈事迭相斟酌惟新日用而舊準弗差然函人欲全矢人欲傷術在糾惡勢必深

峭詩刺讒人投畀豺虎禮疾無禮方之鸚猩墨翟非儒目以豕彘孟軻譏墨比諸禽獸詩禮儒墨既其如兹奏劾嚴文孰云能免是以世人為文競於詆訶吹毛取瑕次骨為戾復似善罵多失折衷若能闢禮門以懸規標義路以植矩然後踰垣者折肱捷徑者滅趾何必躁言醜句詬元作詬謝改病為功哉是以立範運衡宜明體要必使理有典刑辭有風軌總法家之式秉儒家之文不畏彊禦氣流墨中無縱詭隨聲動簡外乃

次御覽作刺

趾御覽作跡

稱絕席之雄直方之舉耳啓者開也高宗殷王云啓乃心沃朕心取其義也孝景帝諱啓故兩漢無稱至魏國箋記始云啓聞奏事之末或云謹啓自晉來盛啓用兼表奏陳政言事旣奏之異條讓爵謝恩亦表之別幹必歛轍飭入規促其音節辨要輕淸文而不侈亦啓之大略也又表奏確切號爲讜言讜者偏也王道有偏乖乎蕩蕩矯正其偏故曰讜言也孝成稱班伯班况子游穉之讜言貴直也自漢置八儀密奏陰陽皁囊封板故曰

何曰　則啓之無敢乎冗長明快劉柳之啓後世之不戾于古者也

批必歛徹入規數句寫上層

封事罷錯受書還上便宜後代便宜多附封事愼機密也夫王臣匪躬必吐謇諤事舉人存故無待泛説也

贊曰

皁飭司直肅清風禁筆鋭干將劒名墨含淳酖雖有次骨無或膚浸獻政陳宜事必勝任

王綰之奏勳德史記丞相王綰等議於海上曰古之帝者地不過千里諸侯各守其封域或朝或否相侵暴亂殘伐不止猶刻金石以自爲紀古之五帝三王知教不同法度不明假威鬼神以欺遠方實不稱名故不久長其身未殁諸侯倍叛法令不行

今皇帝并一海内以爲郡縣天下和平昭明宗廟體道行德尊號大成羣臣相與誦皇帝功德刻于金石以爲表經

**李斯之奏驪山**斯治驪山陵上書曰臣所將隷徒七十二萬人治驪山者已深已極鑿之不入燒之不爇叩之空空如下天狀爇音然

**傳咸勁直而按辭堅深**晉書咸剛簡有大節風格峻整識性明悟疾惡如仇推賢樂善常慕季文子仲山甫之志好屬文論雖綺麗不足而言成規鑒庾純常歎曰長虞之文近乎詩人之作矣咸寧初襲父爵拜太子洗馬累遷尚書右丞冀州刺史繼母杜氏不肯隨咸之官自表解職三旬之間遷司徒左長史時帝留心政事詔訪朝臣政之損益咸上言以爲當今之急先并官省事靜事息役上下用心惟農是務也咸以世俗奢侈又上書曰臣以爲穀帛難生而用之不節無緣不匱故先王之化天下食肉衣

帛皆有爲制竊謂奢侈之費甚於天災古者尭有茅茨今之百姓競豐其屋古者臣無玉食今之賈豎皆厭粱肉古者后妃乃有殊飾今之婢妾被服綾羅古者大夫乃不徒行今之賤隸乘輕驅肥古者人稠地狹而有儲蓄由於節也今者土廣人稀而患不足由於奢也欲時之儉當詰其奢奢不見詰轉相高尚昔毛玠爲吏部尚書時無敢好衣美食者魏武帝歎曰孤之法不如毛尚書令諸部用心各如毛玠風俗之移在不難矣及惠帝即位楊駿輔政駿甚憚之駿弟濟素與咸善與咸書曰江海之流混混故能成其深廣也天下大器非可稍了而相觀每事欲了生子癡了官事官事未易了也了事正作癡復爲快耳左丞總司天臺維正八坐此未易居以君盡性而處未易居之任益不易也想慮破頭故具有白咸答曰衛公云酒色之殺人此甚於作直坐酒色死人不爲悔逆畏以直致禍此由

心不直正欲以苟且爲明哲耳自古以直致禍者當自矯枉過直或不忠允欲以亢厲爲聲故致忿耳安有悾悾爲忠益而尚見疾乎居無何騐誅咸爲御史中丞汝南王亮輔政專權咸復上書切諫奏免諸官京都肅然貴戚懾伏時僕射王戎兼吏部咸奏戎備位台輔兼掌選舉不能謐靜風俗以凝庶績至今人心傾動開張浮競請免戎官咸累自上書稱引故事條理灼然朝廷無以易之吳郡顧榮嘗與親故書曰傅長虞爲司隷勁直忠果劾按驚人雖非周才偏亮可貴也元康四年卒

孝成稱班伯之讜言

漢書班伯况子也成帝時以侍中光祿大夫養病久之上出過臨候伯伯惶恐起視事自大將軍王鳳薨後張放淳于長等始愛幸出爲微行行則同輿執轡入侍禁中設宴飲之會及趙李諸侍中皆引滿舉白談笑大噱時乘輿幄坐張畫屏風畫紂醉踞妲己作長夜

之樂上以伯新起數目禮之因顧指畫而問伯紂爲無道至于是乎伯對曰書云乃用婦人之言何有踞肆于朝所謂衆惡歸之不如是之甚也上曰苟不若此此圖何戒伯曰沉湎于酒微子所以告去也式號式謼大雅所以流連也詩書淫亂之戒其源皆在于酒上乃喟然嘆曰吾久不見班生今日復聞讜言放等不懌稍自引起更衣因罷出

## 議對第二十四

周爰諮謀是謂爲議議之言宜審事宜也易之節卦君子以制度數議德行周書曰議事以制政乃弗迷議貴節制經典之體也昔管仲稱軒轅有明臺之議則其來遠矣洪水之難堯咨四

何云主父當作吾邱

岳宅揆之舉舜疇五臣三代所興詢及芻蕘春秋釋宋魯桓預議及趙靈胡服而季父（公叔成）爭論商鞅變法而甘龍（秦人）交辨雖憲章無算而同異足觀迄至有漢始立駁議駁者雜也雜議不純故曰駁也自兩漢文明楷式昭備藹藹多士發言盈庭若賈誼之遍代諸生可謂捷於議也至如主父（偃）之駁挾弓安國（姓韓字長孺）之辨匈奴賈捐之（字君房）陳於朱崖劉歆之辨於祖宗雖質文不同得事要矣若乃張敏（字伯達）之斷輕侮郭

躬字仲孫之議擅誅程元作陳曉字季明之駁校事官名司馬芝字子芳之議貨錢何曾字穎孝蠲出女之科秦秀字玄良定賈充之謚元作謐事實允當可謂達議體矣漢世善駁則應劭字仲遠亦字仲瑗爲首晉代能議則傅咸爲宗然仲遠〔援〕博古而銓貫有敘長虞傅咸字識治而屬辭枝繁及陸機斷議亦有鋒穎而腴辭弗翦頗累文骨亦各有美風格存焉夫動先擬議明用稽疑所以敬慎群務弛張治術故其大體所資必樞紐經典採故實於前代

觀通變於當今理不謬搖其枝字不安舒其藻又郊祀必洞於禮戎事必練於兵佃穀先曉於農斷訟務精於律然後標以顯義約以正辭文以辨潔爲能不以繁縟爲巧事以明覈爲美不以深隱爲奇此綱領之大要也若不達政體而舞筆弄文支離構辭穿鑿會巧空騁其華固爲事實所擯設得其理亦爲遊辭所埋昔秦女嫁晉從文衣之媵晉人貴媵而賤女楚珠鬻鄭爲薰桂之櫝鄭人買櫝而還珠若文浮於

何云射策不過試其能通與否

理未勝其本則秦女楚珠復在於茲矣又對策者應詔而陳政也射策者探事而獻說也楊云對策與射策不同言中理準譬射侯中的二名雖殊即議之別體也古之造士選事考言漢文帝中年始舉賢良鼂錯對策蔚爲舉首及孝武帝益明旁求俊乂對策者以第一登庸射策者以甲科入仕斯固選賢要術也觀鼂氏之對證驗古今辭裁以辨事通而贍超升高第信有徵矣仲舒之對祖述春秋本陰陽之化究列代之變煩而不

恩者事理明也公孫弘之對簡而未博然總要以約文事切而情舉所以太常居下而天子擢上也杜欽之對略而指事辭以治宣不爲文作及後漢魯丕元作平朱改辭氣質素以儒雅中策獨入高第凡此五家並前元作明謝改代之明範也魏晉已來稍務文麗以文紀實所失已多及其來選又稱疾不會雖欲求文弗可得也是以漢飲博士而雉集乎堂晉策秀才而麏興于前無他怪也選失之異耳夫駁議偏辨各執異見

對策揄揚大明治道使事深於政術理密于時務酌三五以鎔世而非迂緩之高談馭權變以拯俗而非刻薄之僞論風恢恢而能遠流洋洋而不溢王庭之美對也難矣哉士之爲才也或練治而寡文或工文而踈治對策所選實屬通才志足文遠不其鮮歟

贊曰

議惟疇政名實相課斷理必綱摛辭無懦對策王庭同時酌和治體高秉雅謨遠播

**賈誼之遍代諸生**史記文皇帝初立以河南守吳公言賈生年少頗通諸子百家之書因召以爲博士是時賈生年二十餘最爲少每詔令議下諸老先生不能言賈生盡爲之對人人各如其意所欲出諸生於是乃以爲能不及也

**安國之辨匈奴**漢書武帝時韓安國爲御史大夫匈奴來請和親上下其議大行王恢燕人數爲邊吏習胡事議曰漢與匈奴和親率不過數歲即背約不如勿許舉兵擊之安國曰千里而戰即兵不獲利今匈奴負戎馬足懷鳥獸心遷徙鳥集難得而制得其地不足爲廣有其衆不足爲彊自上古弗屬漢數千里爭利則人馬罷虜以全制其敝勢必危殆臣故以爲不如和親

**賈捐之陳於朱崖**漢書捐之賈誼之曾孫也元帝初即位上疏言得失召待詔金馬門初武帝征南越元封元年立儋耳珠崖郡皆在南方

海中州居廣袤可千里合十六縣戸二萬三千餘其民暴惡自以阻絕數犯吏禁至昭帝時凡六反因罷儋耳郡幷屬珠崖宣帝時復反元帝初元元年又反發兵擊之連年不定上與有司議發大軍捐之建議以爲不當擊其畧曰其人父子同川而浴相習以鼻飲與禽獸無異本不足郡縣置也顓顓獨居一海之中霧露氣濕多毒草蟲蛇水土之害人未見虜戰士自死又非獨珠崖有珠犀瑇瑁也棄之不足惜不擊不損威其民譬猶魚鼈何足貪也臣愚以爲非冠帶之國禹貢所及春秋所治願棄珠崖

**張敏之斷輕侮**

後漢書建初五年張敏爲尚書有人侮辱人父者而其子殺之肅宗貰其死刑而降宥之自後因以爲比是時遂定其議以爲輕侮法敏駁議以爲死生之決宜從上下猶天之四時有生有殺若開相容恕著爲定法者則是故設姦萌生長罪隙又云未曉輕侮之

法將以何禁必不能使不相輕侮而更開相殺之路執憲之吏復容其姦枉云云

**郭躬之議擅誅**

後漢書永平中奉車都尉竇固出擊匈奴騎都尉秦彭爲副彭在別屯而輒以法斬人固奏彭專擅請誅之顯宗乃引公卿朝臣平其罪科躬以明法律召入議議者皆然固奏躬獨曰於法彭得斬之帝曰軍征校尉一統於督彭既無斧鉞可得專殺人乎躬對曰一統於督者謂在部曲也今彭專軍別將有異於此兵事呼吸不容先關督帥且漢制棨戟即爲斧鉞於法不合罪帝從躬議

**程曉之駁校事**

魏志曉嘉平中爲黃門侍郎時校事放曠曉上疏其畧曰遠覽典志近觀秦漢雖官名改易職司不同至于崇上抑下顯分明例其致一也初無校事之官干與庶政者也昔武皇帝大業草創衆官未備而軍旅勤苦民心不安乃有小罪不可不察故置校事取其一切

耳此霸世之權宜非帝王之正典其後漸蒙見任莫正其本遂令上察宮廟下攝衆司官無局業職無分限隨意任情唯心所適法造於筆端不依科詔獄成於門下不顧覆訊其選官屬以刻暴爲公嚴以循理爲怯弱外則託天威以爲聲勢內則聚羣奸以爲腹心大臣恥與分勢含忍而不言小人畏其鋒芒鬱結而無告至使尹模肆其奸慝罪惡之著行路皆知既非周禮設官之意又非春秋十等之義縱令校事有益于國以禮義言之尚傷大臣之心況奸回暴露而復不罷此衮闕不補迷而不反也於是遂罷校事官

**司馬芝之議貨錢**

魏志芝河內溫人也少爲書生避亂荊州於魯陽山遇賊同行者皆棄老弱走芝獨坐守老母賊至以刃臨芝芝叩頭曰母老唯在諸君賊曰此孝子也殺之不義遂得免害以鹿車推載母居南方十餘年躬耕守節太祖平荊州以芝爲管長

後遷大理正有盜官練置都廁者吏疑女工收以付獄芝曰夫刑罪之失失在苛暴今贓物先得而後訊其辭若不勝掠必至誣服誣服之情不可以折獄且簡而易從大人之化也不失有罪庸世之治耳今宥所疑以隆易從之義不亦可乎太祖從其議黃初中入爲河南尹抑強扶弱私請不行爲教與羣下曰蓋君能設教不能使吏必不犯也吏能犯教而不能使君必不聞也夫設教而犯君之劣也犯教而聞吏之禍也君劣于上吏禍于下此政事所以不理也可不各勉之哉於是下吏莫不自勵後爲大司農上務農重穀疏專以農桑爲務明帝從之芝性亮直不矜廉隅與賓客談論有不可意便面折其短退無異言居官十一年數議科條所不便者卒于官家無餘財貨錢議本傳不載

何曾蠲出女之科晉書司馬師輔政是時魏法犯大逆者誅及已出之女毌丘儉之誅

其子匄之妻荀氏應坐死其族兄顗與師姻通表魏帝以丐其命詔聽離婚荀氏所生女芝爲潁川太守劉子元妻亦坐死以懷姙繫獄荀氏辭詣司隸校尉何曾乞恩求沒爲官婢以贖芝命曾哀之使主簿程咸上議曰夫司寇作典建三等之制甫侯修刑通輕重之法叔世多變秦立重辟漢又修之大魏承秦漢之弊未及革制所以追戮已出之女誠欲殄醜類之族也然則法貴得中刑愼過制臣以爲女人有三從之義無自專之道出適他族還喪父母降其服紀所以明外成之節異在家之恩而父母有罪追刑已出之女夫當見誅又有隨姓之戮一人之身內外受辟今女既嫁則爲異姓之妻如或產育則爲他族之母於防則不足懲奸亂之源於情則傷孝子之心男不得罪於他族而女獨嬰戮于二門非所以哀矜女弱蠲明法制之本分也臣以爲在室之女從父母之誅既醮之婦從夫

家之罰宜改舊科以爲永制於是有詔改定律令

秦秀定賈充之謚

晉書秀新興雲中人也少敦學行以忠直知名咸寧中爲博士賈充卒下禮官議謚秀議曰充無子舍宗族弗授而以異姓爲後悖禮溺情以亂大倫昔鄫養外孫莒公子爲後春秋書莒人滅鄫聖人豈不知外孫親耶但以義推之則無父子耳又按詔書自非功如太宰始封後必已所自出然則以外孫爲後絕父祖之血食開朝廷之禍門謚法昏亂紀度曰荒請謚荒公

昔秦女嫁晉六句

韓非子楚王謂田鳩曰墨子者顯學也其身體則可其言多而不辯何也曰昔秦伯嫁女于晉公子令秦爲之飾裝從文衣之媵七十人至晉晉人愛其妾而賤公女此可謂善嫁妾而未可爲善嫁女也楚人有賣其珠于鄭者爲木蘭之櫃薰桂椒之櫝綴以珠玉飾以玫瑰輯以翡翠鄭人買其櫝而

還其珠此可謂善賣櫝矣而未可謂善鬻珠也今世之談也皆道辨說文辭之言人主覽其文而忘有用墨子之說傳先王之道論聖人之言以宣告人若辨其辭則恐人懷其文忘其直以文害用也此與楚人鬻珠秦伯嫁女同類故其言多不辨

鼂氏之對

漢書孝文時太常遣錯受尚書伏生所還因上書稱說詔以爲太子舍人門大夫遷博士又上書上善之於是拜錯爲太子家令是時匈奴彊數寇邊上發兵以禦之錯上言兵事後詔有司舉賢良文學士錯在選中對策者百餘人唯錯爲高第

仲舒之對

仲舒少治春秋孝景時爲博士武帝即位舉賢良文學之士前後百數而仲舒以賢良對策焉對既畢天子以仲舒爲江都相

公孫之對

漢書弘少時爲獄吏有罪免家貧牧豕海上年四十餘乃學春秋雜說武帝初即位招賢良文學士是時弘年六十以賢

良徵爲博士使匈奴還報不合意上怒以爲不能弘乃移病免歸元光五年復徵賢良文學菑川國復推上弘弘謝曰前已嘗西用不能罷願更選國人固推弘弘至太常上冊諸儒弘對策太常奏弘第居下天子擢弘對第一名入見容貌甚麗拜爲博士待詔金馬門

**杜欽之對** 漢書成帝時有日蝕地震之變詔舉賢良方正能直言士合陽侯梁放舉欽欽上對云云

**後漢魯丕** 後漢書魯恭弟丕性沈深好學兼通五經以魯詩尚書教授爲當世名儒肅宗詔舉賢良方正大司農劉寬舉丕時對策百有餘人唯丕在高第除爲郎

**漢飲博士而雉集乎堂** 漢書鴻嘉二年三月博士行大射禮有飛雉集于庭歷階登堂而雊後雉又集太常宗正丞相御史大夫大司馬車騎將軍之府又集未央宮承明殿屋上時大司馬車騎將軍王音待詔寵等上言天地之

氣以類相應譴告人君甚微而著雉者聽察先聞雷聲故月令以紀氣經載高宗雉雊之異以明轉禍爲福之驗今雉以博士行禮之日大衆聚會飛集于庭歷階登堂萬衆睢睢驚怪連日徑歷三公之府太常宗正典宗廟骨肉之官然後入宮其宿留告曉人其備深切雖人道相戒何以過是

晉策秀才而麏興于前晉書五行志咸和六年正月會州郡秀孝於樂賢堂有麏見於前獲之孫盛以爲吉祥夫秀孝天下之彥士樂賢堂所以樂養賢也自喪亂以後風教陵夷秀孝策試四科之實麏興於前或斯故乎

## 書記第二十五

大舜云書用識音試哉所以記時事也蓋聖賢言

論文必本于經故中肯綮



辭總爲尙書尙書之爲體主言者也揚雄曰言心聲也書心畫也聲畫形君子小人可見矣故書者舒也舒布其言陳之簡牘取象乎夬貴在明決而已三代政暇文翰頗疎春秋聘繁書介彌盛繞朝（秦人）贈士會（晉大夫隨武子也）以策子家（鄭公子歸生字）與趙宣（子名盾）以書巫臣（楚申公名）之遺子反（楚公子側字也）子產（鄭公孫僑）之諫范宣（晉士匄）詳觀四書辭若對面又子服（氏）敬叔（魯人）進弔書于滕君固知行人挈辭多被翰墨矣及七國獻書詭麗輻輳漢來

文御覽作皆

筆札辭氣紛紜觀史遷之報任安字少卿東方朔之難公孫弘楊惲音藴字子幼之酬會宗孫子雲之答劉歆志氣槃桓各含殊采並杼軸乎尺素抑楊乎寸心逮後漢書記則崔瑗尤善魏之元瑜阮瑀字號稱翩翩文舉屬章半簡必錄休璉好事留意詞翰抑其次也嵇康絕交實志高而文偉矣趙至字景眞敘元作贈王性凝改離逌少年之激切也至如陳遵字孟公占辭百封各意稱衡代書親踈得宜斯又尺牘之偏才也詳總書體本在盡言

言以散鬱陶託風采故宜條暢以任氣優柔以懌懷文明從容亦心聲之獻酬也若夫尊貴差序則肅以節文戰國以前君臣同書秦漢立儀始有表奏王公國內亦稱奏書張敞字子高奏書於膠后膠東王母其義美矣迄至後漢稍有名品公府奏記而郡將奏牋記之言志進己志也牋者表也表識其情也崔寔奏記於公府則崇讓之德音矣黄香字文彊奏牋於江夏亦肅恭之遺式矣公幹牋記麗而規益子桓曹丕字弗論故世所

條暢　御覽二二

麗下一有文字

共遺若略名取實則有美於爲詩矣劉廙字公嗣謝恩喻切以至陸機自理情周而巧牋之爲善者也原牋記之爲式既上窺乎表亦下睨乎書使敬而不懾簡而無傲清美以惠其才彪蔚以文其響蓋牋記之分也夫書記廣大衣被事體筆劄雜名古今多品是以總領黎庶則有譜籍簿錄醫曆星筮則有方術占試申憲述兵則有律令法制朝市徵信則有符契券疏百官詢事則有關刺解諜萬民達志則有狀列辭諺並述

一本譜上有故謂二字

理於心著言於翰雖藝文之末品而政事之先務也譜者普也注序世統事資周普鄭玄氏譜詩蓋取乎此籍者借也歲借民力條之於版春秋司籍即其事也簿者圃也草木區別文書類聚張湯李廣為吏所簿別情偽也錄者領也古史世本編以簡策領其名數故曰錄也方者隅也醫藥攻病各有所主專精一隅故藥術稱方術者路也楊云莊子云天下之治方術者多矣算歷極數見路乃明九章積微故以為術淮南萬畢皆其類

何云精懿作登

也。占者覘也。星辰飛伏，伺候乃見，精觀書雲，故曰占也。式者（元脫）則也。陰陽盈虛，五行消息，變雖不常，而稽之有則也。律者中也。黃鐘調起，五音以正，音以正（三字衍）法律馭民，八辟（刑）克平，以律爲名，取中正也。令者命也。出命申禁，有若自天，管仲下令如流水，使民從也。法者象也。兵謀無方，而奇正有象，故曰法也。制者裁也。上行於下，如匠之制器也。符者孚（元作厚，謝改）也。徵召防僞，事資中孚。三代玉瑞，漢世金竹，末代從省，易以書翰矣。

契者結也。上古純質，結繩執契，今羌胡徵數負販記緡，其遺風歟。券者束也。明白約束，以備情僞，字形半分，故周稱判書。古有鐵券，以堅信誓，王褒髯奴，則券之楷也。疏者布也。布置物類，撮題近意，故小券短書，號爲疏也。關者閉也。出入由門，關閉當（當，元作由，一作宜）審，庶務在政，通塞應詳。韓非云：孫亶回（元作四，朱改）聖相也，而關（楊云：今之公文有關）於州部，蓋謂此也。刺者達也。詩人諷刺，周禮三刺，事敘（取）相達，若針之通結矣。解者釋也。解釋結滯，徵事以對也牒者葉也短簡編牒如葉在枝温舒截蒲即其事也議政未定故短牒咨謀牒之尤密謂之爲籤籤者纖密者也狀者貌也體貌本原取其事實先賢表謚並有行狀狀之大者也列者陳也陳列事情昭然可見也辭者舌端之文通已於人子產有辭諸侯所賴不可已也諺者直語也喪平聲言亦不及文元作交故弔亦稱諺廛路淺言有實無華鄒穆公云囊滿儲中皆其類也太誓曰古人有言牝雞無晨大雅云人亦有言

何云可疑作所

有司字妙



惟憂用老並上古遺諺詩書可引者也至於陳琳諫辭稱掩目捕雀潘岳哀辭稱掌珠伉儷並引俗說而爲文辭者也夫文辭鄙俚莫過於諺而聖賢詩書採以爲談況踰於此豈可忽哉觀此四條並書記所總或事本相通而文意各異或全任質素或雜用文綺隨事立體貴乎精要意少一字則義闕句長一言則辭妨並有司（一作詞）之實務而浮藻之所忽也然才冠（去聲）鴻筆多踈尺牘譬九方堙之識駿足而不知毛色牝牡

也言既身文信亦邦瑞翰林之士思理實焉

贊曰

文藻條流託在筆札既馳金相亦運木訥萬古聲薦千里應拔庶務紛綸因書乃察

繞朝贈士會以策左傳晉人患秦之用士會也明年夏六卿相見於諸浮趙盾曰隨會在秦賈季在狄難日至矣若之何荀林父曰請復賈季能外事且由舊勳郤缺曰賈季亂且罪大不如隨會能賤而有恥柔而不犯其智足使也且無罪乃使魏壽餘僞以魏叛者以誘士會執其帑于晉使夜逸請自歸于秦秦康公許之壽餘履士會之足于朝秦伯師于河西魏人在東壽餘曰請東人之能與二三有司言者吾與之先使士

會士會辭曰晉人虎狼也若背其言臣死妻子爲戮無益于君不可悔也秦伯曰若背其言所不歸爾帑者有如河乃行繞朝贈之以策曰子無謂秦無人吾謀適不用也旣濟魏人譟而還秦人歸其帑（帑音孥） 楊用脩云觀此則策簡也非鞭也太白臨行將贈繞朝鞭亦誤用耳

子家與趙宣以書

春秋文十二年諸侯會于扈　左傳　晉靈公不見鄭伯以爲貳于楚也鄭公子歸生使執訊而以之書以告趙盾曰寡君卽位三年召蔡侯而與之事君九月蔡侯入於敝邑以行敝邑以侯宣多之難寡君是以不得與蔡侯偕十一月克滅侯宣多而隨蔡侯以朝于執事十二年六月歸生佐寡君之嫡夷以請陳侯于楚而朝諸君十四年七月寡君又朝以蕆陳事十五年五月陳侯自敝邑往朝于君往年正月燭之武往朝夷也八月寡君又往朝以陳蔡之密邇于楚而不敢貳焉

則敝邑之故也雖敝邑之事君何以不免在位之中一朝于襄而再見于君夷與孤之二三臣相及于絳雖我小國則蔑以過之矣今大國曰爾未逞吾志敝邑有亡無以加焉古人有言曰畏首畏尾身其餘幾又曰鹿死不擇音小國之事大國也德則其人也不德則其鹿也鋌而走險急何能擇命之罔極亦知亡矣將悉敝賦以待于鯈唯執事命之我先君文公二年朝于齊四年爲齊侵蔡亦獲成于楚居大國之間而從于強令豈其罪也大國若弗圖無所逃命

**巫臣之遺子反**

左傳楚共王即位公子嬰齊公子側殺巫臣之族子閻子蕩及清尹弗忌及襄老之子黑要而分其室巫臣自晉貽之書曰爾以讒慝貪惏事君而多殺不辜乎必使爾罷于奔命以死

**子產之諫范宣**

左傳晉范匄爲政諸侯之幣重鄭人病之二月鄭管公如晉公孫夏相子產寓書于公孫

夏以告勾曰子爲晉國四隣諸侯不聞令德而聞重幣僑也惑之僑聞長國家者非無賄之患而無令名之難夫諸侯之賄聚于公室則諸侯貳若吾子賴之則晉國貳諸侯貳則晉國壞晉國貳則子之家壞何没没焉將焉用賄夫令名德之輿也德國家之基也有基無壞無無亦是務乎象有齒以焚其身賄也范勾悅乃輕幣

**陳遵占辭百封各意** 漢書陳遵起爲河南太守既至官當遣從史西召善書吏十人於前治私書謝京師故人遵憑几口占書吏且省官事書數百封親踈各有意河南人大驚

**禰衡代書親踈得宜** 後漢書曹操送禰衡于劉表表及荊州士大夫先服其才名甚賓禮之文章言議非衡不定後衡傲慢于表表恥不能容以江夏太守黃祖性急故送衡與之祖亦善待焉衡爲作書記輕重踈密各得體宜祖持其手曰處士此正得祖意

如祖腹中之所欲言也

張敞奏書于膠后

漢書張敞爲膠東王相王母王太后數出游獵敞奏書諫曰臣聞秦王好淫聲葉陽后爲不聽鄭衛之樂楚莊好田獵樊姬爲之不食鳥獸之肉口非惡旨甘耳非憎絲竹也所以抑心意絕耆欲者將以率二君而全宗祀也禮君母出門則乘輜軿下堂則從傅母進退則鳴玉珮內飾則結綢繆此言尊貴所以自斂制不縱恣之義也今太后姿質淑美慈愛寬仁諸侯莫不聞而少以田獵縱欲爲名於以上聞亦未宜也唯觀覽乎往古全行乎來今令后姬得有所法則下臣得有所稱補臣敞幸甚書奏太后止不復出

劉廙謝恩喻切以至

魏志魏諷反廙弟偉爲諷所引當相坐誅丞相操令曰叔向不坐弟虎古之制也特原不問徙署丞相倉曹屬廙上書謝曰臣罪應傾宗禍應覆族遭乾坤之靈值時來之運揚湯

止沸使不焦爛起烟於寒灰之上生華于已枯之木物不答施於天地子不謝生於父母可以死效難用筆陳

## 鄭氏譜詩

毛詩傳鄭玄箋作詩譜十六篇

（周南召南譜）

周召者禹貢雍州岐山之陽地名今屬右扶風美陽縣地形險阻而原田肥美周之先公曰大王者避狄難自豳始遷焉而脩德建王業商王帝乙之初命其子王季爲西伯至紂又命文王典治南國故雍梁荆豫徐揚之人咸被其德而從之文王受命作邑於豐乃分岐邦周召之地爲周公旦召公奭之采地施先公之教於已所職之國武王伐紂定天下巡守述職陳誦諸國之詩以觀民風俗六州者得二公之德教尤純故獨錄之屬之大師分而國之其得聖人之化者謂之周南得賢人之化者謂之召南言二公之德教自岐而行于南國也初古公亶父聿來胥宇爰及姜女其後大任思媚周姜大姒嗣徽音歷世有

賢妃之助以致其治文王刑于寡妻至于兄弟以御于家邦是故二國之詩以后妃夫人之德爲首終以麟趾騶虞所以風化天下而正夫婦焉　（邶鄘衛譜）邶鄘衛者商紂畿內方千里之地其封域在禹貢冀州太行之東北踰衡漳東及兗州桑土之野周武王伐紂以其京師封紂子武庚爲殷後庶殷頑民被紂化日久未可以建諸侯乃三分其地置三監使管叔蔡叔霍叔尹而教之自紂城而北謂之邶南謂之鄘東謂之衛武王既喪三監導武庚叛成王既黜殷命殺武庚復伐三監更於此三國建諸侯以殷餘民封康叔於衛使爲之長後世子孫稍幷彼二國混而名之七世至頃侯當周夷王時衛國政衰變風始作故作者各有所傷從其國本而異之爲邶鄘衛之詩焉　（王城譜）王城者周東都王城畿內方六百里之地其封域在禹貢豫州太華方外之間北得河陽漸冀州之南始武王

作邑於鎬京謂之宗周是爲西都周公攝政五年成王在豐欲宅洛邑使召公先相宅既成謂之王城是謂東都今河南是也召公既相宅周公往營成周今洛陽是也十一世幽王嬖褒姒生伯服廢申后太子宜咎奔申申侯與犬戎攻宗周殺幽王於戲晉文侯鄭武公迎宜臼于申而立之是爲平王以亂故徙居東都王城於是王室之尊與諸侯無異其詩不能復雅故貶之謂之王國之變風【鄭譜】初宣王封母弟友於宗周畿內咸林之地是爲鄭桓公今京兆鄭縣是其都也又云爲幽王大司徒甚得周衆與東土之人問於史伯曰王室多故余懼及焉其何所可以逃死史伯曰其濟洛河潁之間乎是其子男之國虢鄶爲大虢叔恃勢鄶仲恃險皆有驕侈怠慢之心加之以貪冒君若以周難之故寄帑與賄不敢不許是驕而貪必將背君君以成周之衆奉辭伐罪無不克矣若克二邑鄔蔽

補丹依疇歷華君之土也修典刑以守之惟是可以少固桓公從之後三年幽王爲犬戎所殺桓公死之其子武公與晉文侯定平王於東都王城卒取史伯所云十邑之地今河南新鄭是也武公又作卿士國人宜之鄭之變風又作

〔齊譜〕齊者古少皞之世爽鳩氏之墟周武王伐紂封太師呂望於齊地方百里都營丘成王廣大邦國之境而齊受上公之地更立五五百里其封域東至于海西至于河南至于穆陵北至于無棣在禹貢青州岱山之陰濰淄之野其子丁公嗣位於王官後五世哀公政衰荒淫怠慢紀侯譖之於周懿王使烹焉齊人變風始作

〔魏譜〕魏者虞夏舜禹所都之地在禹貢冀州雷首之北析城之西周以封同姓焉其封域南枕河曲北涉汾水舜禹儉約之化於時猶存及今魏君嗇且褊急不務廣修德於民敎以義方其與秦晉隣國日見侵削國人憂之當周平桓之世

魏之變風始作至春秋魯閔公元年晉獻公滅之以其地賜大夫畢萬自爾而後晉有魏氏

(唐譜)唐者帝堯舊都之地今太原晉陽是也堯始居此後乃遷河東平陽成王封母弟叔虞于堯之故墟曰唐侯南有晉水至子爕改爲晉侯其封域在禹貢冀州太行恒山之西太原太岳之野至曾孫成侯南徙至曲沃近平陽焉當周公召公共和之時成侯曾孫僖侯甚嗇愛物儉不中禮國人閔之唐之變風始作其孫穆侯又徙於絳云

(秦譜)秦者隴西谷名於禹貢近雍州鳥鼠之山堯時有伯翳者實臯陶之子佐禹治水水土既平舜命作虞官掌上下草木鳥獸賜姓曰嬴歷夏商興衰世有人焉周孝王使其末孫非子養馬於汧渭之間孝王爲伯翳能知禽獸之言子孫不絕故封非子爲附庸邑之於秦谷至曾孫秦仲宣王命作大夫始有車馬禮樂侍御之好國人美之翳之變風始作秦仲之

孫襄公平王之初興兵討西戎以救周平王東遷王城乃以岐豐之地賜之始列爲諸侯遂橫有周西都宗周畿內八百里之地其封域東至池山在荆岐終南惇物之野至玄孫德公又徙於雍云（陳譜）陳者太皡虙戲氏之墟帝舜之冑有虞閼父者爲周武王陶正武王賴其利器用與其神明之後封其子滿於陳都於宛丘之側是曰陳胡公以備三恪妻以元女太姬其封域在禹貢豫州之東其地廣平無名山大澤西望外方東不及明猪五世至幽公當厲王時政衰大夫淫荒所爲無度國人傷而刺之陳之變風作矣（檜譜）檜者古高辛氏火正祝融之墟檜國在禹貢豫州外方之北滎波之南居溱洧之間祝融氏名黎其後八姓唯妘姓檜者處其地焉周夷王厲王之時檜公不務政事而好潔衣服大夫去之於是檜之變風始作其國北隣於虢（曹譜）曹者禹貢兗州陶丘之北地名周

武王既定天下封弟叔振鐸於曹今濟陰定陶是也其封域在雷夏菏澤之野昔堯嘗遊城陽死而葬焉舜漁於雷澤民俗始化其遺風重厚多君子務稼穡薄衣食以致畜積夾於魯衛之間寡於患難十一世當周惠王世政衰昭公好奢而任小人曹之變風始作

(豳譜)豳者后稷之曾孫曰公劉者自邰而出所徙戎狄之地名今屬右扶風栒邑公劉以夏后太康時失其官守竄於此地猶修后稷之業勤恤愛民民咸歸之而國成焉其封域在禹貢雍州岐山之北原隰之野至商之末世太王又避戎狄之難而入處于岐陽民又歸之成王之時周公避流言之難出居東都二年思公劉太王居豳之職憂念民事至苦之功以比序已志後成王迎而反之太師述其志主於豳公之事故別其詩以爲豳國變風焉

(小大雅譜)小雅大雅者周室居西都豐鎬之時詩也始祖后稷有播種之功於民

公劉至于太王王季歷及千載其功業爲天下所歸文王受命武王遂定天下盛德之隆大雅之初起自文王至于文王有聲據盛隆而推原天命上述祖考之美小雅自鹿鳴至于魚麗先其文所以治內後其武所以治外此二雅逆順之次要於極賢聖之情著天道之助如此而已矣又大雅生民及卷阿小雅南有嘉魚及菁菁者莪周公成王之時詩也文武周公終始相成比而合之故大雅十八篇小雅十六篇爲正經大雅民勞小雅六月之後皆謂之變雅美惡各以其時亦顯善懲過正之次也

周頌譜 周頌者周室成功致太平德洽之詩其作在周公攝政成王即位之初頌之言容天子之德光被四表格于上下無不覆燾無不持載此之謂容於是和樂興焉頌聲乃作故人君必潔其牛羊馨其黍稷齊明而薦之歌之舞之所以顯神明昭至德也

魯頌譜 魯者少昊摯之墟也周公歸

政成王封其元子伯禽於魯其封域在禹貢徐州大野蒙羽之野十九世至僖公當周惠王襄王時而遵伯禽之法復魯舊制未偏而薨國人美其功季孫行父請命於周而作頌

商頌譜商者契所封之地有娀氏之女名簡狄者生契堯之末年舜舉爲司徒有五教之功乃賜姓而封之世有官守十四世至湯則受命伐夏桀定天下後世有中宗者有高宗者此三主有受命中興之功時有作詩頌之者商德之壞武王伐紂乃以陶唐氏火正閼伯之墟封紂兄微子啓爲宋公代武庚爲商後其封域在禹貢徐州泗濱西及豫州孟猪之野七世至戴公時當宣王大夫正考父者校商之名頌十二篇於周太師以那爲首歸以祀其先王孔子錄詩之時則得五篇乃列之以備三頌著爲後王之義

**九章**

**積微**黃帝時隸首作筭數筭數之術有九一曰方田二曰粟米三曰差分四曰少黃

五曰商功六曰均輸七曰方程八曰贏不足九曰旁要

王褒髯奴

蜀郡王子淵以事到煎上寡婦楊惠舍有一奴名便了倩行酤酒便提大杖上冢巔曰大夫買便了時但約守家不約爲他家男子酤酒子淵大怒曰奴寧欲賣邪惠曰奴父許人人無欲者子卽決賣券云奴復曰欲使皆上券不上券便了不能爲也子淵曰諾券文曰神爵三年正月十五日資中男子王子淵從成都安志里女子楊惠買夫時戶下髯奴便了決賣萬五千奴從百役使不得有二言奴不得有姦私事當關白奴不聽敎當笞一百讀券文徧訖詞窮咋索仡仡扣頭兩手自縛目淚下落鼻涕長一尺當如王大夫言不如早歸黃土陌蚯蚓鑽額早知當爾爲王大夫酤酒不敢作惡　又責髯奴辭曰我觀人鬚長而復黑冉弱而調離離若緣坡之竹鬱鬱若春田之苗因風披靡隨身飄飄爾乃附以豐顋表以

蛾眉發以素顏呈以妍姿約之以緤綫潤之以芳脂華華翼翼靡靡綏綏振之發嫪黝若玄圭之垂於是搖鬚奮髭則論說虞唐鼓髻動鬣則研覈否臧内育瓌形外闡宫商相如以之都雅顏孫以之堂堂豈若子髯既亂且赭枯槁秃瘁劬勞辛苦汗垢流離汚穢泥土傖囁穰擩與塵爲侶無素顏可依無豐顖可怙動則困於總滅静則窘於囚虜薄命爲髭正者子頤爲身不能庇其四體爲智不能御其形骸獺鬚瘦面常如炙灰曾不如犬羊之毛尾狐狸之毫氂爲子鬚者不亦難哉 **孫亶回聖相也** 徐渠問田鳩曰公孫亶回聖相也而關于州部何哉田鳩曰魏相馮離而亡其國騙于聲詞脫乎辨說不關乎州部故有失政亡國之患 **温舒截蒲** 路温舒鉅鹿東里人也父爲里監門使温舒牧羊温舒取澤中蒲截以爲牒編用寫書稍習善求爲獄小吏因學律令轉爲獄

史縣中疑事皆問焉子產有辭諸侯所賴不可已也左傳襄三十一年公薨之月鄭子產相簡公以如晉晉平公以我喪故未之見也子產使盡壞其館之垣而納車馬焉士文伯讓之曰敝邑以政刑之不脩寇盜充斥無若諸侯之屬辱在寡君者何是以令吏人完客所館高其閈閎厚其墻垣以無憂客使今吾子壞之雖從者能戒其若異客何以敝邑之爲盟主繕完葺墻以待賓客若皆毀之其何以共命寡君使句請命對曰以敝邑褊小介于大國誅求無時是以不敢寧居悉索敝賦以來會時事逢執事之不閒而未得見又不獲聞命未知見時不敢輸幣亦不敢暴露其輸之則君之府實也非薦陳之不敢輸也其暴露之則恐燥濕之不時而朽蠹以重敝邑之罪僑聞文公之爲盟主也宮室卑庳無觀臺榭以崇大諸侯之館館如公寢庫廏繕脩司空以時平

易道路圬人以時塓館宮室諸侯賓至甸設庭燎僕人巡宮車馬有所賓從有代巾車脂轄隸人牧圉各瞻其事百官之屬各展其物公不留賓而亦無廢事憂樂同之事則巡之教其不知而恤其不足賓至如歸無寧菑患不畏寇盜而亦不患燥濕今銅鞮之宮數里而諸侯舍于隸人門不容車而不可踰越盜賊公行而夭癘不戒賓見無時命不可知若又無壞是無所藏幣以重罪也敢請執事將何所命之雖君之有魯喪亦敝邑之憂也若獲薦幣修垣而行君之惠也敢憚勤勞士文伯復命趙武曰信我實不德而以隸人之垣以贏諸侯是吾罪也使匃謝不敏焉晉侯見鄭伯有加禮厚其宴好而歸之乃築諸侯之館叔向曰辭之不可以已也如是夫子產有辭諸侯賴之若之何其釋辭也

楊升菴先生批點文心雕龍卷之五

文神物也故以神思先之上篇神道設教與之相應

# 文心雕龍卷之六

梁　通事舍人劉　勰　著

明　豫　章　梅慶生音註

## 神思第二十六

古人云形在江海之上心存魏闕之下神思之謂也文之思也其神遠矣故寂然凝慮思接千載悄焉動容視通萬里吟詠之間吐納珠玉之聲眉睫之前卷上聲舒風雲之色其思理之致乎故思理爲妙神與物遊神居胸臆而志氣統其

關鍵物沿耳目而辭令管其樞機樞機方通則物無隱貌關鍵將塞則神有遯心是以陶鈞文思貴在虛靜疏瀹五藏澡雪精神積學以儲寶酌理以富才研閱以窮照馴致以繹辭然後使玄解之宰尋聲律而定墨獨照之匠闚意象而運斤此蓋馭文之首術謀篇之大端夫神思方運萬塗競萌規矩虛位刻鏤無形登山則情滿於山觀海則意溢於海我才之多少將與風雲而並驅矣方其搦翰氣倍辭前暨乎篇成半折

何云此二語人皆誤用彥和自謂詞意難于相副也

心始何則意翻空而易（去聲）奇言徵實而難巧也是以意授於思言授於意密則無際疏則千里或理在方寸而求之域表或義在咫尺而思隔山河是以秉心養術無務苦慮含章司契不必勞情也人之稟才遲速異分文之制體大小殊功相如含筆而腐毫揚雄輟翰而驚夢桓譚疾感於苦思（爲學雄作賦感動發病）王充（字仲任）氣竭於思慮（作論衡）張衡研京（作二京賦）以十年左思練都以一紀（作三都賦）雖有巨文亦思之緩也淮南崇朝而賦騷

註見辨騷篇枚皋字少孺應詔而成賦子建援牘如口誦仲宣舉筆似宿構王粲舉筆成章時人以爲宿構阮瑀據案案疑作鞍而制書禰衡當食而草奏雖有短篇亦思之速也若夫駿發之士心總要術敏在慮前應機立斷覃思之人情饒岐路鑒在疑後研慮方定機敏故造次而成功慮疑故愈久而致績難易雖殊並資博練若學淺而空遲才疎而徒速以斯成器未之前聞是以臨篇綴慮必有二患理鬱者苦貧辭溺者傷亂然則博聞爲饋貧之

糧貫一爲拯亂之藥博而能一亦有助乎心力矣若情數詭雜體變遷貿拙辭或孕於巧義庸事或萌於新意視布於麻雖云未貫杼軸獻功煥然乃珍至於思表纖旨文外曲致言所不追筆固知止至精而後闡其妙至變而後通其數伊摯（伊尹名）不能言鼎輪扁不能語斤其微矣乎

贊曰

神用象通情變所孕物以貌求心以理應刻鏤聲律萌芽比興結慮司契垂帷制勝

揚雄輟翰而驚夢桓子新論曰漢成帝上甘泉詔使作賦雄爲之倅暴倦臥夢其五臟出地及覺大少氣病一歲又西京雜記云雄著太玄經夢吐鳳皇集玄之上

枚皐應詔而成賦漢書枚皐上書北闕自陳枚乘之子上得之大喜拜爲郎皐從行上有所感輒使賦之爲文疾受詔輒成

阮瑀據案而制書典畧魏武嘗使阮瑀作書與韓遂於馬上具草書成呈之操覽畢欲有所定而竟不能增損

輪扁不能語斤莊子桓公讀書于堂上輪扁斲輪于堂下釋椎鑿而上問桓公曰敢問公之所讀者何言耶公曰聖人之言也曰聖人在乎公曰已死矣曰然則君之所讀古人之糟粕已夫桓公曰寡人讀書輪人安得議乎有說則可無說則死輪扁曰臣也以臣之事觀之斲輪徐則甘而不固疾則苦而不入不徐不疾得之於手

而應於心口不能言有數存焉於其間臣不能以喻臣之子臣之子亦不能受之於臣是以行年七十而老斲輪古之人與其不可傳也死矣然則君之所讀者古人之糟粕已夫

## 體性第二十七

夫情動而言形理發而文見（音現）蓋沿隱以至顯因內而符外者也然才有庸儁氣有剛柔學有淺深習有雅（大小雅）鄭（鄭風）並情性所鑠陶染所凝是以筆區雲譎文苑波詭者矣故辭理庸儁莫能翻其才風趣剛柔寧或改其氣事義淺深未聞乖其學體式雅鄭鮮（上聲）有反其習各師成心

其異如面若總其歸塗則數窮八體一曰典雅二曰遠奧三曰精約四曰顯附五曰繁縟六曰壯麗七曰新奇八曰輕靡典雅者鎔式經誥方軌儒門者也遠奧者馥采典文經理玄宗者也精約者覈字省句剖析毫釐者也顯附者辭直義暢切理厭心者也繁縟者博喻釀采煒燁(音葉)枝派者也壯麗者高論宏裁卓爍異采者也新奇者擯古競今危側趣詭者也輕靡者浮文弱植縹緲附俗者也故雅與奇反奧與顯殊繁與

約舛壯與輕乖文辭根葉苑囿其中矣若夫八體屢遷功以學成才力居中肇自血氣氣以實志志以定言吐納英華莫非情性是以賈生（誼）俊發故文潔而體清長卿（相如）傲誕故理侈而辭溢子雲（揚雄）沈寂故志隱而味深子政（劉向）簡易故趣昭而事博孟堅（班固）雅懿故裁密而思靡平子（張衡）淹通故慮周而藻密仲宣（王粲）躁銳故穎出而才果公幹（劉楨）氣褊故言壯而情駭嗣宗（阮籍）俶（音惕）儻故響逸而調（去聲）遠叔夜（嵇康）儁俠故興（去聲）高而

此入門之時要端正也學者不可以不知

沈本琢改瑑



采烈安仁(潘岳)輕敏故鋒發而韻流士衡(陸機)矜重故情繁而辭隱觸類以推表裏必符豈非自然之恒資才氣之大略哉夫才有天資學慎始習斲梓染絲功在初化器成綵定難可翻移故童子雕琢必先雅製沿根討葉思轉自圓八體雖殊會通合數得其環中則輻輳相成故宜摹體以定習因性以練才文之司南用此道也

贊曰

才性異區文辭繁詭辭為膚根志實骨髓雅麗

風骨二字雖是分重然畢竟以風爲主風可以包骨而骨必待乎風也故此篇以風發端而歸重于氣氣屬風也

黼黻淫巧朱紫習亦凝眞功沿漸靡

## 風骨第二十八

詩總六義風冠去聲其首斯乃化感之本源志氣之符契也是以怊悵述情必始乎風沉吟鋪辭莫先於骨楊批此分風骨之異論文之極妙者故辭之待骨如體之樹骸情之含風猶形之包氣結言端直則文骨成焉意氣駿爽則文風清一作生焉若豐藻克贍風骨不飛則振采失鮮平聲負聲無力是以綴慮裁篇務盈守氣剛健既實輝光乃新其爲文

何云索課疑享課之誤



用譬征鳥之使翼也故練於骨者析辭必精深乎風者述情必顯捶（音朶）字堅而難移結響凝而不滯此風骨之力也若瘠義肥辭繁雜失統則無骨之徵也思不環周索莫（元作課楊改）乏氣（元作風楊改）則無風之驗也昔潘勗錫魏（九錫文）思摹經典群才韜筆乃其骨髓峻也相如賦仙氣號凌雲蔚爲辭宗迺其風力遒也能鑒斯要可以定文茲術或違無務繁采故魏文（曹丕）稱文以氣爲主氣之清濁有體不可力強而致故其論孔融則

云體氣高妙論徐幹則云時有齊氣論劉楨則云時有逸氣公幹亦云孔氏卓卓信含異氣筆墨之性殆不可勝並重氣之旨也夫翬（音輝）翟備色翾（音諼）翥百步肌豐而力沉也鷹隼（音筍）乏采翰飛戾天骨勁而氣猛也文章才力有似於此若風骨乏采則鷙集翰林采乏風骨則雉竄文囿唯藻耀而高翔固文筆之鳴鳳也（楊批此論發自劉子前無古人徐季海移以評書張彥遠移以評畫同此理也）若夫鎔鑄經典之範翔集子史之術洞曉情變曲昭文體然後能孚

甲新意雕畫奇辭昭體故意新而不亂曉變故辭奇而不黷若骨采未圓風辭未練而跨略舊規馳騖（音務）新作雖獲巧意危敗亦多豈空結奇字紕繆而成經矣周書云辭尚體要弗惟好（去聲）異蓋防文濫也然文術多門各適所好明者弗授學者弗師於是習華隨侈流遁忘反若能確乎正式使文明以健（楊批引文明以健尤切明即風也健即骨也詩有格有調格猶骨也調猶風也）則風清骨峻篇體光華能研諸慮何遠之有哉

贊曰

情與氣偕辭共體並文明以健珪璋乃騁蔚彼風力嚴此骨鯁才鋒峻立符采克炳

風骨楊用脩云左氏論女色曰美而豔美猶骨也豔猶風也文章風骨兼全如女色之美豔兩致矣

潘勗錫魏思摹經典魏志漢獻帝策命曹操爲魏公加九錫文曰朕以不德少遭愍凶越在西土遷于唐衛當此之時若綴旒然宗廟乏祀社稷無位羣凶覬覦分裂諸夏率土之民朕無獲焉即我高祖之命將墜于地朕用宿興假寐震悼于厥心曰惟祖惟父股肱先正其孰能恤朕躬乃誘天衷誕育丞相保乂我皇家弘濟于艱難朕實賴之今將授君典禮其敬聽朕命昔者董卓初興國難羣后釋位以謀

王室君則攝進首啓戎行此君之忠于本朝
也後及黃巾反易天常侵我三州延及平民
君又翦之以寧東夏此又君之功也韓暹楊
奉專用威命君則致討克黜其難遂遷許都
造我京畿設官兆祀不失舊物天地鬼神於
是獲乂此又君之功也袁術僭逆肆於淮南
懾憚君靈用丕顯謀蘄陽之役橋蕤授首稜
威南邁術以隕潰此又君之功也迴戈東征
呂布就戮乘轅將返張揚殂斃眭固伏罪張
繡稽服此又君之功也袁紹逆亂天常謀危
社稷憑恃其衆稱兵内侮當此之時王師寡
弱天下寒心莫有固志君執大節精貫白日
奮其武怒運其神策致屆官渡大殲醜類俾
我國家拯於危墜此又君之功也濟師洪河
拓定四州袁譚高幹咸梟其首海盜奔迸黑
山順軌此又君之功也烏丸三種崇亂二世
袁尚因之逼據塞北束馬懸車一征而滅此
又君之功也劉表背誕不供貢職王師首路

威風先逝百城八郡交臂屈膝此又君之功也馬超成宜同惡相濟濱據河潼求逞所欲殄之渭南獻馘萬計遂定邊境撫和戎狄此又君之功也鮮卑丁零重譯而至單于白屋請吏率職此又君之功也君有定天下之功重之以明德班敘海內宣美風俗旁施勤教恤慎刑獄吏無苛政民無懷慝敦崇帝族表繼絕世舊德前功罔不咸秩雖伊尹格于皇天周公光于四海方之蔑如也朕聞先王並建明德胙之以土分之以民崇其寵章備其禮物所以藩衛王室左右厥世也其在周成管蔡不靜懲難念功乃使召康公賜齊太公履東至于海西至于河南至于穆陵北至于無棣五侯九伯實得征之世祚太師以表東海爰及襄王亦有楚人不供王職又命晉文登爲侯伯錫以二輅虎賁鈇鉞秬鬯弓矢大啓南陽世世作盟主故周室之不壞繄二國是賴今君稱丕顯德明保朕躬奉答天命導揚

弘烈綏爰九域莫不率俾功高于伊周而賞卑於齊晉朕甚恧焉朕以眇眇之身託于兆民之上永思厥艱若涉淵冰非君攸濟朕無任焉今以冀州之河東河内魏郡趙國中山常山鉅鹿安平甘陵平原凡十郡封君爲魏公錫君玄土苴以白茅爰契爾龜用建冢社昔在周室畢公毛公入爲卿佐周邵師保出爲二伯外内之任君實宜之其以丞相領冀州牧如故又加君九錫其敬聽朕命以君經緯禮律爲民軌儀使安職業無或遷志是用錫君大輅戎輅各一玄牡二駟君勸分務本穡人昏作粟帛滯積大業惟興是用錫君衮冕之服赤舄副焉君敦尚謙讓俾民興行少長有禮上下咸和是用錫君軒縣之樂六佾之舞君翼宣風化爰發四方遠人革面華夏充實是用錫君朱戶以居君研其明哲思帝所難官才任賢羣善必舉是用錫君納陛以登君秉國之鈞正色處中纖毫之惡靡不抑

退是用錫君虎賁之士三百人君糾虔天刑章厥有罪犯關干紀莫不誅殛是用錫君鈇鉞各一君龍驤虎視旁眺八維掩討逆節折衝四海是用錫君彤弓一彤矢百玈弓十玈矢千君以溫恭爲基孝友爲德明允篤誠感於朕思是用錫君秬鬯一卣圭瓚副焉魏國置丞相以下群卿百寮皆如漢初諸侯王之制往欽哉敬服朕命簡恤爾衆時亮庶功用終爾顯德對揚我高祖之休命（玈音盧卣音酉）

操上書謝曰臣蒙先帝厚恩致位郎署受性疲怠意望畢足非敢希望高位庶幾顯達會董卓作亂義當死難故敢奮身出命摧鋒率衆遂值千載之運奉役目下當二袁炎沸侵侮之際陛下與臣寒心同憂顧瞻京師進受猛敵常恐君臣俱陷虎口誠不自意能全首領賴祖宗靈祐醜類夷滅得使微臣竊名其間陛下加恩授以上相封爵寵祿豐大弘厚生平之願實不望也口

與心計幸且待罪保持列侯遺付子孫自託聖世永無憂責不意陛下乃發聖意開國備錫以貺愚臣地比齊魯禮同藩王非臣無功所宜膺據歸情上聞不蒙聽許嚴詔切至誠使臣心俯仰逼迫伏自惟省列在大臣命制王室身非已有豈敢自私遂其愚意亦將黜退令就初服今奉疆土備數藩翰非敢遠期慮有後世至於父子相誓終身灰軀盡命報塞厚恩天威在顏悚懼受詔

相如賦仙氣號凌雲

史記司馬相如拜爲孝文園令天子既美子虛之事相如見上好仙道因曰上林之事未足美也尚有靡者臣嘗爲大人賦未就請具而奏之相如以爲列仙之傳居山澤間形容甚臞此非帝王之仙意也乃遂就大人賦其辭曰世有大人兮在于中州宅彌萬里兮曾不足以少留悲世俗之迫隘兮朅輕舉而遠遊垂絳幡之素蜺兮載雲氣而上浮建格澤之長竿兮總光

燿之采旄垂旬始以爲幓兮抴彗星而爲髾
掉指橋以偃蹇兮又旖旎以招搖攬欃槍以
爲旌兮靡赤虹而爲綢紅杳渺以眩湣兮猋
風涌而雲浮駕應龍象輿之蠖略逶麗兮驂
赤螭青虯之蚴蟉蜿蜒低卬夭蟜据以驕驁
兮詘折隆窮蠼以連卷沛艾赳螑仡以佁儗
兮放散畔岸驤以孱顏跮踱輵轄容以骫麗
兮綢繆偃蹇怵㚟以梁倚糾蓼叫奡踏以艐
路兮蔑蒙踊躍騰而狂趡莅颯卉翕熛至電
過兮煥然霧除霍然雲消邪絕少陽而登太
陰兮與眞人乎相求互折窈窕以右轉兮橫
厲飛泉以正東悉徵靈圉而選之兮部乘衆
神於瑤光使五帝先導兮反太一而從陵陽
左玄冥而右黔雷兮前陸離而後潏湟廝征
北僑而役羨門兮詔岐伯使尚方祝融警而
蹕御兮清雰氣而後行屯余車而萬乘兮綷
雲蓋而樹華旗使句芒其將行兮吾欲往乎
南嬉歷唐堯於崇山兮過虞舜於九疑紛湛

湛其差錯兮雜遝膠葛以方馳騷擾衝蓯其
相紛挐兮滂濞泱軋灑以林離攢羅列聚叢
以蘢茸兮衍曼流爛痑以陸離徑入靁室之
砰磷鬱律兮洞出鬼谷之崫礨嵬磈徧覽八
紘而觀四荒兮朅渡九江而越五河經營炎
火而浮弱水兮杭絕浮渚而涉流沙奄息總
極汎濫水嬉兮使靈媧鼓瑟而舞馮夷時若
曖曖將混濁兮召屏翳誅風伯而刑雨師西
望崑崙之軋沕洸忽兮直徑馳乎三危排閶
闔而入帝宮兮載玉女而與之歸舒閬風而
遙集兮亢鳥騰而一止低回陰山翔以紆曲
兮吾乃今日睹西王母矐然白首戴勝而穴
處兮亦幸有三足烏爲之使必長生若此而
不死兮雖濟萬世不足以喜回車朅來兮絕
道不周會食幽都呼吸沆瀣兮餐朝霞咀噍
芝英兮嘰瓊華僸侵尋而高縱兮紛鴻涌而
上厲貫列缺之倒景兮涉豐隆之滂沛馳遊
道而脩降兮騖遺霧而遠逝迫區中之隘陜

兮舒節出乎北垠遺屯騎於玄闕兮軼先驅於寒門下峥嶸而無地兮上寥廓而無天視眩眠而無見兮聽惝怳而無聞乘虛無而上假兮超無友而獨存相如既奏大人之頌天子大悅飄飄有凌雲之氣似游天地之間意

西京雜記相如將獻賦未知所爲夢一黄衣翁謂之曰可爲大人賦遂作大人賦言神仙之事以獻之賜錦四疋

## 通變第二十九

夫設文之體有常變文之數無方何以明其然耶凡詩賦書記名理相因此有常之體也文辭氣力通變則久此無方之數也名理有常體必資於故實通變無方數必酌於新聲故能騁無

窮之路飲不竭之源然綆短者銜渴足疲者輟塗非文理之數盡乃通變之術疎耳故論文之方譬諸草木根幹麗土而同性臭味晞陽而異品矣是以九代詠歌志合文則（則元作財許無念改）黃歌斷竹質之至也唐歌在昔則廣於黃世虞歌卿雲則文於唐時夏歌雕墻（見前五子歌內）縟於虞代商周篇什麗於夏年至於序志述時其揆一也暨楚之騷文矩式周人漢之賦頌影寫楚世魏之篇（元作薦許無念改）制顧慕漢風晉之辭章瞻望魏采確

古今一風也通變之術亦主風矣

而論之則黃唐淳而質虞夏質而辨商周麗而雅楚漢侈而豔魏晉淺而綺宋初訛而新從質及訛彌近彌澹何則競今疎古風末氣衰也今才穎之士刻意學文多略漢篇師範宋集雖古今備閱然近附而遠疎矣夫青生於藍絳生於蒨音千去聲雖踰本色不能復化桓君山云予見新進麗文美而無採及見劉向揚雄言辭常輒有得此其驗也故練青濯絳必歸藍蒨矯訛翻淺還宗經誥斯斟酌乎質文之間而隱括乎雅俗

之際可與言通變矣夫誇張聲貌則漢初已極自茲厥後循環相因雖軒翥出轍而終入籠內枚乘七發云通望兮東海虹洞兮蒼天相如上林（賦）云視之無端察之無涯日出東沼月生西陂馬融廣成（頌）云天地虹洞固（元作因按頌文改）無端涯大明出東月生西陂揚雄校（羽當作）獵（賦）云出入日月天與地沓張衡西京（賦）云日月於是乎出入象扶桑於濛汜（音似）此並廣寓極狀而五家如一諸如此類莫不相循參伍因革通變之數

也是以規略文統宜宏大體先博覽以精閱總綱紀而攝契然後拓音託衢路置關鍵長轡遠馭從容按節憑情以會通負氣以適變釆如宛虹[illegible]也之奮鬐光元作毛曹改若長離鳳也之振翼迺穎脫之文矣若乃齷齪於偏解矜激乎一致此庭間之迴驟豈萬里之逸步哉

贊曰

文律運周日新其業變則其疑作可久通則不乏趨時必果乘機無跲望今制奇參古定法

**黃歌斷竹** 黃歌黃帝時歌也其彈歌曰斷竹續竹飛土逐宍(宍古肉字) 吳越春秋曰越王欲謀復吳范蠡進善射者陳音音楚人也越王請音而問曰孤聞子善射道何所生音曰臣聞弩生于弓弓生于彈彈起于古之孝子不忍見父母爲禽獸所食故作彈以守之

**虞歌卿雲** 三章尚書大傳云舜將禪禹於是俊乂百工相和而歌卿雲帝唱之八伯咸進稽首而和帝乃再歌於是八風循道卿雲藂蔌蟠龍憤信于其藏蛟龍躍踊于其淵龜龍咸出于其穴遷虞而事夏也 歌曰卿雲爛兮糺縵縵兮日月光華旦復旦兮 八伯歌明明上天爛然是陳日月光華弘予一人 帝乃載歌曰月有常星辰有行四時順經萬姓允誠於予論樂配天之靈遷于賢善莫不咸聽鼚乎鼓之軒乎舞之菁華已竭褰裳去之(鼚長音)

勢亦主風澍水曲湍之喻往往見之

## 定勢第三十

夫情致異區文變殊術莫不因情立體即體成勢也勢者乘利而爲制也如機發矢直澗曲湍元作文王性疑按本贊改回自然之趣也圓者規體其勢也自轉方者矩形其勢也自安文章體勢如斯而已是以模經爲式者自入典雅之懿効騷元作驗王改命篇者必歸豔逸之華綜意淺切者類乏醞籍斷辭辨約者率乖繁縟譬激水不漪槁木無陰自然之勢也是以繪事圖色文辭盡情色糅

而犬馬殊形情交而雅俗異勢鎔範所擬各有
司匠雖無嚴郛難得踰越然淵乎文者並總群
勢奇正雖反必兼解以俱通剛柔雖殊必隨時

何云隨作乘佳

而適用若愛典而惡華則兼通之理偏似夏人
爭弓矢執一不可以獨射也若雅鄭而共篇則
總一之勢離是楚人鬻矛譽盾兩難得而俱售
也是以括囊雜體功在銓別宮商朱紫隨勢各

功字從御覽

配章表奏議則準的乎雅頌賦頌歌詩則羽儀

典雅從御覽

乎清麗符檄書移則楷式於明斷史論序注則

師範於覈要箴銘碑誄則體制於弘深連珠七辭則從事於巧豔此循體而成勢隨變而立功者也雖復契會相參節文互雜譬五色之錦各以本采爲地矣桓譚稱文家各有所慕或好浮華而不知實覈或美衆多而不見要約陳思亦云世之作者或好煩文博採深沉其旨者或好離言辨白分毫析釐者所習不同所務各異言勢殊也劉楨云文之體指實強弱使其辭已盡而勢有餘天下一人耳不可得也公幹所談頗

亦兼氣然文之任勢勢有剛柔不必壯言慷慨乃稱勢也又陸雲自稱往日論文先辭而後情尚勢而不取悅澤及張公論文則欲宗其言夫情固先辭勢實須澤可謂先迷後〔得能〕從善矣自近代辭人率好詭巧原其爲體訛勢所變厭黷舊式故穿鑿取新察其訛意似難而實無他術也反正而已故文反正爲〔乏〕元作支王性凝云出許氏說文辭反正爲奇效奇之法必顛倒文句元作向王改上字而抑下中辭而出外回互不常則新色耳夫通

衢夷坦而多行，捷徑者趨近故也；正文明白，而常務反言者，適俗故也。然密會者以意新得巧，苟異者以失體成怪。舊練之才，則執正以馭奇；新學之銳，則逐奇而失正。勢流不反，則文體遂弊。秉茲情術，可無思耶？

贊曰

形生勢成，始末相承。湍迴似規，矢激如繩。因利騁節，情采自凝。枉轡學步，力止壽陵。

楚人鬻矛譽盾（韓非子：楚人有鬻盾與矛者，譽之曰：吾楯之堅，莫能陷也。）

又譽其矛曰吾矛之利於物無不陷也或曰以子之矛陷子之楯何如其人弗能應也故知不可陷之楯與無不陷之矛不可同世而立矣

# 楊升菴先生批點文心雕龍卷之七

梁　通事舍人劉　勰　著

明　豫　章　梅慶生音註

## 情采第三十一

聖賢書辭總稱文章非采而何夫水性虛而淪漪結木體實而花萼振文附質也虎豹無文則鞹同犬羊犀兕有皮而色資丹漆質待文也若乃綜述性靈敷寫器象鏤心鳥跡之中織辭魚網之上其爲彪炳縟采名矣故立文之道其理

形聲之文本于情

何云情疑作性



有三一曰形文五色是也二曰聲文五音是也三曰情文五性是也五色雜而成黼黻五音比而成韶夏五情發而爲辭章神理之數也孝經垂典喪平聲言不文故知君子常言未嘗質也老子疾僞故稱美言不信而五千精妙則非棄美矣莊周云辯雕萬物謂藻飾也韓非云豔采辯說謂綺麗也綺麗以豔說藻飾以辯雕文辭之變於斯極矣研味孝老則知文質附乎性情詳覽莊韓則見華實過乎淫侈若擇源于涇渭之

詩與賦別正在情文先後

流按轡於邪正之路亦可以馭文采矣夫鉛黛所以飾容而盼倩生於淑姿文采所以飾言而辯麗本於情性楊批予嘗戲云美人未嘗不粉黛粉黛未必皆美人奇才未嘗不讀書讀書未必皆奇才故情者文之經辭者理之緯經正而後緯成理定而後辭暢此立文之本源也昔詩人什篇爲情而造文辭人賦頌爲文而造情何以明其然蓋風雅之興志思蓄憤而吟詠情性以諷其上此爲情而造文也諸子之徒心非鬱陶苟馳夸飾鬻聲釣世此爲文而造情也楊批

屈原楚辭有疾痛而自呻吟也東方朔以下擬楚辭強呻吟而無疾痛者也故爲情者要約而寫眞爲文者淫麗而煩濫而後之作者採濫忽眞遠棄風雅近師辭賦故體情之製日疎逐文之篇愈盛故有志深軒冕而汎詠皐壤心纏幾務而虛述人外眞宰弗存翩其反矣夫桃李不言而成蹊有實存也男子樹蘭而不芳無其情也夫以草木之微依情待實況乎文章述志爲本言與志反文豈足徵是以聯辭結采將欲明經采濫辭詭則心理愈翳固知翠綸

桂餌反所以失魚言隱榮華（楊批莊子云言隱于榮華）殆謂此也是以衣錦褧衣惡（去聲）文太章賁象窮白（易云上九白賁无咎）貴乎反本夫能設謨（謝云當作模）以位理擬地以置心心定而後結音理正而後摛藻使文不滅質博不溺心正采耀乎朱藍間（去聲）色屏於紅紫乃可謂雕琢其章彬彬君子矣

贊曰

言以文遠誠哉斯驗心術既形英華乃贍吳錦好渝舜英徒豔繁采寡情味之必厭（舜英木槿也）

鳥跡魚網 楊用脩云鳥跡字也魚網紙也○鳥跡注詳練字篇○愚按東觀漢記曰黃門蔡倫字敬仲典作尚方用樹皮及敝布魚網作紙上帝善其能自是莫不用天下咸稱蔡侯紙也 董巴記云東京有蔡侯紙即倫也故麻名麻紙木皮名穀紙故網名網紙也 劉熙釋名曰紙砥也謂平滑如砥石也古者以縑帛依書長短隨事截之名曰幡紙故其字從糸貧者無之或用蒲寫書則路溫舒截蒲是也至後漢和帝元興中常侍蔡倫挫故布擣故魚網作帋又其字從巾又魏人河間張揖上古今字詁其巾部云紙今帋則其字从巾之謂也

## 鎔裁第三十二

情理設位文采行乎其中剛柔以立本變通以

趨時立本有體意或偏長趨時無方辭或繁雜蹊要所司職在鎔裁檃括情理矯揉文采也規範本體謂之鎔剪截浮詞謂之裁裁則蕪穢不生鎔則綱領昭暢譬繩墨之審分斧斤之斲削矣駢拇枝指由侈於性附贅懸肬實侈於形一意兩出義之駢枝也同辭重句文之肬贅也凡思緒初發辭采苦雜心非權衡勢必輕重是以草創鴻筆先標三準履端於始則設情以位體舉正於中則酌事以取類歸餘於終則撮辭以

舉要然後舒華布實獻替[元作賛]節文繩墨以外
美材既斲故能首尾圓合條貫始序若術不素
定而委心逐辭異端叢至駢贅必多故三準既
定次討定句句有可削足見其疎字不得減乃
知其密精論要語極略之體游心竄句極繁之
體謂繁與略適分所好引而伸之則兩句敷爲
一章約以貫之則一章刪成兩句思贍者善敷
才覈者善刪善刪者字去而意留善敷者辭殊
而意顯字刪而意闕則短乏而非覈辭敷而言

重(平聲)則蕪穢而非贍昔謝艾王濟西河文士張俊(當作駿)以爲艾繁而不可刪濟略而不可益若二子者可謂練鎔裁而曉繁略矣至如士衡才優而綴辭尤繁士龍(陸雲字)思劣而雅好清省及雲之論機亟恨其多而稱清新相接不以爲病蓋崇友于耳夫美錦製衣脩短有度雖翫其采不倍領袖巧猶難繁況在乎拙而文賦以爲榛楛勿剪庸音足曲其識非不鑒乃情苦芟(元作厷)繁也夫百節成體共資榮衛萬趣會文不離辭

聲律以風勝知風則律調矣

何云疑有脫字



情若情周而不繁辭運而不濫非夫鎔裁何以行之乎

贊曰

篇章戶牖左右相瞰辭如川流溢則汎濫權衡損益斟酌濃淡芟繁剪穢弛於負擔

## 聲律第三十三

夫音律所始本於人聲者也聲合宮商肇自血氣先王因之以制樂歌故知器寫人聲聲非學器者也（當作效）故言語者文章神明樞機吐納律

外聽風聲也內聽風喟也

吕脣吻而已古之教歌先揆以法使疾呼中（去聲）宮徐呼中徵（讀作祇）夫商徵響高宮羽聲下抗喉矯舌之差攢脣激齒之異廉肉相準皎然可分今操琴不調（平聲）必知改張摛文乖張而不識所調響在彼絃乃得克諧聲萌我心更失和律其故何哉良由［內］（元作外王改）聽難爲聰也故外聽之易絃以手定內聽之難聲與心紛可以數求難以辭逐凡聲有飛沈響有［雙疊］（字脫楊云有字下諸本皆遺翕散二字謝云據下文當作雙疊二字）雙聲隔字而每舛疊韻雜

句而必睽沉則響發而斷飛則聲颺不還並轆轤交往逆鱗相比迂其際會則往蹇來連其爲疾病亦文家之吃也夫吃文爲患生於好詭逐新趣異故喉脣糺紛將欲解結務在剛斷左礙而尋右末滯而討前則聲轉於吻玲玲如振玉辭靡於耳纍纍如貫珠矣是以聲畫妍蚩寄在吟詠吟詠滋味流於字元作下商孟和改句氣力孫云氣力上當復有字句二字窮於和平聲韻異音相從謂之和同聲相應謂之韻楊云東董是和東中是韻韻氣一定故餘聲易

遣和體抑揚故遺響難契屬筆易巧選和平聲至難綴文難精而作韻甚易雖纖意毫曲變非可縷言然振其大綱不出兹論若夫宫商大和譬諸吹籥翻迴取均頗似調平聲瑟瑟資移柱故有時而乖貳籥含定管故無往而不壹陳思潘岳吹籥之調也陸機左思瑟柱之和也槩舉而推可以類見又詩人綜韻率多清切楚辭辭楚故訛韻寔繁及張華論韻謂士衡多楚楊云偉長饒齊氣士衡多楚聲文賦亦稱知楚不易可謂銜靈均屈原之聲餘

何云知楚不易今文賦無此語

失黃鐘之正響也凡切韻之動勢若轉圜訛音之作甚於枘方免乎枘方則無大過矣練才洞鑒剖字鑽響識疎闊略隨音所遇若長風之過籟南元作東葉循父改郭之吹竽耳古之佩玉左宮右徵以節其步聲不失序音以律文其可忘哉

贊曰

標清情務遠比音則近吹律胸臆調鐘脣吻聲得鹽梅響滑榆槿割棄支離宮商難隱

南郭之吹竽韓非子曰齊宣王使人吹竽必三百人齊吹南郭先生不善竽

而濫於三百之中食祿宣王死湣王立好一一聽之先生乃逃古之佩玉左宮右徵禮記古之君子必佩玉右徵角左宮羽趨以采齊行以肆夏采齊肆夏皆樂名

## 章句第三十四

夫設情有宅置言有位宅情曰章位言曰句故章者明也句者局也局言者聯字以分疆明情者總義以包體區畛相異而衢路交通矣夫人之立言因字而生句積句而成章積章而成篇篇之彪炳章無疵也章之明靡句無玷也句之

清英字不安也振本而末從知一而萬畢矣夫裁文匠筆篇有小大離章合句調去聲有緩急隨變適會莫見定準句司數字待相接以爲用章總一義須意窮而成體其控引情理送迎際會譬舞容迴環而有綴兆之位歌聲靡曼而有抗墜之節也尋詩人擬喻雖斷上聲章取義然章句在篇如繭之抽緒原始要終體必鱗次啓行之辭逆萌中篇之意絕筆之言追媵元作勝謝改前句之旨故能外文綺交內義脈注跗萼相銜首尾

一體若辭失其朋元作明則羈旅而無友事乖其次則飄寓而不安是以搜句忌於顛倒裁章貴於順序斯固情趣之指歸文筆之同致也若夫筆句無常而字有條數四字密而不促六字格而非緩或變之以三五蓋應機之權節也至於詩頌大體以四言爲正唯祈父肇禋以二言爲句尋二言肇於黃世竹彈注見通變篇之謠是也三言興於虞時元首之詩是也四言廣於夏年洛汭之歌注見明詩篇是也五言見於周代行露之章

何云

馮校兩作而西下闕一字



注見明詩篇是也六言七言雜出詩騷兩體之篇成於西漢情數運周隨時代用矣若乃改韻從調去聲所以節文辭氣賈誼枚乘兩韻輒易劉歆桓譚百句不遷亦各有其志也昔魏武論賦嫌於積韻而善於貿代陸雲亦稱四言轉句以四句為佳觀彼制韻志同枚賈然兩韻輒易則聲韻微躁百句不遷則脣吻告勞妙才激揚雖觸思利貞曷若折之中和庶保无咎又詩人以兮字入於句限楚辭用之字出句外尋兮字成

而全體之篇成於兩漢

沈本作同合

句乃語助餘聲舜詠南風用之久矣而魏武弗好豈不以無益文義耶至於夫惟蓋故者發端之首唱之而於以者乃劄句之舊體乎哉矣也亦送末之常科據事似閑在用實切巧者迴運彌縫文體將令數句之外得一字之助矣外字難謬況章句歟

贊曰

斷章有檢積句不恒理資配主辭忌[失]元作告謝改朋環情[草]孫云當作節調宛轉相騰離合同異以盡

厥能

祈父肇禋以二言爲句小雅云祈父予王之爪牙○周頌云肇禋迄用有成維周之禎三言興於虞時元首之詩是也虞書帝庸作歌曰勑天之命惟時惟幾乃歌曰股肱喜哉元首起哉百工熙哉皐陶拜手稽首颺言曰念哉率作興事愼乃憲欽哉乃賡載歌曰元首明哉股肱良哉庶事康哉又歌曰元首叢脞哉股肱惰哉萬事墮哉

## 麗辭第三十五

造化賦形支體必雙神理爲用事不孤立夫心生文辭運裁百慮高下相須自然成對唐虞之

世辭未極文而臯陶贊文罪疑惟輕功疑惟重益陳謨云滿招損謙受益豈營麗辭率然對爾易之文言繫辭聖人之妙思也序乾四德則句句相銜龍虎類感則字字相儷乾坤易簡則宛轉相承日月往來則隔行懸合雖句字或殊而偶意一也至於詩人偶章大夫聯辭奇音基偶適變不勞經營自揚雄馬相如張衡蔡邕崇盛麗辭如宋畫元作盡吳冶元作治朱云宋畫吳冶語出淮南子刻形鏤法麗句與深采並流偶意共逸韻俱發至魏晉群

何云補之論詩必取反對讀彥和此論益歎老友根抵堅牢必不可易

鍾儀二句亦事對而又有反正者也 何評



才析句彌密聯字合趣剖毫析釐然契機者入巧浮假者無功故麗辭之體凡有四對言對爲易事對爲難反對爲優正對爲劣言對者雙比空辭者也事對者並舉人驗者也反對者理殊趣合者也正對者事異義同者也長卿上林賦元脫補云脩容乎禮園翱翔乎書圃此言對之類也宋玉神女賦云毛嬙鄣袂不足程式西施掩面比之無色此事對之類也仲宣登樓賦云鍾儀幽而楚奏儀楚人囚于晉莊舄顯而越吟舄越人仕于楚此

何云並貴謂高祖光武擬與譽二字俱非但徵當作徵蓋用事則人之學可見矣

反對之類也孟陽（張載字）七哀云漢祖想枌榆社光武思白水（鄉）此正對之類也凡偶辭胸臆言對所以爲易也徵（元作擬）人之學（當作譽）事對所以爲難也幽顯同志反對所以爲優也並貴共心正對所以爲劣也又以事對各有反正指類而求萬條自昭然矣張華詩稱遊鴈比翼翔歸鴻知接翮劉琨詩言（元在詩字上）宣尼悲獲麟西狩泣孔丘若斯重出卽對句之駢枝也是以言對爲美貴在精巧事對所先務在允當若兩事相配

而優劣不均是驥在左驂駑爲右服也若夫事或孤立莫與相偶是夔之一足趻踔（音瀋鈔）而行也若氣無奇類文乏異采碌碌麗辭則昏睡耳目必使理圓事密聯璧其章迭用奇偶節以雜佩乃其貴耳類此而思理自見也

贊曰

體植必兩辭動有配左提右挈精味兼載炳爍聯華鏡靜含態玉潤雙流如彼珩珮

序乾四德則句句相銜（易文言曰元者善之長也亨者嘉之會也）

利者義之和也貞者事之幹也君子體仁足以長人嘉會足以合禮利物足以和義貞固足以幹事君子行此四德者故曰乾元亨利貞龍虎類感則字字相儷易九五曰飛龍在天何謂也子曰同聲相應同氣相求水流濕火就燥雲從龍風從虎聖人作而萬物覩本乎天者親上本乎地者親下則各從其類也乾坤易簡則宛轉相成繫辭乾道成男坤道成女乾知大始坤作成物乾以易知坤以簡能易則易知簡則易從易知則有親易從則有功有親則可久有功則可大可久則賢人之德可大則賢人之業易簡而天下之理得矣天下之理得而成位乎其中矣日月往來則隔行懸合日往則月來月往則日來日月相推而明生焉寒往則暑來暑往則寒來寒暑相推而歲成焉

何云區別比興二字鄭箋孔疏無此了亮

楊升菴先生批點文心雕龍卷之八

梁　通事舍人劉　勰　著

明　豫　章　梅慶生音註

比興第三十六

詩文弘奥包韞六義毛公述傳獨標興體豈不以風通而賦同比顯而興隱哉故比者附也興者起也附理者切類以指事起情者依微以擬議起情故興體以立附理故比例以生比則畜憤以斥言興則環譬以託諷蓋隨時之義

不一故詩人之志有二也觀夫興之託諭婉而成章稱名也小取類也大關雎有別故后妃方德尸鳩貞一故夫人象義義取其貞無從於夷禽德貴其別不嫌於鷙鳥明而未融故發注而後見也且何謂爲比蓋寫物以附意颺言以切事者也故金錫以喻明德珪璋以譬秀民螟蛉以類教誨蜩（音條蟬也）螗（螂）以寫號（平聲）呼澣衣以擬心憂席卷（上聲）以方志固凡斯切象皆比義也至如麻衣如雪（詩蜉蝣篇）兩驂如舞（詩大叔于田）若斯之類

詩字當作諷興近于風比近于賦興義銷亡故風氣愈下

皆比類者也楚襄信讒而三閭忠烈依詩製騷諷兼比興炎漢雖盛而辭人夸毗詩刺道喪故興義銷亡於是賦頌先鳴故比體雲構紛紜雜遝信舊章矣夫比之爲義取類不常或喻於聲或方於貌或擬於心或譬於事宋玉高唐賦云纖條悲鳴聲似竽籟此比聲之類也枚乘菟園賦云焱焱焱焱音標紛紛若塵埃之間去聲白雲此則比貌之類也賈生鵩賦云禍之與福何異糾纆此以物比理者也王褒洞簫賦云優柔溫潤如慈

何本作范蔡之説也并長箇二字云此行以意改

何云纖疑作織



父之夔（本賦作蕃字）子也此以聲比心者也馬融賦（長笛）云繁縟絡繹范（雎）蔡（澤）説之此以響比辯者也張衡南都（賦）云起鄭舞蠒曳（元作蠒抽按本賦改）緒此以容比物者也若斯之類辭賦所先日用乎比月忘乎興習小而棄大所以文謝於周人也至於揚（雄）班（固）之倫曹（植）劉（楨）以下圖狀山川影寫雲物莫不纖綜比義以敷其華驚聽回視資此効績又安仁螢賦云流金在沙季鷹（張翰字）雜詩（春）云青條若總翠皆其義者也故比類雖繁以切

至爲貴若刻[鵠]元作鶴謝改類鶩音木則無所取焉

贊曰

詩人比興觸物圓覽物雖胡越合則肝膽擬容取心斷去聲辭必敢攢雜詠歌如川之渙

金錫以喻明德淇澳詩有斐君子如金如錫珪璋以譬秀民卷阿詩如珪如璋令聞令望螟蛉以類敎誨小宛詩螟蛉有子蜾蠃負之敎誨爾子式穀似之蜩螗以寫號呼蕩之詩如蜩如螗如沸如羹澣衣以擬心憂席卷以方志固邶風柏舟詩心之憂矣如匪澣衣又云我心匪席不可卷也

## 夸飾第三十七

夫形而上者謂之道形而下者謂之器神道難摹精言不能追其極形器易寫壯辭可得喻其眞才非短長理自難易耳故自天地以降豫入聲貌文辭所被夸飾恒存雖詩書雅言風格訓世事必宜廣文亦過焉是以言峻則嵩高極天論狹則河不容舠說多則子孫千億（詩假樂篇）稱少則民靡孑遺（詩雲漢篇）襄陵舉滔天之目倒戈立漂杵之論辭雖已甚其義無害也且夫鴞音之醜

豈有泮林而變好荼味之苦寧以周原而成飴並意深褒讚故義成矯飾大聖所錄以垂憲章孟軻所云說詩者不以文害辭不以辭害意也自宋玉景差（俱楚大夫）夸飾始盛相如憑風詭濫愈甚故上林之館奔星與宛虹入軒從禽之盛飛廉與鷦鷯（按本賦作焦明）俱獲及揚雄甘泉（賦）酌其餘波語瓌奇則假珍於玉樹言峻極則顛墜於鬼神至東都之比目西京之海若驗理則理無不驗窮飾則飾猶未窮矣又子雲校（當作羽）獵鞭宓妃

何云其下當有闕字

以饟屈原張衡羽獵困玄冥於朔野孌彼洛神既非罔兩惟此水師亦非魑魅謝云當作魍魎而虛用濫形不其疎乎此欲夸其威而飾元脫其事義暌刺也至如氣貌山海體勢宮殿嵯峨揭業熠燿焜煌之狀光采煒煒而欲然聲貌岌岌其將動矣莫不因夸以成狀沿飾而得奇也於是後進之才奬氣挾聲軒翥而欲奮飛騰擲而羞跼步辭入煒燁春藻不能程其豔言在萎絕寒谷未足成其凋談歡則字與笑並論慼則聲共泣偕

信可以發蘊而飛滯披瞽而駭聾矣然飾窮其要則心聲鋒起夸過其理則名實兩乖若能酌詩書之曠旨翦揚馬之甚泰使夸而有節飾而不誣亦可謂之懿也

贊曰

夸飾在用文豈循檢言必鵬運氣靡鴻漸倒海探珠傾崑取琰曠而不溢奢而無玷

言峻則嵩高極天大雅嵩高維嶽峻極于天論狹則河不容舠衛風誰謂河廣曾不容舠襄陵舉滔天之目書堯典湯湯洪

水方割蕩蕩懷山襄陵浩浩滔天倒戈立漂杵之論書武成前徒倒戈攻于後以北血流漂杵鴞音之醜豈以泮林而變好魯頌翩彼飛鴞集于泮林食我桑黮懷我好音荼味之苦寧以周原而成飴大雅周原膴膴堇荼如飴

## 事類第三十八

事類者蓋文章之外據事以類義援古以證今者也昔文王繇易剖判爻位既濟卦名九三爻遠引高宗殷王之伐鬼方明夷卦名六五爻近書箕子之明夷貞利斯略舉人事以徵義者也至若胤征

義和陳政典之訓盤庚（殷王）誥民敘遲任（古人名）之言此全引成辭以明理者也然則明理引乎成辭徵義舉乎人事迺聖賢之鴻謨經籍之通矩也大畜（卦名）之象君子以多識前言往行亦有包於文矣觀夫屈（原）宋（玉）屬篇號依詩人雖引古事而莫取舊辭唯賈誼鵩賦始用鶡冠（子楚人）之說相如上林（賦）撮引李斯之書此萬分之一會也及揚雄百（元作六）官箴頗酌於詩書劉歆遂初賦歷敘於紀傳漸漸綜採矣至於崔班張蔡遂

分御覽作方

捃摭經史華實布濩因書立功皆後人之範式也夫薑桂同地辛在本性文章由學能在天資才自內發學以外成有飽學而才餒有才富而學貧學貧者迍邅於事義才餒者劬勞於辭情此內外之殊分也是以屬意立文心與筆謀才爲盟主學爲輔佐主佐合德文采必霸才學褊狹雖美少功夫以子雲之才而自奏不學及觀書石室乃成鴻采表裏相資古今一也故魏武稱張子之文爲拙然學問膚淺所見不博專拾

掇雀杜小文所作不可悉難去聲難便不知所出楊批宋人所謂用則不差問則不知斯則寡聞之病也夫經典沉深載籍浩瀚實群言之奧區而才思之神皋也揚班以下莫不取資任力耕耨縱意漁獵操刀能割必列膏腴是以將贍才力務在博見狐腋非一皮能溫雞蹠必數千而飽矣是以綜學在博取事貴約校練務精捃摭須覈衆美輻輳表裏發輝劉劭字孔才趙都賦云公子之客叱勁楚令歃盟毛遂事管庫隸臣呵強秦使鼓缶藺相如事

用事如斯可謂理得而義要矣故事得其要雖小成績譬寸轄制輪尺樞運關也或微言美事置於閑散上聲是綴金翠於足脛靚粉黛於胸臆也凡用舊合機不啻自其口出引事乖謬雖千載而爲瑕陳思羣才之英也報孔璋陳琳書云葛天氏之樂千人唱萬人和聽者因以茂韶夏矣此引事之實謬也按葛天之歌唱和三人而已相如上林賦云奏陶唐之舞聽葛天之歌千人唱萬人和唱和千萬人乃相如接人疑當作推之二字

然而濫侈葛天推三成萬者信賦妄書致斯謬也陸機園葵詩云庇足同一智生理合異端夫葵能衛足事譏鮑莊葛藟庇根辭自樂豫若譬葛爲葵則引事爲謬若謂庇勝衛則改事失真斯又不精之患夫以子建明練士衡沈密而不免於謬曹仁之謬高唐又曷足以嘲哉夫山木爲良匠所度經書爲文士所擇木美而定於斧斤事美而制於刀筆研思之士無慚匠石矣

贊曰

經籍深富辭理遐亘皜如江海鬱若崑山鄧林文梓共採瓊珠交贈用人若已古來無懵

胤征羲和陳政典之訓

書惟仲康肇位四海胤侯命掌六師羲和廢厥職酒荒于厥邑胤侯承王命徂征告于眾曰嗟予有眾聖有謨訓明徵定保先王克謹天戒臣人克有常憲百官修輔厥后惟明明每歲孟春遒人以木鐸徇于路官師相規工執藝事以諫其或不恭邦有常刑惟時羲和顛覆厥德沉亂于酒畔官離次俶擾天紀遐棄厥司乃季秋月朔辰弗集于房瞽奏鼓嗇夫馳庶人走羲和尸厥官罔聞知昏迷于天象以干先王之誅政典曰先時者殺無赦不及時者殺無赦今予以爾有眾奉將天罰爾眾士同力王室尚弼予欽承天子威命火炎崐岡玉石俱焚天吏逸德烈于猛火殲厥

渠魁脅從罔治舊染汚俗咸與維新嗚呼威克厥愛允濟愛克厥威允罔功其爾衆士懋戒哉

## 盤庚誥民敘遷任之言

書盤庚斆于民由乃在位以常舊服正法度曰無或敢伏小人之攸箴王命衆悉至于庭王若曰格汝衆予告汝訓汝猷黜乃心無傲從康古我先王亦惟圖任舊人共政王播告之修不匿厥指王用丕欽罔有逸言民用丕變今汝聒聒起信險膚予弗知乃所訟非予自荒茲德惟汝含德不惕予一人予若觀火予亦拙謀作乃逸若網在綱有條而不紊若農服田力穡乃亦有秋汝克黜乃心施實德于民至于婚友丕乃敢大言汝有積德乃不畏戎毒于遠邇惰農自安不昬作勞不服田畝越其罔有黍稷汝不和吉言于百姓惟汝自生毒乃敗禍姦宄以自災于厥身乃既先惡于民乃奉其恫汝悔身何及相時憸民猶胥顧于箴言其發有逸口矧予制乃短長

之命汝曷弗告朕而胥動以浮言恐沉于衆若火之燎于原不可嚮邇其猶可撲滅則惟爾衆自作弗靖非予有咎遲任有言曰人惟求舊器非求舊惟新古我先王暨乃祖乃父胥及逸勤予敢動用非罰世選爾勞予不掩爾善茲予大享于先王爾祖其從與享之作福作災予亦不敢動用非德予告汝于難若射之有志汝無侮老成人無弱孤有幼各長于厥居勉出乃力聽予一人之作猷無有遠邇用罪伐厥死用德彰厥善邦之臧惟汝衆邦之不臧惟予一人有佚罰凡爾衆其惟致告自今至于後日各恭爾事齊乃位度乃口罰及爾身弗可悔

**公子之客叱勁楚令歃盟**

史記平原君與楚合從言其利害日出而言之日中不決毛遂按劒歷階而上謂平原君曰從之利害兩言而決耳今日出而言從日中不決何也楚王謂平原君曰客何爲者也平原君曰是勝

之舍人也楚王叱曰胡不下吾乃與而君言汝何爲者也毛遂按劒而前曰王之所以叱遂者以楚國之衆也今十步之内王不得恃楚國之衆也合從者爲楚非爲趙也吾君在前叱者何也謂楚王之左右曰取鷄狗馬之血來毛遂奉銅盤而跪進之楚王曰王當歃血而定從次者吾君次者遂遂定從於殿上

管庫隸臣呵強秦使

鼓缶史記秦王使使者告趙王欲與王爲好會於西河外澠池趙王遂行藺相如從遂與秦王會澠池秦王飲酒酣曰寡人竊聞趙王好音請奏瑟趙王鼓瑟秦御史前書曰某年月日秦王與趙王會飲令趙王鼓瑟藺相如前曰趙王竊聞秦王善爲秦聲請奏盆缶秦王以相娛樂秦王怒不許於是相如前進缶因跪請秦王秦王不肯擊缶相如曰五步之内相如請得頸血濺大王矣左右欲刃相如相如張目叱之左右皆靡於是秦王不

懌爲一擊缶相如顧召趙御史書曰某年月日秦王爲趙王擊缶

**葵能衛足事譏鮑莊** 左傳齊慶克通于聲孟子與婦人蒙衣乘輦而入于閎鮑牽見之以告國佐國佐召慶克而謂之慶克不出而告夫人曰國子讁我夫人怒及國佐相靈公以會高無咎鮑牽處守將還高鮑閉門而索客夫人訴之曰高鮑將不納君而立公子角國人知之秋七月壬寅刖鮑牽而逐高無咎仲尼曰鮑莊子之智不如葵葵猶能衛其足

**葛藟庇根辭自樂豫** 左傳宋昭公將去羣公子樂豫曰不可公族公室之枝葉也若去之則本根無所庇廕矣葛藟猶能庇其本根故君子以爲比況國君乎此諺所謂庇焉而縱尋斧焉者也必不可君其圖之

## 練字第三十九

夫文象列而結繩移鳥跡明而書契作斯乃言語之體貌而文章之宅宇也蒼頡造之鬼哭粟飛黃帝用之官治民察先王聲教書必同文輶軒之使紀言殊俗所以一字體總異音周禮保章氏掌教六書秦滅舊章以吏爲師及李斯删籀（音胄周太史名）而秦篆興程邈（秦人）造隸而古文廢漢初章律明著厥法太史學童教試六體又吏民上書字謬輒劾是以馬字缺畫而石建懼死雖云性慎亦時重文也至孝武（帝）之世則相如譔

篇及宣成二帝徵集小學張敞以正讀傳業揚
雄以奇字纂訓並貫練雅頌總閱音義鴻元作鳴朱
改筆之徒莫不洞曉且多賦京苑假借形聲是
以前漢小學率多瑋字非獨制異乃共曉難也
暨乎後漢小學轉疎複文隱訓臧否太半及魏
代綴藻則字有常檢追觀漢作翻成阻奧故陳
思稱揚馬之作趣幽旨深讀者非師傳不能析
其辭非博學不能綜其理豈直才懸抑亦字隱
自晉來用字率從簡易時並習易人誰取難今

一字詭異則羣句震驚三人弗識則將成字妖矣後世所同曉者雖難斯易時所共廢雖易斯難趣舍之間不可不察夫爾雅者孔徒之所纂元作慕許改而詩書之襟帶也倉頡者李斯之所輯而鳥跡籀文之遺體也雅以淵源詁訓頡以苑囿奇文異體相資如左右肩股該舊而知新亦可以屬文若夫義訓古今興廢殊用字形單複姸媸異體心既託聲於言言亦寄形於字諷誦則績在宮商臨文則能歸字形矣是以綴字屬

鋙何本改鋙

篇必須練擇一避詭異二省聯邊三權重出元作幽欽愚公改四調單複詭異者字體瓌怪者也曹攄字顏遠詩稱豈不願斯遊褊心惡哅呶音鐃兩字詭異大疵美篇況乃過此其可觀乎聯邊者半字同文者也狀貌山川古今咸用施於常文則齟齬元作鉏鋙朱改爲瑕如不獲免可至三接三接之外其字林乎重出者同字相犯者也詩騷驗適會而近世忌同若兩字俱要則寧在相犯故善爲文者富於萬篇貧於一字一字非少相避爲難也

單複者字形肥瘠者也瘠字累句則纖疎而行劣肥字積文則黯黕音膽元作默朱改而篇闇善酌字者參伍單複磊落如珠矣凡此四條雖文不必有而體例不無若值而莫悟則非精解至於經典隱曖方冊紛綸簡蠹帛裂三寫易字或以音訛或以文變子思弟子於穆不祀者音訛之異也晉之史記三豕渡河文變之謬也尚書大傳有別風淮雨帝王世紀云列風淫雨別列淮淫字似潛移淫列義當而不奇淮別理乖而新異

何云淮雨下當缺

傳毅制誄已用淮雨固知愛奇之心古今一也史之闕文聖人所慎若依義棄奇則可與正文字矣

贊曰

篆隸相鎔蒼雅品訓古今殊跡妍媸異分字靡異流文阻難運聲畫昭精墨采騰奮

鬼哭粟飛淮南子倉頡作書天雨粟鬼夜哭〇字源云太昊時始有文字黄帝變爲古文又云庖犧氏作龍書炎帝作穗書倉頡變古寫鳥跡作鳥跡篆少昊作鳳書高陽作科斗書　保章氏掌教六書漢書古者八歲入小學故周官保章

氏掌養國子教之六書謂象形指事會意諧聲轉注假借造字之本也漢興蕭何草律亦著其法太史試學童能諷書九千字以上乃得爲史又以六體試之課最者以爲尚書御史史書令史吏民上書字或不正輒舉劾六體者古文奇字篆書隸書繆篆蟲書皆所以通知古今文字摹印章書幡信也古制書必同文不知則闕問諸故老至於衰世是非無正人用其私故孔子曰吾猶及史之闕文也今亡矣夫蓋傷其寖不正史籀篇者周時史官教學童書也與孔氏壁中古文異體倉頡七章者秦丞相李斯所作也爰歷六章者車府令趙高所作也博學七章者太史令胡毋敬所作也文字多取史籀篇而篆體復頗異所謂秦篆者也是時始造隸書矣起於官獄多事苟趨省易施之於徒隸也漢興閭里書阿合倉頡爰歷博學三篇斷六字以爲一章凡五十五章并爲倉頡篇武帝時司馬相如

作凡將篇無復字元帝時黃門令史游作急就篇成帝時將作大匠李長作元尚篇皆倉頡中正字也凡將則頗有出矣至元始中徵天下通小學者以百數令記字於庭中揚雄取其有用者以作訓纂篇順續倉頡又易倉頡中重復之字凡八十九章臣復續揚雄作十三章凡一百三章無復字六藝羣書所載略備矣倉頡多古字俗師失其讀宣帝時徵齊人能正讀者張敞從受傳至外孫之子杜林爲作訓故幷列焉（象事）一曰指事象意（二曰會意象聲一曰諧聲）○史籀十五篇八體六技倉頡一篇凡將一篇急就一篇元尚一篇訓纂一篇別字十三篇倉頡傳一篇揚雄倉頡訓纂一篇杜林倉頡訓纂一篇杜林倉頡故一篇○衛恒書勢曰秦事繁多郎令隸人佐書曰隸字漢因行之○又云隸書始皇時程邈所作行於公府漢因之許氏說文曰漢興又有草書　後漢崔瑗草書體曰書體

之興始自頡皇寫彼鳥跡以定文章爰暨末葉典籍彌繁人之多僻政之多權官事荒蕪勦其墨翰惟作佐隸舊字是刪草書之法蓋先簡略應時諭旨用于卒迫兼功并用愛日省力純儉之變豈必古式觀其法象俯仰有儀方不中矩圓不副規抑左揚右望之欲欵竦企鳥跱志在飛移狡獸暴駭將奔未馳或黜點染狀似連珠絕而不離蓄怒怫鬱放逸生奇或凌邃而惴慄若據槁而臨危旁點邪附似螳蜋而拘枝絕筆放體餘綖糺結若山蜂施毒鑽隙緣巇騰蛇赴穴頭沒尾垂是故遠而望之漼焉若沮岸崩涯就而察之即一畫不可移纖微要妙臨事從宜略舉大較彷彿若斯○蔡邕篆書體曰　鳥遺跡皇頡循聖作則制斯文體有六篆為真形要妙巧入神或龜文針列櫛比龍鱗紆體放尾長短副身頹若黍稷之垂穎蘊若蟲蛇之棼縕揚波振激龍躍鳥震延頸脅翼體似凌雲或輕舉

内授微本濃未若絕若連似露緣絲垂凝下端從者如懸衡者如編杪者邪趨不方不圓若行若飛蚑蚑翾翾遠而望之象鴻鵠群遊絡繹遷延迫而察之揣微不可得見指撝不可勝原研桑不能數其詰屈離婁不能覩其隙間般倕揖讓而辭巧籀頡拱手而辭翰處篇籍之毛目粲粲斌斌其可觀擒華艷于紈素爲學藝之範閑加文德之弘懿蘊作者之莫刊思字指之頫仰舉大體而論旃○晉成公綏隸書體曰皇頡作文因物構思觀彼鳥跡遂以成意閱之後嗣存載道義綱紀萬事俗所傳述實由書記時變巧易古今各異蟲篆既繁草藁近僞適之中庸莫尚於隸規矩有則用之簡易隨便適宜亦有弛張操筆假墨抵押毫芒彪煥磥落形體抑揚芬葩連屬溢分羅行爛若天文之布曜蔚若錦繡之有章或輕拂徐振緩按急挑挽橫引從左牽右繞長波鬱拂微勢縹緲工巧難傳善之者少

應心引手必由意曉爾乃動纖指舉弱腕握素紈染玄翰形管電流雨下雹散點點星垂擲控安案繽紛絡繹華藻粲爛緼綑卓犖一何壯觀繁縟成文又何可詭章周道之郁郁表唐虞之輝煥若乃八分璽法殊好異制分白賦里黑棊布星列翹首舉尾區刺邪擲纏綣結體剩彩奮節或若虬龍盤游蜿蟬軒翥鸞鳳翱翔矯翼欲去或若鷙鳥將擊并體抑怒良馬騰驤奔放向路仰而望之鬱若雲霧朝升遊烟連雲俯而察之凜若清風厲水漪瀾成文垂象表式有模有楷形功難詳聊舉大體

馬字缺畫而石建懼死

漢書石建為郎中令奏事下建讀之驚恐曰書馬者與尾而五今廼四不足一獲譴死矣

爾雅者孔徒之所纂

揚雄荅郭威書曰爾雅孔門游夏之儔所記以解釋六蓺者也記言史佚教其子以爾雅爾雅者小學也又言孔子教魯哀公學爾

雅爾雅之出遠矣學者皆云周公所記也張仲孝友之類後人所增耳

## 隱秀第四十

夫心術之動遠矣文情之變深矣源奧而派生根盛而穎峻是以文之英蕤有秀有隱隱也者文外之重(平聲)旨者也秀也者篇中之獨拔者也隱以複意爲工秀以卓絕爲巧斯乃舊章之懿績才情之嘉會也夫隱之爲體義主文外秘響傍通伏采潛發譬爻象之變互(元作玄王改)體川瀆之韞珠玉也故互體變爻而化成四象珠玉潛

一有纖麗二字馮校本闕

水而瀾表方圓始正而末奇內明而外潤使玩之者無窮味之者不厭矣彼波起詞間是謂之秀□乎手□音宛乎逸態若遠山之浮煙靄孌女之靚容華然煙靄天成不勞於粧點容華格定無待於鎔裁深淺而各奇穠纖而俱妙若揮之則有餘而攬之則不足矣夫立意之士務欲造奇每馳心於玄默之表工詞之人必欲臻美恒溺思於佳麗之鄉嘔心吐膽不足語窮鍛歲煉年奚能喻苦故能藏穎詞間昏迷乎庸目露鋒

百下一有詰字何云少珍馮本有詰字闕

文外驚絶乎妙心使醞藉者畜隱而意愉英銳者抱秀而心悅譬諸裁霞製雲不讓乎天工斲卉刻葩有同乎神匠矣故篇中乏隱著宿儒之無學或一叩而語窮句間鮮秀如鉅室之少珍若百□而色沮斯並不足於才思而亦有媿於文辭矣將欲徵隱聊可指篇古詩之離別樂府之長城調遠旨深而復兼乎比興陳思之黃雀公幹之青松格剛才勁而並長於諷諭叔夜之□□嗣宗之詠懷境玄思淡而獨得乎優閑士

馮本作無媿

何云四句功甫本闕八字一本增入疎放豪逸四字　適乎下闕二字一本有壯采二字

氣寒句何抄錢本無

衡之□□彭澤之□□心密語澄而俱適乎□□如欲辨秀亦惟摘句常恐秋節至涼飈奪炎熱意悽而詞婉此匹婦之無聊也臨河濯長纓念子悵悠悠志高而言壯此丈夫之不遂也東西安所之徘徊以彷徨心孤而情懼此閨房之悲極也朔風動秋草邊馬有歸心氣寒而事傷此羈旅之怨曲也凡文集勝篇不盈十一篇章秀句裁可百二並思合而自逢非研慮之所求也或有晦塞爲深雖奧非隱雕削取巧雖美非

煒燁下何抄補本作秀句所以照文苑一句

秀矣故自然會妙譬卉木之耀英華潤色取美譬繒帛之染朱綠朱綠染繒深而繁鮮英華耀樹淺而煒燁隱篇所以照文苑秀句所以侈翰林蓋以此也

贊曰

深文隱蔚餘味曲包辭生互體有似變爻言之秀矣萬慮一交動心驚耳逸響笙匏

朱鬱儀曰隱秀中脫數百字旁求不得梅子庾既以註而梓之萬曆乙卯夏海虞許子洽

於錢功甫萬卷樓檢得宋刻適存此篇喜而録之來過南州出以示余遂成完璧因寫寄子庚補梓焉子洽名重熙博奧士也原本尚缺十三字世必再有别本可續補者

隱秀篇自始正而末奇至朔風動秋草朔字元至正乙未刻于嘉禾者即闕此一葉此後諸刻仍之胡孝轅朱鬱儀皆不見完書錢功甫得阮華山宋槧本鈔補後歸虞山而傳録于外甚少康熙庚辰心友弟從吳興賈人得一舊本適有鈔補隱秀篇全文除夕坐語古小齋走筆録之

辛巳正月過隱湖訪毛先生斧季從汲古閣架上見馮巳蒼先生所傳功甫本記其闕字以歸如䟽放豪逸四字顯為不學者以意增加也上元夜

焯又識

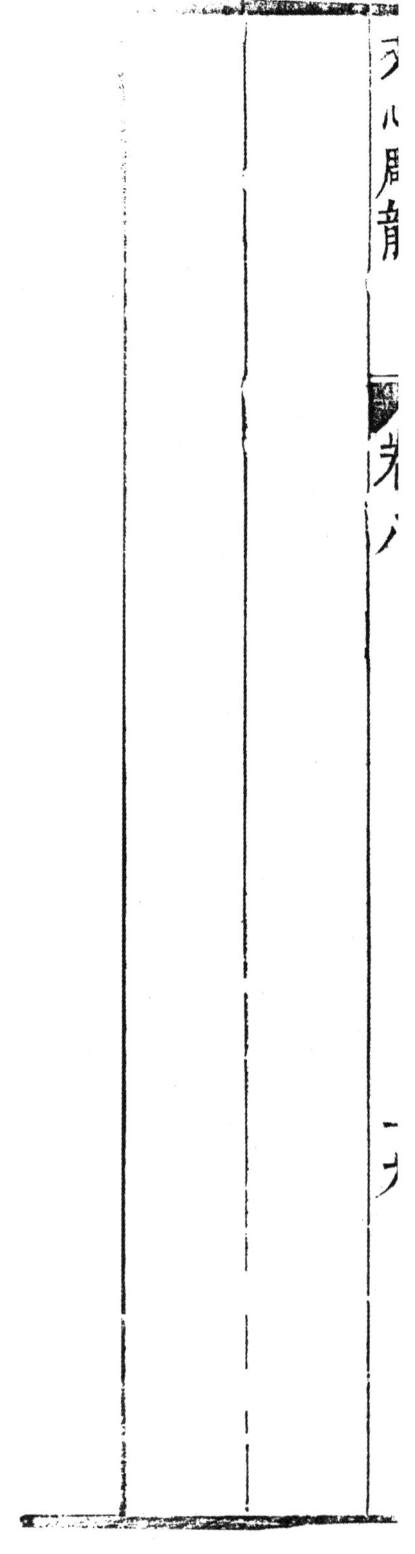

# 楊升菴先生批點文心雕龍卷之九

梁　通事舍人劉　勰　著
明　豫　章　梅慶生音註

## 指瑕第四十一

管仲有言無翼而飛者聲也無根而固者情也然則聲不假翼其飛甚易情不待根其固匪難以之垂文可不慎歟古來文才異世爭驅或逸才以爽迅或精思以纖密而慮動難圓鮮無瑕病陳思之文羣才之俊也而武帝誄云尊靈永

原或改學

摯明帝頌云聖體浮輕浮輕有似於蝴蝶永蟄頗疑於昆蟲施之尊極豈其當乎左思七諷說孝而不從反道若斯餘不足觀矣潘岳爲才善於哀文然悲內兄則云感口澤傷弱子則云心如疑禮文在尊極而施之下流辭雖足哀義斯替矣若夫君子擬人必於其倫而崔瑗之誄李公比行於黃虞向秀字子期之賦嵇生方罪於李斯與其失也雖寧僭元作降孫改無濫然高原之詩不類甚矣凡巧言易標拙辭難隱斯言之玷實

此段駁得不是

深白圭繁例難載故略舉四條若夫立文之道惟字與義字以訓正義以理宣而晉末篇章依希其旨始有賞際奇至之言終無撫叩酬即（謝云當作酢）之語每單舉一字指以爲情夫賞訓錫賚豈關心解撫訓執握何預情理雅頌未聞漢魏莫用懸領似如可辯課文了不成義斯實情訛之所變文澆之致弊而宋來才英未之或改舊染成俗非一朝也近代辭人率多猜忌至乃比語求蚩反音取瑕雖不屑於古而有擇於今焉

何云排疑作採



又製同他文理宜刪革若排人美辭以爲己力寶玉大弓終非其有全寫則揭篋傍采則探囊然世遠者太輕時同者爲尤矣若夫注解爲書所以明正事理然謬於研求或率意而斷西京賦稱中黃國名多出勇力之士育夏育獲烏獲之疇而薛綜謬注謂之閹尹是不聞執雕虎之人也又周禮井賦舊有疋馬而應劭釋疋或量首數蹄斯豈辯物之要哉原夫古之正名車兩而馬疋〔疋〕元脫楊補兩稱目以並耦爲用蓋車貳佐乘去聲馬儷驂服

服乘不隻故名號必雙名號一正則雖單爲疋矣疋夫疋婦亦配義矣夫車馬小義而歷代莫悟辭賦近事而千里致差況鑽灼經典能不謬哉夫辯[疋]而數首元作筌蹄選勇而驅閹尹失理太甚故舉以爲戒丹青初炳而後渝文章歲久而彌光若能隱括於一朝可以無慚於千載也

贊曰

羿氏舛射東野敗駕雖有儁才謬則多謝斯言一玷千載弗化令章靡疚亦善之亞

與其失也寧僭無濫左傳蔡聲子曰歸生聞之善爲國者賞不僭而刑不濫賞僭則懼及淫人刑濫則懼及善人若不幸而過寧僭無濫與其失善寧其利淫

東野敗駕莊子東野稷以御見莊公進退中繩左右旋中規莊公以爲文弗過也使之鉤百而反顏闔遇之入見曰稷之馬將敗公密而不應少焉果敗而反公曰子何以知之曰其馬力竭矣而猶求焉故曰敗

## 養氣第四十二

昔王充著述制養氣之篇驗己而作豈虛造哉夫耳目鼻口生之役也心慮言辭神之用也率志委和則理融而情暢鑽礪過分則神疲而氣

衰此性情之數也夫三皇辭質心絕於道華帝世始文言貴於敷奏三代春秋雖沿世彌縟並適分胸臆非牽課才外也戰代枝詐攻奇飾說漢世迄今辭務日新爭光鬻采慮亦竭矣故淳言以比澆辭文質懸乎千載率志以方竭情勞逸差於萬里古人所以餘裕後進所以莫遑也凡童少鑒淺而志盛長艾識堅而氣衰志盛者思銳以勝勞氣衰者慮密以傷神斯實中人之常資歲時之大較也若夫器分（去聲）有限智用無

何云叔通曹褒字

何本無功庸弗怠句

何本無和熊六字志疑作至

又云和熊唐人事此後人謬增

涯或慚鳧企鶴瀝辭鐫思於是精氣內銷有似尾閭之波神志外傷同乎牛山之木怛惕之成盛疾亦可推矣至如仲任置硯以綜述叔元作敬孫無撓改通懷筆以專業既暄之以歲序又煎之以日時是以曹公懼爲文之傷命陸雲歎用思之困神非虛談也夫學業在勤功庸弗怠故有錐股蘇秦事自厲和熊以苦之人志於文也則申寫鬱滯故宜從容率情優柔適會若銷鑠精膽蹙迫和氣秉牘以驅齡灑翰以伐性豈聖賢之素心會文之直理哉且夫思有

蕅一作萬

利鈍時有通塞沐則心覆且或反常神之方昏
再三愈黷是以吐納文藝務在節宣淸和其心
調暢其氣煩而卽捨勿使壅滯意得則舒懷以
命筆理伏則投筆以卷懷逍遥以針勞談笑以
藥勌常弄閑於才鋒賈餘於文勇使刃發如新
湊理無滯雖非胎息之蕅術斯亦衛氣之一方
也

贊曰

紛哉萬象勞矣千想玄神宜寶素氣資養水停

以鑒火靜而朗，無擾文慮，鬱此精爽。

仲任置硯以綜述，謝承後漢書曰：王充于宅內門戶牆柱各置筆硯簡牘，見事而作，著論衡八十五篇。叔通懷筆以專業，後漢書：曹褒字叔通，博雅疏通，常憾朝廷制度未備，慕叔孫通爲漢禮儀，晝夜研精，沉吟專思，寢則懷抱筆札，行則誦習文書，當其念至，忘所之適。

## 附會第四十三

何謂附會？謂總文理，統首尾，定與奪，合涯際，彌綸一篇，使雜而不越者也。若築室之須基構，裁衣之待縫緝矣。夫才量學文，宜正體製，必以情志爲神明事義爲骨髓辭采爲肌膚宮商爲聲氣然後品藻玄黃摛振金玉獻可替否以裁厥中斯綴思之常數也凡大體文章類多枝派整派者依源理枝者循幹是以附辭會義務總綱領驅萬塗於同歸貞百慮於一致使衆理雖繁而無倒置之乖群言雖多而無棼絲之亂扶陽而出條順陰而藏跡楊批二語雖出呂氏春秋移以論文殆可以哭鬼舞神矣首尾周密表裏一體此附會之術也夫畫者謹髮而易貌射者儀毫而失墻銳精細巧必疎

何本少並駕二句

體統故宜詘（音屈）寸以信（讀作申）尺枉尺以直尋棄偏善之巧學具美之績此命篇之經略也夫文變多方意見浮雜約則義孤博則辭叛率故多尤需爲事賊且才分不同思緒各異或製首以通尾或尺接以寸附然通製者蓋寡接附者甚衆若統緒失宗辭味必亂義脈不流則偏枯文體夫能懸識湊理然後文節自會如膠之粘（音帘）木豆之合（音罨）黄矣是以駟牡異力而六轡如琴并駕齊驅而一轂統輻馭文之法有似於此去留隨心脩短在手齊其

何本少會詞切理二句

步驟總轡而已故善附者異旨如肝膽拙會者同音如胡越改章難於造篇易字艱於代句此已然之驗也昔張湯擬奏而再却虞松草表而屢譴並理事之不明而詞旨之失調也及倪寬更草鍾會易字而漢武歎奇晉景（司馬師）稱善者乃理得而事明心敏而辭當（去聲）也（揚批此事亦可引止見止）以此而觀則知附會巧拙相去遠哉若夫絕筆斷（上聲）章譬乘舟之振楫會詞切理如引轡以揮鞭克終底績寄深寫遠若首唱榮華而媵句憔悴則遺勢鬱湮

餘風不暢此周易所謂臀音豚無膚其行次且音咨咀也惟首尾相援則附會之體固亦無以加于此矣

贊曰

篇統間關情數稠疊原始要終疎條布葉道味相附懸緒自接如樂之和心聲克協

張湯疑奏而再却漢書張湯爲廷尉時有疑奏已再見却矣掾史莫知所爲倪寬爲言其意掾史因使寬爲奏奏成讀之皆服以白廷尉湯湯大驚召寬與語乃奇其材以爲掾上寬所作奏即時得可異日湯見上問曰前奏非俗吏所及誰爲之者湯

言倪寬上日吾固聞之久矣湯由是鄉學

以寬爲奏讞掾以古法義決疑獄甚重之虞

松草奏而屢譴世語曰司馬師命中書令虞松作表再呈輒不可意命松

更定經時松思不能改心存之形于顏色鍾會察其有憂問松松以實荅會取視爲定五

字松悅服以呈師師曰不當爾耶

總術第四十四

今元作令商改之常言有文有筆以爲無韻者筆也

有韻者文也夫文以足言理兼詩書別目兩名

自近代耳顏延年以爲筆之爲體言之文也經

典則言而非筆傳記則筆而非言請奪彼矛還

何云分下疑有脫誤

攻其楯矣何者易之文言豈非言文若筆不言文不得云經典非筆矣將以立論未見其論立也予以爲發口爲言屬筆曰翰常道曰經述經曰傳經傳之體出言入筆筆爲言使可强可弱分經以典奥爲不刋非以言筆爲優劣也昔陸氏文賦號爲曲盡然汎論纖悉而實體未該故知九變之貫（元作實楊云漢書引逸書九變復貫知言之選）匪窮（元作躬孫改）知言之選難備矣凡精慮造文各競新麗多欲練辭莫肯研術落落之玉或亂乎石碌碌之

典字有訛

何云揮扇未詳

石時似乎玉精者要約匱者亦尠博者該贍蕪元作無朱改者亦繁辯者昭晳淺者亦露奧者復隱詭者亦典或義華而聲悴或理拙而文澤知夫調鐘未易張琴實難伶人告和不必盡窕㮩音庖二字見國語之中動用揮扇何必窮初終之韻魏文比篇章於音樂蓋有徵矣夫不截盤根無以驗利器不剖文奧無以辨通才才之能通必資曉術自非圓鑒區域大判條例豈能控引清當作情源制勝文苑哉是以執術馭篇似善弈之

窮數棄（元作築）術任心如博塞（音賽）之邀遇故博塞之文借巧儻來雖前驅有功而後援難繼少既無以相接多亦不知所刪乃多少之並（元作非許改）惑何妍蚩之能制乎若夫善奕之文則術有恒數按部整伍以待情會因時順機動不失正數逢其極機入其巧則義味騰躍而生辭氣叢雜而至視之則錦繪聽之則絲簧味之則甘腴佩之則芬芳斷章之功於斯盛矣夫驥足雖駿纆（元作纆許改）牽（去聲）忌長以萬分（去聲）一累且廢千里況

時序者風之遞降也觀風可以知時如薰

文體多術共相彌綸一物攜貳莫不解體所以列在一篇備總情變譬三十之輻共成一轂雖未足觀亦鄙夫之見也

贊曰

文場筆苑有術有門務先大體鑑必窮源乘一總萬舉要治繁思無定契理有恒存

## 時序第四十五

時運交移質文代變古今情理如可言乎昔在陶唐德盛化鈞野老吐何力之談郊童含不識

風主夏朔風主冬之類

之歌有虞繼作政阜民暇薰風詩於元后註見前爛雲歌於列臣註見前盡其美者何乃心樂而聲泰也至大禹敷土九序詠功註見前成湯聖敬猗歟作頌商頌猗歟那歟逮姬文之德盛周南詩國風勤而不怨大王之化淳邠風詩篇名樂而不淫幽厲昏而板凡伯作蕩召穆公作俱大雅篇名怒平王微而黍離詩王風篇名哀故知歌謠文理與世推移風動於上而波震於下者春秋以後角戰英雄六經泥蟠百家飆駭方是時也韓魏力政燕趙任權五蠹六

邠一作豳

蝨俱註見前嚴於秦令唯齊楚兩國頗有文學齊開
莊衢之第楚廣蘭臺之宮孟軻賓館荀卿宰邑
故稷下扇其清風蘭陵鬱其茂俗鄒子以談天
飛譽騶奭以雕龍馳響屈平聯藻於日月宋玉
交彩於風雲觀其豔說則籠罩雅頌故知暐燁
之奇意出乎縱橫之詭俗也爰至有漢運接燔
書高祖尚武戲儒簡學雖禮律草創詩書未遑
然大風注見前鴻鵠之歌亦天縱之英作也施及
孝惠迄于文景經術頗興而辭人勿用賈誼抑

而鄒枚沈亦可知已逮孝武崇儒潤色鴻業禮樂爭輝辭藻競鶩栢梁（注見前）展朝讌之詩金堤製恤民之詠（即瓠子歌）徵枚乘以蒲輪申主父以鼎食擢公孫之對策嘆倪寬之擬奏買臣負薪而衣錦相如滌器而被繡於是史遷壽王（吾丘氏）之徒嚴安終軍枚皋之屬應對固無方篇章亦不匱遺風餘采莫與比盛越昭（帝）及宣（帝）實繼武（帝）績馳騁石渠暇豫文會集雕篆之軼材發綺縠之高喻於是王褒之倫底祿待詔自元（帝）暨成（帝）

降意圖籍笑（當作美）玉屑之諫（當作談）清金馬之路子雲銳思於千首子政讐校於六藝亦已美矣爰自漢室迄至成（帝）哀（帝）雖世漸百齡辭人九變而大抵所歸祖述楚辭靈均餘影於是乎在自哀（帝）平（帝）陵替光武中興深懷圖讖頗略文華然杜篤獻誄以免刑班彪參奏（元作表張以儁度改）以補令雖非旁求亦不遐棄及明帝疊耀崇愛儒術肄禮璧堂（壁雍明堂）講文虎觀（白虎觀）孟堅珥筆于國史賈逵給札（元作禮張改）于瑞（元作端張改）頌東平王

擅其懿文沛獻王振其通論帝則藩儀輝光相照矣自安帝和帝已下迄至順帝桓帝則有班固傅毅三崔駰瑗寔王充馬融張衡蔡邕磊落鴻儒才不時乏而文章之選存而不論然中興之後羣才稍改前轍華實所附斟酌經辭蓋歷政講聚故漸靡儒風者也降及靈帝時好辭製造羲皇之書開鴻都之賦而樂松時爲侍中之徒招集淺陋故楊賜號爲驩兜蔡邕比之俳優其餘風遺文蓋蔑如也自獻帝播遷文學蓬轉建安之

何云建安詞人後觀兆于此矣

批開鴻都句寫上層

何云體疑禮

一本並體

末區宇方輯魏武以相王之尊雅愛詩章文帝
以副君之重妙善辭賦陳思以公子之豪下筆
琳琅並體貌英逸故俊才雲蒸仲宣委質於漢
南孔璋歸命於河北偉長從宦於青土公幹徇
質於海隅德璉綜其斐然之思元瑜展其翩翩
之樂文蔚休伯之儔于叔（邯鄲淳字元作子俶）德祖（楊脩字）
之侶傲雅觴豆之前雍容衽席之上灑筆以成
酣歌和墨以藉談笑觀其時文雅好慷慨良由
世積亂離風衰俗怨並志深而筆長故梗槩而

多氣也至明帝曹叡纂戎制詩度曲徵篇章之士置崇文之觀何晏劉劭群才迭相照耀少主相仍唯高貴鄉公英雅顧盼合章動言成論於時正始餘風篇體輕澹而嵇康阮籍應璩繆襲並馳文路矣逮晉宣司馬懿始基景師文昭克構並跡沈儒雅而務深方術至武帝名炎惟新承平受命而膠序篇章弗簡皇慮降及懷帝愍帝綴旒而已然晉雖不文人才實盛茂先搖筆而散珠太冲動墨而橫錦岳潘安仁湛夏侯孝若曜聯璧之華機

秉哲一作東哲亦通與升儲一句覺有照應

陸士衡雲陸士龍標二俊之采應貞傅玄三張載協亢之[徙]元作從孫綽摯虞成公綏之屬並結藻清英流韻綺靡前史以爲運涉季世人未盡才誠哉斯談可爲歎息元皇中興披文建學劉隗刁協禮吏而寵榮景純郭璞字文敏而優擢逮明帝[秉][哲]元作東晳雅好文會升儲御極孳孳講藝練情於誥策振采於辭賦庾亮以筆才逾親溫嶠以文思益厚揄揚風流亦彼時之漢武也及成康東晉二帝促齡穆帝哀帝短祚簡文晉帝勃興淵乎清峻

微言精理函滿玄席澹思濃采時灑文囿至孝
武（帝）不嗣安（帝）恭（帝）已矣其文史則有袁（山松）殷
（仲文）之曹孫（盛）干（寶）之輩雖才或淺深珪璋足用
自中朝貴玄江左稱盛因談餘氣流成文體是
以世極迍邅而辭意夷泰詩必柱下（老子爲柱下史）之
旨歸賦乃漆園（莊周爲漆園吏）之義疏故知文變染乎
世情興廢繫乎時序原始以要終雖百世可知
也自宋武（帝劉裕）愛文文帝（義隆）彬雅秉文之德孝
武（帝諱駿）多才英采雲構自明帝（元脫）以下文理替

矣爾其縉紳之林霞蔚而飈起王氏袁氏聯宗以龍章顏氏謝氏重葉以鳳采何范張沈之徒亦不可勝也蓋聞之於世故略舉大較暨皇齊馭寶運集休明太祖蕭道成以聖武膺籙高祖武帝諱賾以睿文纂業文帝文惠太子以貳離含章中宗和帝諱寶融以上哲興運並文明自天緝遐疑作熙景祚今聖曆方興文思充一作光被海岳降神才英秀發馭飛龍於天衢駕騏驥於萬里經典禮章跨周轢漢唐虞之文其鼎盛乎鴻風懿采短筆敢

陳颸言讚時請寄明哲

贊曰

蔚映十代辭采九變樞中所動環流無倦質文沿時崇替在選終古雖遠曠焉如面

野老吐何力之談帝王世紀曰帝堯之世天下太和百姓無事有八九十老人擊壤而歌曰日出而作日入而息鑿井而飲耕田而食帝何力於我哉郊童含不識之歌列子堯治天下五十年不知天下治與不治與億兆願戴已與乃微服遊于康衢聞童兒謠云立我烝民莫匪爾極不識不知順帝之則稷下扇其清風史記齊王開第康莊之衢高門大屋覽天下諸侯賓客言齊能致天下賢

士自騶衍與齊之稷下先生如淳于髡慎到環淵接子田駢騶奭之徒各著書言治亂之事

**蘭陵鬱其茂俗** 史記荀卿趙人年五十始來游學於齊齊襄王時而荀卿最爲老師齊人或讒荀卿荀卿乃適楚而春申君以爲蘭陵令因家蘭陵於是推儒墨道德之行事興壞序列數萬言而卒因葬蘭陵

**大風鴻鵠之歌** 大風注見前　史記漢高帝欲易太子呂后刧留侯爲畫計留侯曰此難以口舌爭也令太子卑辭安車因使辯士固請商山四皓來以爲容及上燕置酒太子侍四人從太子上怪之問曰彼何爲者四人前對各言名姓爲壽已畢趨去上召戚夫人指示四人者曰我欲易之彼四人輔之羽翼已成難動矣呂后眞而主矣戚夫人泣上曰爲我楚舞吾爲若楚歌歌曰鴻鵠高飛一舉千里羽翮已就橫絶四海橫絶四海當可柰何雖有矰繳尚安所施

金堤製恤民之詠漢書孝文時河決酸棗東潰金堤於是東郡大興卒塞之其後三十六歲孝武元光中河決于瓠子自河決瓠子後二十餘歲歲歲因以數不登上乃使汲仁郭昌發卒數萬人塞瓠子決河於是上以用事萬里沙則還自臨決河湛白馬玉璧令羣臣從官自將軍以下皆負薪塞決河是時東郡燒草以故薪柴少而下淇園之竹以爲揵上既臨河決悼功之不成乃作歌曰瓠子決兮將柰何浩浩洋洋慮殫爲河殫爲河兮地不得寧功無已時兮吾山平吾山平兮鉅野溢魚弗鬱兮柏冬日正道弛兮離常流蛟龍騁兮放遠遊歸舊川兮神哉沛不封禪兮安知外皇謂河公兮何不仁泛濫不止兮愁吾人齧桑浮兮淮泗滿久不反兮水維緩一曰河湯湯兮激潺湲北渡回兮迅流難搴長茭兮湛美玉河公許兮薪不屬薪不屬兮衛人罪燒蕭條兮噫乎何以御水僓

林竹兮楗石菑宣防塞兮萬福來於
是卒塞瓠子築宮其上名曰宣防

徵枚乘以蒲輪漢書枚乘傳武帝自爲太子聞乘名
及即位乘年老乃以安車蒲輪徵乘

申主父以鼎食漢書主父偃齊國臨淄人也
學長短縱横術晚迺學易春
秋百家之言游齊諸子間諸儒生相與排儐
不容於齊家貧假貸無所得北游燕趙中山
皆莫能厚客甚困以諸侯莫足游者元光元
年迺西入關見衛將軍衛將軍數言上上不
省資用乏留久諸侯賓客多厭之迺上書闕
下朝奏暮召入見是時徐樂嚴安亦俱上書
言世務書奏上召見三人謂曰公皆安在何
相見之晚也迺拜偃樂安皆爲郎中偃數見
疏言事遷謁者中郎中大夫歲中四遷偃說
上上輒從其計大臣皆畏其口賂遺累千金
或說偃曰大横偃曰臣結髮游學四十餘年
身不得遂親不以爲子昆弟不收賓客棄我

我阨日久矣丈夫生不五鼎食死則五鼎烹耳吾日暮故倒行逆施之

**集雕篆之軼材發綺縠之高喻**揚子法言或問吾子少而好賦曰然童子雕蟲篆刻俄而曰壯夫不爲也或曰賦可以諷乎曰諷則已不已吾恐不免于勸也或曰霧縠之組麗曰女工之蠹矣　漢書宣帝時脩武帝故事講論六蓺群書博盡奇異之好徵能爲楚辭九江被公召見誦讀益召高材劉向張子僑華龍柳褒等待詔金馬門上頗作歌詩欲興協律之事丞相魏相奏言知音善鼓雅琴者渤海趙定梁國龔德皆召見待詔於是益州刺史王襄欲宣風化於衆庶聞王褒有俊材請與相見使褒作中和樂職宣布詩選好事者令依鹿鳴之聲習而歌之褒既爲刺史作頌又作其傳益州刺史因奏褒有軼材上迺徵褒既至詔褒爲聖主得賢臣頌上令褒與張子僑等竝待詔數從褒等放

獵所幸宮館輒爲歌頌第其高下以差賜帛議者多以爲淫靡不急上曰不有博奕者乎爲之猶賢乎已辭賦大者與古詩同義小者辯麗可喜辟如女工有綺縠音樂有鄭衛今世俗猶皆以此虞說耳目辭賦比之尚有仁義風諭鳥獸草木多聞之觀賢於倡優博奕遠矣

**杜篤獻誄以免刑** 後漢書篤少博學不脩小節不爲鄉人所禮居美陽與美陽令游數從請託不諧頗相恨令怨收篤送京師會大司馬吳漢薨光武詔諸儒誄之篤於獄中爲誄辭最高帝美之賜帛免刑

**班彪參奏以補令** 後漢書班彪避地河西大將軍竇融以爲從事深敬待之接以師友之道彪乃爲融畫策事漢總西河以拒隗囂及融徵還京師光武問曰所上章奏誰與參之融對曰皆從事班彪所爲帝雅聞彪材因召入舉司隸茂才拜爲令

**賈逵給札於瑞頌**

後漢書賈逵性愷悌多智思俶儻有大節尤明左氏傳國語爲之解詁五十一篇永平中上疏獻之顯宗重其書寫藏秘館時有神雀集宫殿官府冠羽有五采色帝異之以問臨邑侯劉復不能對薦逵博物多識帝乃召見逵問之對曰昔武王纘父之業鸑鷟集在岐宣帝威懷戎狄神爵仍集此胡降之徵也帝敕蘭臺給筆札使作神爵頌拜爲郎

楊升菴先生批點文心雕龍卷之九

# 楊升菴先生批點文心雕龍卷之十

梁　通事舍人劉　勰　撰

明　豫　章　梅慶生音註

## 物色第四十六

春秋代序陰陽慘舒物色之動心亦搖焉蓋陽氣萌而玄駒蟻步陰律凝而丹鳥蚊羞微蟲猶或入感四時之動物深矣若夫珪璋挺其惠心英華秀其清氣物色相召人誰獲安是以獻歲發春悅豫之情暢滔滔孟夏鬱陶之心凝天高

氣清陰沈之志遠霰雪無垠矜肅之慮深歲有其物物有其容情以物遷辭以情發一葉且或迎意蟲聲有足引心況清風與明月同夜白日與春林共朝哉是以詩人感物聯類不窮流連萬象之際沈吟視聽之區寫氣圖貌旣隨物以宛轉屬采附聲亦與心而徘徊故灼灼狀桃花之鮮依依盡楊柳之貌杲杲爲出日之容瀌瀌擬雨去聲雪之狀喈喈逐黃鳥之聲喓喓學草音標蟲之韻皎日嘒星一言窮理參差沃若兩字連

何云著題之體古人已然

批體物爲妙句寫上層

形並以少總多情貌無遺矣雖復思經千載將何易奪及離騷代興觸類而長上聲物貌難盡故重沓舒狀於是嵯峨之類聚葳蕤音追之羣積矣及長卿之徒詭勢瓌聲模山範水字必魚貫所謂詩人麗則而約言辭人麗淫而繁句也至如雅詠棠華或黃或白騷述秋蘭綠葉紫莖凡摛表五色貴在時見若青黃屢出則繁而不珍自近代以來文貴形似窺情風景之上鑽貌草木之中吟詠所發志惟深遠體物爲妙功在密附

何云印字疑作即

是以四序四句此風雅也

析一作析

故巧言切狀，如印之印泥，不加雕削，而曲寫毫芥。故能瞻言而見貌，印字而知時也。然物有恒姿，而思無定檢，或率爾造極，或精思愈踈。且詩騷所標，並據要害，故後進銳筆，怯於爭鋒。莫不因方以借巧，即勢以會奇，善於適要，則雖舊彌新矣。是以四序紛廻，而入興（去聲）貴閑；物色雖繁，而析辭尚簡；使味飄飄而輕舉，情曄曄而更新。古來辭人，異代接武，莫不參伍以相變，因革以為功，物色盡而情有餘者，曉會通也。若乃山林

皐壤實文思之奧府略語則闕詳說則繁然屈平所以能洞監風騷之情者抑亦江山之助乎

贊曰何云唐人謂燕公岳州以後詩思凄婉得江山之助蓋出于此岳州在江南屈子所放之地也

山沓水匝樹雜雲合目既往還心亦吐納春日遲遲秋風颯颯情往似贈興來如荅何云贊詞之美莫過于此

## 才略第四十七

九代之文富矣盛矣其辭令華采可略而詳也虞夏文章則有皐陶六德夔序八音益則有贊五子作歌辭義溫雅萬代之儀表也商周之世

何云標字下疑脫一著字



則仲虺垂誥伊尹敷訓吉甫之徒並述詩頌義固爲經文亦師矣及乎春秋大夫則脩辭聘會磊落如琅玕之圃焜燿似縟錦之肆薳敖（即孫叔敖）（元作教　曹改）擇楚國之令典隨會（士會）講晉國之禮法趙衰（元作襄　曹改）（晉大夫）以文勝從饗國僑（子産父字子國故曰國僑）以脩辭扞鄭子太叔（游吉）美秀而文公孫翬（子羽）善於辭令皆文名之標者也戰代任武而文士不絕諸子以道術取資屈宋以楚辭發采樂毅報書辨以義范雎上疏密而至蘇秦歷說（去聲）壯而

辯下或無之字

摳一本闕疑字他本或改慪字

中李斯自奏麗而動若在文世則揚班儔矣荀況學宗而象物名賦文質相稱固巨儒之情也漢室陸賈首發奇采賦孟春而選典誥其辯之富矣賈誼才穎陵軼飛兎議摳而賦清豈虚至哉枚乘之七發鄒陽之上書膏潤於筆氣形於言矣仲舒專儒子長純史而麗縟成文亦詩人之告哀焉相如好書師範屈宋洞入夸艷致名辭宗然覆取精意理不勝辭故揚子以爲文麗用寡者長卿誠哉是言也王褒構采以密巧爲

致附聲測貌泠然可觀子雲屬意辭人（疑誤）最深觀其涯度幽遠搜選詭麗而竭才以鑽思故能理贍而辭堅矣桓譚著論富號猗頓宋弘（字仲子）稱薦爰比相如而集靈諸賦偏淺無才故知長於諷論不及麗文也敬通（馮衍字）雅好（去聲）辭說而坎壈盛世顯志自序亦蚌病成珠矣二班（彪固）兩劉（向歆）奕葉繼采舊說以爲固文優彪歆學精向然王命（論）清辯新序該練璿（音旋）璧產於崑岡亦難得而踰本矣傅毅崔駰光采比肩瑗（駰子）寔（瑗子）

一本才下無也字

何云世傳蔡是張云後身故云隔世相望

何云向字疑誤

踵武龍世後漢書崔駰傳贊云崔爲文宗世禪雕龍厥風者矣杜篤賈逵亦有聲於文跡其爲才也崔傅之末流也李尤元作充王改賦銘志慕鴻裁而才力沈腿音墜垂翼不飛馬融鴻儒思洽識〔登〕高吐納經範華實相扶王逸博識有功而絢采無力延壽王逸子字文考繼志瓌穎獨標其善圖物寫貌豈枚乘之遺術歟張衡通贍蔡邕精雅文史彬彬隔世相望是則竹柏異心而同貞金玉殊質而皆寶也劉向之奏議旨切而調緩趙壹字元叔之辭賦意繁而體

踈孔融氣盛於為筆禰衡思鋭於為文有偏美焉潘勗憑經以騁才故絶羣於錫命王朗發憤以託志亦致美於序銘然自卿（司馬相如）淵（王褒）已前多俊才而不課學雄向已後頗引書以助文此取與之大際其分不可亂者也魏文之才洋洋清綺舊談抑之謂去植千里然子建思捷而才儁詩麗而表逸子桓（曹丕字）慮詳而力緩故不競於先鳴而樂府清越典論辯要迭用短長亦無懵焉但俗情抑揚雷同一響遂令文帝以位尊

何云彥和亦首推仲宣

減才思王以勢窘益價未爲篤論也仲宣溢才捷而能密文多兼善辭少瑕累摘其詩賦則七子之冠冕乎琳瑀以符檄擅聲徐幹以賦論標美劉楨情高以會采應瑒學優以得文路粹楊脩頗懷筆記之工丁儀邯鄲淳亦含論述之美有足算焉劉邵趙都賦能攀於前脩何晏景福殿賦克光於後進休璉應璩風情則百壹詩摽其志吉甫璩子應貞字文理則臨丹成其采嵇康師心以遣疑作造論阮籍使氣以命詩殊聲而合響異翮

奇元作立

何云自疑作盲

而同飛張華短章奕奕清暢其鷦鷯賦寓意即韓非之說難平聲也左思奇才業深覃思盡銳於三都賦拔萃於詠史詩無遺力矣潘岳敏給辭自和暢鍾美於西征賦賈餘於哀誄非自外也陸機才欲窺深辭務索廣故思能入巧而不制繁士龍朗練元作陳王青蓮改以識檢亂故能布采鮮淨敏於短篇孫楚綴思每直置以疎通摯虞述懷必循規以溫雅其品藻流別論有條理焉傅玄篇章義多規鏡長虞筆奏世執剛中並楨幹

何云福當作陽

之實才非羣華之韡蕚也成公子安選賦而時美夏侯孝若具體而皆微曹攄清靡於長篇季鷹辨切於短韻各其善也孟陽景福殿賦才綺而相埒音列可謂魯衛之政兄弟之文也劉琨雅壯而多風盧諶情發而理昭亦遇之於時勢也景純艷逸足冠中興郊賦既穆穆以大觀仙詩亦飄飄而凌雲矣庾元規之表奏靡密以閑暢温太真之筆記循理而清通亦筆端之良工也孫盛干寶元作子實文勝爲史準的所擬志乎典訓戶

孤何云疑作秋

牖雖異而筆彩略同袁宏發軫以高驤故卓出而多偏孫綽規旋以矩步故倫序而寡狀殷仲文之孤興謝混叔源之閑情並解散辭體縹緲浮音雖滔滔風流而大澆文意宋代逸才辭翰鱗萃世近易明無勞甄序觀夫後漢才林可參西京晉世文苑足儷鄴都然而魏時話言必以元封漢武帝年號爲稱首宋來美談亦以建安獻帝年號爲口實何也豈非崇文之盛世招才之嘉會哉嗟夫此古人所以貴乎時也

贊曰

才難然乎性各異稟一朝綜文千年凝錦餘采徘徊遺風籍甚無曰紛雜皎然可品

隨會講晉國之禮法國語晉侯使隨會聘於周定王王饗之殽蒸原公相禮范子私於原公曰吾聞王室之禮無毀折今此何禮也王見其語也召原公而問之原公以告王王召士季曰子弗聞乎禘郊之事則有全烝王公立飫則有房烝親戚宴饗則有殽烝今女非它也而叔父使士季實來脩舊德以奬王室唯是先王之宴禮欲以貽女余一人敢設飫禘焉忠非親禮而干舊職以亂前好且唯夫戎翟則有體薦夫戎翟冒沒輕儳貪而不讓其血氣不治若禽獸焉其適來班貢不俟馨香嘉味故坐諸門外而使舌

人體委與之女今我王室之一二兄弟以時相見將龢協典禮以示民訓則無亦擇其柔嘉選其馨香潔其酒醴品其豆籩脩其簠簋奉其犧象出其尊彝陳其鼎俎靜其巾冪敬其祓除體解節折而共飲食之於是乎有折俎加豆酬幣宴貨以示容合好胡有子然其效戎翟也夫王公諸侯之有飫也將以講事成章建大德昭大物也故立成禮烝而已飫以顯物宴以食好歲飫不倦時宴不淫月會旬脩日完不忘服物昭庸采飾顯明文章比象周旋序順容貌有崇威儀有則五味實氣五色精心五聲昭德五義配宜飲食可饗龢同可觀財用可嘉則順而建德古之善禮者將焉用全烝武子遂不敢對而退歸乃講聚三代之典禮於是乎脩執秩以爲晉法

趙衰以文勝從饗

左傳秦伯饗晉公子重耳舅犯曰吾不如衰之文也請使衰從公子賦河水公賦六月趙衰曰重耳

拜賜公子降拜稽首公降一級而辭焉襄曰君稱所以佐天子者命重耳重耳敢不拜

國僑以脩辭扞鄭子太叔美秀而文公孫揮善於辭令 左傳子產之從政也擇能而使之馮簡子能斷大事子大叔美秀而文行人子羽能知四國之爲辨於其大夫之族姓班位貴賤能否而又善爲辭令裨諶能謀謀于野則獲謀于邑則否鄭國將有諸侯之事子產乃問四國之爲于子羽且使多爲辭令與裨諶乘以適野使謀可否而告馮簡子使斷之事成乃授子太叔使行之以應對賔客是以鮮有敗事

## 知音第四十八

知音其難哉音實難知知實難逢逢其知音千

敬禮丁儀字

載其一乎夫古來知音多賤同而思古所謂日進前而不御遙聞聲而相思也昔儲說韓非子篇名始出子虛賦初成秦皇漢武恨不同時既同時矣則韓非囚而馬相如輕豈不明鑒同時之賤哉至於班固傅毅文在伯仲而固嗤毅云下筆不能自休及陳思論才亦深排孔璋敬禮請潤色歎以爲美談季緒楊云劉表之子好詆訶方之於田巴意亦見矣故魏文稱文人相輕非虛談也至如君卿樓護字脣舌而謬欲論文乃稱史遷著書諮

東方朔於是桓譚之徒相顧嗤笑彼實博徒輕
言負誚況乎文士可妄談哉故鑒照洞明而貴
古賤今者二主（秦皇 漢武）是也才實鴻懿而崇已抑
人（者）班（固）曹（植）是也學不逮文而信僞迷眞者樓
護是也醬瓿之議豈多歎哉夫麟鳳與麏雉懸
絕珠玉與礫石超殊白日垂其照青眸寫其形
然魯臣以麟爲麏楚人以雉爲鳳魏民以夜光
爲怪石宋客以燕礫爲寶珠形器易徵謬乃若
是文情難鑒誰曰易分夫篇章雜沓質文交加

知多偏好人莫圓該慷慨者逆聲而擊節醞藉者見密而高蹈浮慧者觀綺而躍心愛奇者聞詭而驚聽會己則嗟諷異我則沮棄各執一隅之解欲擬萬端之變所謂東向而望不見西墻也凡操千曲而後曉聲觀千劒而後識器故圓照之象務先博觀閱喬岳以形培音剖塿酌滄波以喻畎澮無私於輕重不偏於憎愛然後能平理若衡照辭如鏡矣是以將閱文情先標六觀一觀位體二觀置辭三觀通變四觀奇正五觀

事義六觀宮商斯術既形則優劣見矣夫綴文者情動而辭發觀文者披文以入情沿波討源雖幽必顯世遠莫見其面覘文輒見其心豈成篇之足深患識照之自淺耳夫志在山水琴表其情況形之筆端理將焉匿故心之照理譬目之照形目瞭則形無不分心敏則理無不達然而俗監之迷者深廢淺售此莊周所以笑折楊宋玉所以傷白雪也昔屈平有言文質疏內衆不知余之異采見異唯知音耳揚雄自稱心好

況博絶麗之文其事浮淺亦可知矣夫唯深識鑒奥必歡然內懌譬春臺之熙衆人樂餌之止過客蓋聞蘭爲國香服媚彌芬書亦國華翫澤方美知音君子其垂意焉

贊曰

洪鍾萬鈞夔后夔曠師曠所定良書盈篋妙鑒迺訂流鄭淫人無或失聽獨有此律不謬蹊徑

魯臣以麟爲麏孝經古契曰孔子夜夢豐沛邦有赤烟氣起顔回子夏侶往觀之驅車到楚西北范氏之廟見芻兒捶麟傷其前左足束薪而覆之孔子曰兒來汝

姓爲誰兒曰吾姓爲赤松字時僑名受紀孔子曰汝豈有所見乎吾所見一獸如麏羊頭頭上有角其末有肉方以是西走孔子發薪下麟視孔子趨而往麟蒙其耳吐三卷書孔子精而讀之

**楚人以雉爲鳳** 尹文子曰楚人擔山雉者路人問何鳥也欺之曰鳳皇也路人曰我聞鳳皇今始見矣汝販之乎請買千金弗與請加倍乃與之方欲獻楚王經宿死路人不遑惜其金惟恨不得獻王王聞之感其欲獻已召厚賜之過買鳥之金十倍

**魏氏以夜光爲怪石** 尹文子曰魏田父有耕于野者得玉徑尺不知其玉也以告鄰人鄰人詐之曰此怪石也畜之弗利其家田父雖疑猶豫以歸置廡下其玉明照十室大怖遽而棄之於遠野鄰人取之以獻魏王魏王召玉工相之玉工望之再拜賀曰大王得天下之寶臣所未嘗見王問其價玉工曰此無價以當之

五城之都僅可一觀魏王賜獻王者千金長食上大夫之祿

**宋客以燕礫爲寶珠**

闞子曰宋之愚人得燕石于梧臺之東歸而藏之以爲寶周客聞而觀焉主人齋七日端冕玄服以發寶革匱十重緹巾十襲客見之掩口而笑曰此特燕石耳其與瓦甓不殊

**莊周所以笑折楊**

莊子曰大聲不入于里耳折楊皇荂則嗑然而笑是故高言不止於衆人之心至言不出俗言勝也

**宋玉所以傷白雪**

襄陽耆舊傳曰宋玉識音而善文襄王好樂而愛賦既美其才而憎其似屈原也乃謂之曰子盍從之俗使楚人貴子之德乎對曰昔楚有善歌者王其聞與始而曰下里巴人國中唱而和之者數萬人中而曰陽阿采菱國中唱而和之者數百人既而曰陽春白雪朝日魚麗含商吐角絶節赴曲國中唱而和之者不過數人蓋其曲彌高而和彌

寡樂餌之止過客老子曰樂與餌過客止

## 程器第四十九

周書論士方之梓材蓋貴器用而兼文采也是以樸斲成而丹雘音蠖施垣墉立而雕塓附而近代詞人務華棄實故魏文以爲古今文人之字類不護細行韋誕所評又歷詆羣才後人雷同混之一貫吁可悲矣略觀文士之疵相如竊妻而受金揚雄嗜酒而少算敬通之不循廉隅杜篤之請求無厭班固諂竇憲以作威馬融黨

梁（冀）而黷貨文舉傲誕以速誅正平狂憨以致戮仲宣輕脆以躁競孔璋惚恫以麤踈丁儀貪婪以乞貨路粹餔啜而無恥潘岳詭禱於愍（帝）懷（帝）陸機傾仄於賈（謐）郭（后）傅玄剛隘而詈臺孫楚狠愎而訟府諸有此類並文士之瑕累文既有之武亦宜然古之將相疵咎實多至如管仲之盜竊吳起之貪淫陳平之汚點絳灌之讒嫉沿茲以下不可勝數孔光負衡據鼎（謂爲丞相也）而仄媚董賢況班馬之賤職潘岳之下位哉王

戎開國上秩而鬻官囂俗况馬杜之磬懸丁路之貧薄哉然子夏孔光字無虧於名儒濬冲王戎字不塵乎竹林者名崇而譏滅也若夫屈賈之忠貞鄒枚之機覺黃香之淳孝徐幹之沉默豈曰文士必其玷歟蓋人稟五材修短殊用自非上哲難以求備然將相以位隆特達文士以職卑多誚此江河所以騰湧涓流所以寸折者也名之抑揚既其然矣位之通塞亦有以焉蓋士之登庸以成務爲用魯之敬姜婦人之聰明耳然

推其機綜以方治國安有丈夫學文而不達於政事哉彼揚馬之徒有文無質所以終乎下位也昔庾元規才華清英勳庸有聲故文藝不稱若非台岳則正以文才也文武之術左右惟宜郤縠敦書故舉爲元帥豈以好文而不練武哉孫武兵經辭如珠玉豈以習武而不曉文也是以君子藏器待時而動發揮事業固宜蓄素以弸中散采（元作悉，龔仲和改）以彪外楩柟其質豫章其幹摛文必在緯軍國負（元作賢，龔改）重必在任棟梁

窮則獨善以垂文達則奉時以騁績若此文人應梓材之士矣

贊曰

瞻彼前脩有懿文德聲昭楚南采動梁北雕而不器貞幹誰則豈無華身亦有光國

敬姜婦人之聰明耳然推其機綜以方治國

國語曰公父文伯退朝朝其母方績文伯曰以歜之家而主猶績懼干季孫之怒也其以歜爲不能事主乎其母歎曰魯其亡乎使僮子備官而未之聞耶居吾語女昔聖王之處民也擇瘠土而處之勞其民而用之故長王天下夫民勞則思思則善心生逸則淫淫則

忘善忘善則惡心生沃土之民不材淫也瘠土之民莫不嚮義勞也是故天子大采朝日與三公九卿組織地德日中考政與百官之政事師尹惟旅牧相宣序民事少采夕月與太史司載糾虔天刑日入監九御使潔奉禘郊之粢盛而後即安諸侯朝脩天子之業命晝考其國職夕省其典刑夜儆百工使無慆淫而後即安卿大夫朝考其職晝講其庶政夕序其業夜庀其家事而後即安士朝而受業晝而講貫夕而習復夜而計過無憾而後即安自庶人以下明而動晦而休無日以怠王后親織玄紞公侯之夫人加之以紘綖卿之內子爲大帶命婦成祭服列士之妻加之以朝服自庶士以下各衣其夫社而賦事烝而獻功男女效績愆則有辟古之制也君子勞心小人勞力先王之訓也自上以下誰敢淫心舍力今我寡也爾又在下位朝夕處事猶恐忘先人之職業況有怠惰其何以避辟

吾冀而朝夕脩我曰必無廢先人爾今曰胡不自安以是承君之官余懼穆伯之絕祀也仲尼聞之曰弟子志之季氏之婦不淫矣

## 序志第五十

夫文心者言爲文之用心也昔涓子琴心楊用脩云涓子琴心見列仙傳王孫巧心心哉美矣故用之焉元脫按廣文選補古來文章以雕縟成體豈效騶奭之群言雕龍也夫宇宙綿邈黎獻紛雜拔萃出類智術而已歲月飄忽性靈不居騰聲飛實制作而已夫自曹改肖貌天地稟性五行才一作擬耳目於日

何本無自字

月方聲氣乎風雷其超出萬物亦已靈矣形同（梁書作甚）草木之脆名踰金石之堅是以君子處世樹德建言豈好辯哉不得已也予生七齡乃夢彩雲若錦則攀而採之（梁書無生七齡以下十四字）齒在踰立則嘗夜夢執丹漆之禮器隨仲尼而南行旦而寤迺怡然而喜大哉聖人之難見也迺小子之垂夢歟自生人以來未有如夫子者也敷讚聖旨莫若註經而馬（融）鄭（玄）諸儒弘之已精就有深解未足立家唯文章之用實經典枝條五

禮資之以成六典因之致用君臣所以炳煥軍國所以昭明詳其本原莫非經典而去聖久遠文體解散辭人愛奇言貴浮詭飾羽尚畫文繡鞶帨離本彌甚將遂訛濫蓋周書論辭貴乎體要尼父陳訓惡乎異端辭訓之異宜體於要於是搦筆和墨乃始論文詳觀近代之論文者多矣至於魏文述典陳思序書應瑒文論陸機文賦仲治流別弘範翰林各照隅隙鮮觀衢路或臧否當時之才或銓品前脩之文或汎舉雅俗

之旨或撮題篇章之意魏典密而不周陳書辯而無當應論華而疏略陸賦巧而碎亂流別精而少巧梁書作功翰林淺而寡要文君山公幹之徒吉甫士龍之輩汎議文意往往間出並未能振葉以尋根觀瀾而索源不述先哲之誥無益後生之慮蓋文心之作也本乎道師乎聖體乎經酌乎緯變乎騷文之樞紐亦云極矣若乃論文敘筆則囿別區分原始以表末釋名以章義選文以定篇敷理以舉統上篇以上綱領明矣至

序一作叙　彥和雖是子類，然會其大全，要之中正，所以爲難。何本無矣字

於割情析采，籠圈條貫，摛神性，圖風勢，苞會通，閱聲字，崇替於時序，褒貶於才略，怊悵元作怡惕王性於知音，耿介於程器，長懷序志，以馭群篇，下篇以下，毛目顯矣。位理定名，彰乎大易之數，其爲文用，四十九篇而已。夫銓序一文爲易，彌綸羣言爲難，雖復輕採毛髮，深極骨髓，或有曲意密源，似近而遠，辭所不載，亦不勝數矣。及其品列成文，有同乎舊談者，非雷同也，勢自不可異也；有異乎前論者，非苟異也，理自不可同也。同

之與異不屑古今擘肌分理唯務折衷按轡文雅之場而環絡藻繪之府亦幾乎備矣但言不盡意聖人所難識在缾管何能矩矱元脱許補茫茫往代既沈謝云一作洗予聞眇眇來世諒塵彼觀也

贊曰

生也有涯無涯惟智逐物實難憑性良易傲岸泉石咀嚼文義文果載心余心有寄

楊升菴先生批點文心雕龍卷之十終

# 金陵全書

丁編·文獻類

# 詩品

（南朝梁）鍾嶸　撰

南京出版社
南京出版傳媒集團

# 提　要

《詩品》三卷，南朝梁鍾嶸撰。

鍾嶸（約四六八—五一八），字仲偉，潁川長社（今河南長葛）人。齊永明三年（四八五）秋入國子學。因好學，有思理，明《周易》，得到國子祭酒、衛將軍王儉的賞識，長期充當幕僚，做掌管文翰的工作。入梁，歷任中軍臨川王行參軍、西中郎將晉安王記室。梁天監十二年（五一三）以後，仿漢代『九品論人，七略裁士』的著作先例，寫成詩歌評論專著《詩品》。

作爲『百代詩話之祖』、我國第一部詩論著作，《詩品》以其『思深而意遠』『深從六藝溯流別』（章學誠語），與同時代的《文心雕龍》堪稱雙璧。《詩品》中的詩學史觀、詩歌發生論、詩歌美學和批評方法論，都垂遠百世，沾溉後人，對我國文學理論、詩歌理論以及日本和歌理論的發展，都産生了重大影響，具有奠基意義。

《詩品》的體例，分三品論詩人。『上品』爲成就大、地位高或派生源流的詩人；『中品』略次；『下品』則爲次要詩人。在論述上，『上品』較詳，『中品』次之，『下品』較略；重要詩人專論，次要詩人合論。大抵以源流相同、風格類似，或以帝王、父子、君臣、女詩人、沙門僧侶爲歸。共品評漢迄齊梁一百二十三位詩人：『上品』十二人（《古詩》算一人），『中品』三十九人，『下品』七十二人。

《詩品》分序言與品語兩部，互爲表裏，互相發明。其整體框架，横向以三品論詩，縱向先溯其流别，再逐一品評自漢魏迄於齊梁的詩人。這種結構形式，横向可見歷代五言詩人之優劣，縱向可觀五言詩歌之發展。發展分建安、太康、元嘉三階段，分别以曹植—陸機—謝靈運爲軸心，輔之以劉楨、王粲、潘岳、張協和顔延之，使一百二十多位詩人連成一個流動的整體，勾勒出一幅自漢迄梁的詩歌史。

《詩品》流傳千載，對後世文論、詩論産生重大影響。其中對唐詩和唐代詩論，除影響其外在形式和詩歌美學，還通過殷璠的《河岳英靈集》、高仲武的《中興間氣集》、皎然《詩式》等顯示出來。他們的品評，多有祖襲、搬用《詩品》的痕迹。

《詩品》版本有五十種之多，大致可分爲三類。第一類，如元刊《山堂群書考索》本、明退翁書院鈔本、《顧氏文房小説》本、沈氏繁露堂本、《夷門廣牘》本、《津逮祕書》本，以及《吟窗雜録》本一系，具有版本價值，可資校勘，考察异文，作用當很明顯。第二類，如《全上古三代秦漢三國六朝文》本、《朱評詞府靈蛇》本、清刻張錫瑜《鍾記室詩平》本、《詩法萃編》本、《螢雪軒叢書》本等，雖没有很大的版本價值，但其中有校、注、評點和引文，對《詩品》的研究仍有裨益。第三類，如清末民初坊間本，或翻印復刻，或轉鈔前人，陳陳相因，没有什麽版本價值，同時也没有校、注和引文參考，但在考察版本源流時，當求其全，不可遺漏。

《顧氏文房小説》本爲明顧元慶輯，正德丁丑（一五一七）刊刻。正文每半葉十行，每行十八字。卷首款式爲『鍾嶸詩品卷上 梁征遠記室參軍鍾嶸』。白口，板心邊有『陽山顧氏文房』六字。板心上方有『詩品上』『詩品中』『詩品下』字樣。序分三段置三品前。小標題爲陰文，品語正文爲陽文。標題另起一行，題下直接正文。除下品一些詩人外，上中品詩人後均有『詩』字（下品趙壹、范曄條後有『詩』字），與退翁本同，亦與《考索》大致相同。卷末有『鍾嶸詩品卷下終』七字。末署『正德丁丑長洲棣川顧氏雕』十一字。正文字迹模糊缺裂，後人刊刻不慎，易生訛誤，如『遺』誤爲『遣』字等。

《金陵全書》收録的《詩品》以南京圖書館藏明正德丁丑（一五一七）《顧氏文房小説》顧元慶刻本爲底本原大影印出版。

曹旭

# 鍾嶸詩品卷上

梁征遠記室參軍鍾嶸

氣之動物物之感人故搖蕩性情形諸舞詠照燭三才暉麗萬有靈祇待之以致饗幽微藉之以昭告動天地感鬼神莫近於詩昔南風之辭卿雲之頌厥義夐矣夏歌曰鬱陶乎予心楚謠曰名余曰正則雖詩體未全然是五言之濫觴也逮漢李陵始著五言之目矣古詩眇邈人世難詳推其文體固是炎漢之製非衰周之倡也自王揚枚馬之徒詞賦競爽而吟詠靡聞從李

都尉迄班婕妤將百年間有婦人焉一人而已詩人之風頓已缺喪東京二百載中惟有班固詠史質木無文降及建安曹公父子篤好斯文平原兄弟鬱爲文棟劉楨王粲爲其羽翼次有攀龍托鳳自致於屬車者蓋將百計彬彬之盛大備於時矣爾後陵遲衰微迄於有晉太康中三張二陸兩潘一左敎爾復興踵武前王風流未沫亦文章之中興也永嘉時貴黃老稍尚虛談于時篇什理過其辭淡乎寡味爰及江表微波尚傳孫綽許詢桓庾諸公詩皆平典似道德

論建安風力盡矣先是郭景純用雋上之才變創其体劉越石仗清剛之氣贊成厥美然彼衆我寡未能動俗逮義熙中謝益壽斐然繼作元嘉中有謝靈運才高詞盛富艶難蹤固已含跨劉郭陵轢潘左故知陳思爲建安之傑公幹仲宣爲輔陸機爲太康之英安仁景陽爲輔謝客爲元嘉之雄顔延年爲輔斯皆五言之冠冕文詞之命世也夫四言文約易廣取效風騷便可多得每苦文繁而意少故世罕習焉五言居文詞之要是衆作之有滋味者也故云會於流俗

豈不以指事造形窮情寫物最爲詳切者耶故詩有六義焉一曰興二曰比三曰賦文已盡而意有餘興也因物喻志比也直書其事寓言寫物賦也弘斯三義酌而用之幹之以風力潤之以丹彩使味之者無極聞之者動心是詩之至也若專用比興則患在意深意深則詞躓若但用賦體則患在意浮意浮則文散嬉成流移文無止泊有蕪漫之累矣若乃春風春鳥秋月秋蟬夏雲暑雨冬月祁寒斯四候之感諸詩者也嘉會寄詩以親離群託詩以怨至於楚臣去境

漢妾辭宮或骨橫朔野或魂逐飛蓬或負戈外戍殺氣雄邊塞客衣單孀閨淚盡文士有解佩出朝一去忘返女有揚蛾入寵再盼傾國凡斯種種感蕩心靈非陳詩何以展其義非長歌何以騁其情故曰詩可以羣可以怨使窮賤易安幽居靡悶莫尚於詩矣故詞人作者罔不愛好今之士俗斯風熾矣纔能勝衣甫就小學必甘心而馳騖焉於是庸音雜體各各爲容至使膏腴子弟恥文不逮終朝點綴分夜呻吟獨觀謂爲警策衆觀終淪平鈍次有輕薄之徒笑曹劉

爲古拙謂鮑昭羲皇上人謝朓今古獨步而師鮑昭終不及日中市朝滿學謝朓劣得黃鳥度青枝徒自棄於高聽無涉於文流矣觀王公搢紳之士每博論之餘何嘗不以詩爲口實隨其嗜慾商榷不同淄澠並泛朱紫相奪喧議競起準的無依近彭城劉士章儁賞之士疾其淆亂欲爲當世詩品口陳標榜其文未遂感而作焉昔九品論人七畧裁士校以賓實誠多未值至若詩之爲技較爾可知以類推之殆均博奕方今皇帝資生知之上才體沉鬱之幽思文麗日

月嘗究天人昔在貴遊已爲稱首況八紘既奄風靡雲蒸抱玉者聯肩握珠者踵武以瞰漢魏而不顧吞晋宋於胷中諒非農歌轅議敢致流別嶸之今録庶周旋於閭里均之於談笑耳

**古詩** 其體源出於國風陸機所擬十四首文温以麗意悲而遠驚心動魄可謂幾乎一字千金其外去者日以踈四十五首雖多哀怨頗爲總雜舊疑是建安中曹王所製客從遠方來橘柚垂華實亦爲驚絶矣人代冥滅而清音獨遠悲夫

**漢都尉李陵詩** 其源出於楚辭文多悽怨者之

流陵名家子有殊才生命不諧聲頹身喪使陵不遭辛苦其文亦何能至此

**漢婕妤班姬詩** 其源出於李陵團扇短章辭旨清捷怨深文綺得匹婦之致侏儒一節可以知其工矣

**魏陳思王植詩** 其源出於國風骨氣奇高詞彩華茂情兼雅怨體被文質粲溢今古卓爾不群嗟乎陳思之於文章也譬人倫之有周孔鱗羽之有龍鳳音樂之有琴笙女工之有黼黻俾爾懷鉛吮墨者抱篇章而景慕映餘暉以自燭故

孔氏之門如用詩則公榦升堂思王入室景陽潘陸自可坐於廊廡之間矣

**魏文學劉楨詩** 其源出於古詩仗氣愛奇動多振絕眞骨凌霜高風跨俗但氣過其文雕潤恨少然自陳思已下楨稱獨步

**魏侍中王粲詩** 其源出於李陵發愀愴之詞文秀而質羸在曹劉間別構一體方陳思不足比魏文有餘

**晉步兵阮籍詩** 其源出於小雅無雕蟲之功而詠懷之作可以陶性靈發幽思言在耳目之內

情寄八荒之表洋洋乎會於風雅使人忘其鄙近自致遠大頗多感慨之詞厥旨淵放歸趣難求顏延年註解法言其志

晉平原相陸機詩　其源出於陳思才高辭贍舉體華美氣少於公幹文劣於仲宣尚規矩不貴綺錯有傷直致之奇然其咀嚼英華厭飫膏澤文章之淵泉也張公歎其大才信矣

晉黃門郎潘岳詩　其源出於仲宣翰林歎其翩翩然如翔禽之有羽毛衣服之有綃縠猶淺於陸機謝混云潘詩爛若舒錦無處不佳陸文如

披沙簡金往往見寶嶸謂益壽輕華故以潘勝翰林篤論故歎陸爲深余常言陸才如海潘才如江

晉黃門郎張協詩　其源出於王粲文體華淨少病累又巧構形似之言雄於潘岳靡於太冲風流調達實曠代之高手詞彩葱蒨音韻鏗鏘使人味之亹亹不倦

晉記室左思詩　其源出於公幹文典以怨頗爲精切得諷諭之致雖野於陸機而深於潘岳謝康樂常言左太冲詩潘安仁詩古今難比

宋臨川太守謝靈運詩　其源出於陳思雜有景陽之體故尚巧似而逸蕩過之頗以繁蕪爲累嶸謂若人興多才高博寓目輒書內無乏思外無遺物其繁富宜哉然名章迥句處處間起麗典新聲絡繹奔會譬猶青松之拔灌木白玉之映塵沙未足貶其高潔也初錢塘杜明師夜夢東南有人來入其館是夕即靈運生於會稽旬日而謝玄亡其家以子孫難得送靈運於杜治養之十五方還都故名客兒治音稚奉道之家靖室也

鍾嶸詩品卷之上

# 鍾嶸詩品卷中

梁征遠記室參軍鍾嶸

一品之中畧以世代爲先後不以優劣爲詮次又其人既往其文克定今所寓言不録存者夫屬詞比事乃爲通談若乃經國文符應資博古撰德駁奏宜窮往烈至乎吟詠情性亦何貴於用事思君如流水既是即目高臺多悲風亦唯所見清晨登隴首羌無故實明月照積雪詎出經史觀古今勝語多非補假皆由直尋顔延謝莊尤爲繁密於時化之故大明泰始中文章殆

同書抄近任昉王元長等辭不貴奇競須新事爾來作者寖以成俗遂乃句無虛語語無虛字拘攣補衲蠹文已甚但自然英旨罕值其人詞既失高則宜加事義雖謝天才且表斈問亦一理乎陸機文賦通而無貶李充翰林疎而不切王微鴻寶密而無裁顔延論文精而難曉摯虞文志詳而博贍頗曰知言觀斯数家皆就談文體而不顯優劣至於謝客集詩逢詩輒取張隲文士逢文即書諸英志錄並義在文曾無品第嶸今所錄止乎五言雖然網羅今古詞文殆集

輕欲辨彰清濁掎摭病利凡百二十人預此宗流者便稱才子至斯三品升降差非定制方申变裁請寄知者爾

**漢上計秦嘉嘉妻徐淑詩** 夫妻事既可傷文亦悽怨爲五言者不過數家而婦人居二徐淑叙别之作亞於團扇矣

**魏文帝詩** 其源出於李陵頗有仲宣之体則新奇百許篇率皆鄙直如偶語惟西北有浮雲十餘首殊美贍可翫始見其工矣不然何以銓衡羣彦對揚厥弟者耶

晉中散嵇康詩　頗似魏文過爲峻切訐直露才傷淵雅之致然託諭清遠良有鑒裁亦未失高流矣

晉司空張華詩　其源出於王粲其體華艷興託不奇巧用文字務爲妍冶雖名高曩代而疏亮之士猶恨其兒女情多風雲氣少謝康樂云張公雖復千篇猶一體耳今置之中品疑弱處之下科恨少在季孟之間矣

魏尚書何晏晉馮翊守孫楚晉著作王贊晉王司徒掾張翰晉中書令潘尼詩　平叔鴻鴈之篇風規見矣子荊零雨之外正長朔風之後雖有

陽山顧氏文房

累札良亦無聞季鷹黄華之唱正叔緑蘩之章雖不具美而文彩高麗並得虬龍片甲鳳凰一毛事同駁聖宜居中品

**魏侍中應璩詩**

祖襲魏文善爲古語指事殷勤雅意深篤得詩人激刺之旨至於濟濟今日所華靡可諷味焉

**晉清河守陸雲　晉侍中石崇　晉襄城太　曹攄　晉朗陵公何劭**

清河之方平原殆如陳思之匹白馬于其哲昆故稱二陸季倫顏遠並有英篇篤而論之朗陵爲最

晉太尉劉琨晉中郎劉湛詩　其源出於王粲善爲悽戾之詞自有清拔之氣琨既體良才又罹厄運故善叙喪亂多感恨之詞中郎仰之微不逮者矣

晉弘農太守郭璞詩　憲章潘岳文體相輝彪炳可翫始變永嘉平淡之體故稱中興第一翰林以爲詩首但遊仙之作辭多慷慨乖遠玄宗而云柰何虎豹姿又云戢翼棲榛梗乃是坎壈詠懷非列仙之趣也

晉吏部郎袁宏詩　彦伯詠史雖文體未遒而鮮

明緊健去凡俗遠矣

**晉處士郭泰機晉常侍顧愷之宋謝世基宋參軍顧邁宋參軍戴凱詩**

泰機寒女之製孤怨宜恨長康能以二韻答四首之美世基橫海顧邁鴻飛戴凱人實貧羸而才章富健觀此五子文雖不多氣調警拔吾許其進則鮑昭江淹未足逮止越居中品僉曰宜哉

**宋徵士陶潛詩**

其源出於應璩又協左思風力文體省靜殆無長語篤意眞古辭興婉愜每觀其文想其人德世歎其質直至如歡言醉春酒

日暮天無雲風華清靡豈直爲田家語耶古今隱逸詩人之宗也

**宋光祿大夫顔延之詩** 其源出於陸機尚巧似體裁綺密情喻淵深動無虛散一句一字皆致意焉又喜用古事彌見拘束雖乖秀逸是經綸文雅才雅才減若人則蹈於困躓矣湯惠休曰謝詩如芙蓉出水顔如錯彩鏤金顔終身病之

**宋豫章太守謝瞻宋僕射謝混宋太尉袁淑宋徵君王微宋征虜將軍王僧達詩** 其源出於張華才力苦弱故務其清淺殊得風流媚趣課其

實録則豫章僕射宜分庭抗禮徵君太尉可託乘後車征虜卓卓殆欲度驊騮前

**宋法曹參軍謝惠連詩** 小謝才思富捷恨其蘭玉夙凋故長轡未騁秋懷擣衣之作雖復靈運鋭思亦何以加焉又工爲綺麗歌謡風人第一謝氏家録云康樂每對惠連輒得佳語後在永嘉西堂思詩竟日不就寤寐間忽見惠連即成池塘生春草故常云此語有神助非吾語也

**宋參軍鮑昭詩** 其源出於二張善製形狀寫物之詞得景陽之諔詭含茂先之靡嫚骨節強於

謝混駈邁疾於顏延總四家而擅美跨兩代而孤出嗟其才秀人微故取湮當代然貴尚巧似不避危仄頗傷清雅之調故言險俗者多以附照

**齊吏部謝朓詩** 其源出於謝混微傷細密頗在不倫一章之中自有玉石然奇章秀句往往警遒足使叔源失步明遠變色善自發詩端而未篇多躓此意銳而才弱也至為後進士子之所嗟慕朓極與余論詩感激頓挫過其文

**齊光祿江淹詩** 文通詩體總雜善於摹擬筋力於王微成就於謝朓初淹罷宣城郡遂宿冶亭

夢一美丈夫自稱郭璞謂淹曰吾有筆在卿處多年矣可以見還淹探懷中得五色筆以授之爾後爲詩不復成語故世傳江淹才盡

**梁衛將軍范雲梁中書郎丘遲詩** 范詩清便宛轉如流風迴雪丘詩點綴暎媚似落花依草故當淺於江淹而秀於任昉

**梁太常任昉詩** 彥昇少年爲詩不工故世稱沈詩任筆昉深恨之晚節愛好既篤文亦遒變若銓事理拓體淵雅得國士之風故擢居中品但昉既博物動輙用事所以詩不得奇少年士子

效其如此弊矣

梁左光禄沈約詩　觀休文衆製五言最優詳其文體察其餘論固知憲章鮑明遠也所以不閑於經綸而長於清怨永明相王愛文王元長等皆宗附之約于時謝朓未遒江淹才盡范雲名級故微故約稱獨步雖文不至其功麗亦一時之選也見重閭里誦詠成音嶸謂約所著既多今翦除淫雜收其精要允爲中品之第矣故當詞密於范意淺於江也

鍾嶸詩品卷中

# 鍾嶸詩品卷下

梁征遠記室參軍鍾嶸

昔曹劉殆文章之聖陸謝爲體貳之才鋭精研思千百年中而不聞宮商之辨四聲之論或謂前達偶然不見豈其然乎嘗試言之古曰詩頌皆被之金竹故非調五音無以諧會若置酒高堂上明月照高樓爲韻之首故三祖之詞文或不工而韻入歌唱此重音韻之義也與世之言宮商異矣今既不備管絃亦何取於聲律耶齊有王元長者嘗謂余云宮商與二儀俱生自古

詞人不知之唯顏憲子乃云律呂音調而其實大謬唯見范曄謝莊頗識之耳常欲進知音論未就王元長創其首謝朓沈約揚其波三賢或貴公子孫幼有文辨於是士流景慕務爲精密襞積細微專相淩架故使文多拘忌傷其眞美余謂文製本須諷讀不可蹇礙但令清濁通流口吻調利斯爲足矣至平上去入則余病未能蜂腰鶴膝閭里已具陳思贈弟仲宣七哀公幹思友阮籍詠懷子卿雙鳧叔夜雙鸞茂先寒夕平叔衣單安仁倦暑景陽苦雨靈運鄴中士衡

擬古越石感亂景純詠仙王微風月謝客山泉叔源離宴鮑昭戍邊太冲詠史顔延入洛陶公詠貧之製惠連擣衣之作斯皆五言之警策者也所謂篇章之珠澤文彩之鄧林

**漢令史班固漢孝廉酈炎漢上計趙壹詩**　孟堅才流而老於掌故觀其詠史有感歎之詞文勝託詠靈芝觀懷寄不淺元叔散憤蘭蕙指斥囊錢苦言切句良亦勤矣斯人也而有斯困悲夫

**魏武帝魏明帝**　曹公古直甚有悲涼之句叡不如丕亦稱三祖

魏白馬王彪魏文學徐幹 白馬與陳思答贈偉長與公幹往復雖曰以莛扣鍾亦能閑雅矣

魏倉曹屬阮瑀晉頓丘太守歐陽建晉文學應璩晉中書令嵇含晉河南太守阮偘晉侍中嵇紹晉黄門棗據 元瑜堅石七君詩並平典不失古體大檢似而二嵇微優矣

晉中書張載晉司隸傅玄晉太僕傅咸侍中繆襲散騎常侍夏侯湛 孟陽詩乃遠慙厥弟而近超兩傅長虞父子繁富可嘉孝冲雖曰後進見重安仁熙伯挽歌唯以造哀爾

晉驃騎王濟　晉征南將軍杜預　晉廷尉孫綽　晉徵士許詢

永嘉以來清虛在俗王武子輩詩貴道家之言爰洎江表玄風尚備眞長仲祖桓庾諸公猶相襲世稱孫許彌善恬淡之詞

晉徵士戴逵　晉東陽太守殷仲文

晉宋之際殆無詩乎義熙中以謝益壽殷仲文爲華綺之冠殷不競矣

宋尚書令傅亮

季友文余常忽而不察今沈特進撰詩載其數首亦復平矣

宋記室何長瑜　羊曜璠　宋詹事范曄

詩乃不稱

其才亦爲鮮舉矣

宋孝武帝宋南平王鑠宋建平王宏　孝武詩彫文織綵過爲精密爲二藩希慕見稱輕巧矣

宋光祿謝莊　希逸詩氣候清雅不逮於范袁然興屬閑長良無鄙促也

宋御史蘇寶生宋中書令史陵修之宋典祠令任曇緒宋越騎戴法興　蘇陵任戴並著篇章亦爲搢紳之所嗟詠人非文才是愈甚可嘉焉

宋監典事區惠恭　惠恭本胡人爲顏師伯幹顏爲詩筆輙偷定之後造獨樂賦語侵給主被斥

及大將軍修北第差充作長時謝惠連兼記室參軍惠恭時往共安陵嘲調末作雙枕詩以示謝謝曰君誠能恐人未重且可以爲謝法曹造遣大將軍見之賞歎以錦二端賜謝謝辭曰此詩公作長所製請以錦賜之

齊惠休上人齊道猷上人齊釋寶月

惠休淫靡情過其才世遂匹之鮑照恐商周矣羊曜璠云是顏公忌照之文故立休鮑之論庾白二胡亦有清句行路難是東陽柴廓所造寶月嘗憩其家會廓亡因切而有之廓子賫手本出都欲訟

此事乃厚賂止之

**齊高帝　齊征北將軍張永　齊太尉王文憲**

齊高帝詩詞藻意深無所云少張景云雖謝文體頗有古意至如王師文憲既經國圖遠或忽是雕蟲

**齊黃門謝超宗　齊潯陽太守丘靈鞠　齊給事中郎劉祥　齊司徒長史檀超　齊正員郎鍾憲　齊諸暨令顏則　齊秀才顧則心**

檀謝七君並祖襲顏延欣欣不倦得士大夫之雅致乎余從祖正員常云大明泰始中鮑休美文殊已動俗唯此諸

人傳顏陸體用固執不如顏諸暨最荷家聲

**齊參軍毛伯成　齊朝請吳邁遠　齊朝請許瑤之**

伯成文不全佳亦多惆悵吳善於風人答贈許長於短句詠物湯休謂遠云吾詩可爲汝詩父以訪謝光祿云不然爾湯可爲庶兄

**齊鮑令暉　齊韓蘭英**

令暉歌詩往往斷絕清巧擬古尤勝唯百願淫矣昭常答孝武云臣妹才自亞於左芬臣才不及太冲爾蘭英綺密甚有名篇又善談笑齊武謂韓云借使二媛生於上葉則玉階之賦紈素之辭未詎多也

齊司徒長史張融　齊詹事孔稚珪

思光紆緩誕放，縱有乖文體，然亦捷疾豐饒，差不局促。德璋生於封谿，而文爲彫飾，青於藍矣。

齊寧朔將軍王融　齊中庶子劉繪

元長、士章，並有盛才，詞美英淨。至於五言之作，幾乎尺有所短。譬應變將略，非武侯所長，未足以貶卧龍。

齊僕射江祏

祏詩猗猗清潤，弟祀明靡可懷。

齊記室王巾　齊綏遠太守卞彬　齊端溪令卞録

王巾、二卞詩，並愛奇嶄絶。慕袁彦伯之風，雖不弘綽，而文體剿淨，去平美遠矣。

**齊諸暨令袁嘏** 嘏詩平平耳多自謂能常語徐太保尉云我詩有生氣須人促着不爾便飛去

**齊雍州刺史張欣泰　梁中書郎范縝** 欣泰子眞並希古勝文鄙薄俗製賞心流亮不失雅宗

**梁秀才陸厥** 觀厥文緯具識丈未之情狀自製未優非言之失也

**梁常侍虞羲　梁建陽令江洪** 子陽詩奇句清拔謝朓常嗟頌之洪雖無多亦能自迥出

**梁步兵鮑行卿　梁晉陵令孫察** 行卿少年甚擅風謠之美察最幽微而感賞至到耳

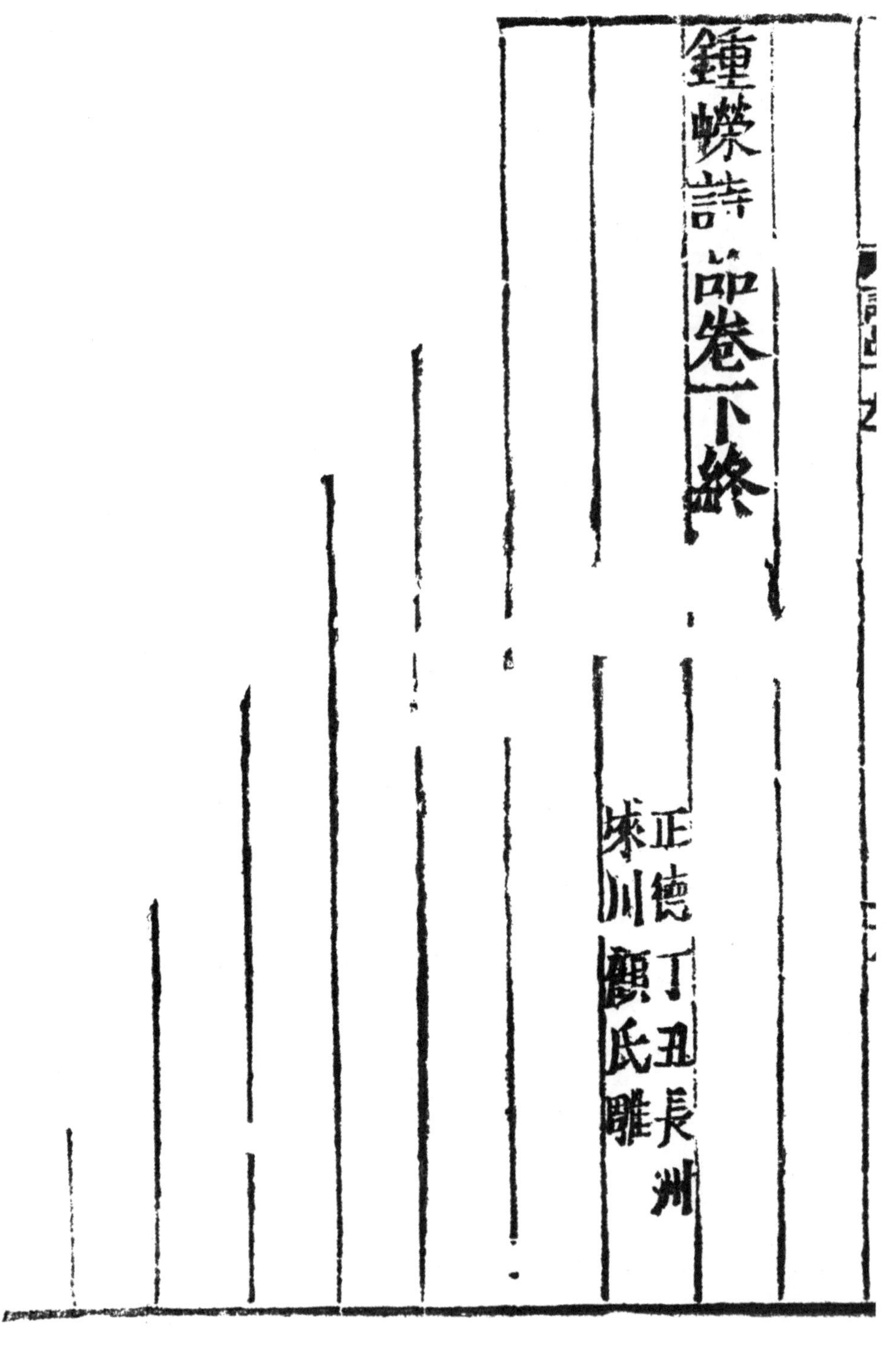

鍾嶸詩品卷下終

正德丁丑長洲

埭川顧氏雕

金陵全書

丁編·文獻類

# 古畫品録

（南朝梁）謝赫 撰

南京出版傳媒集團
南京出版社

# 提要

《古畫品録》一卷，南朝梁謝赫撰。

謝赫爲南朝宋、齊、梁時傑出的人物畫家，生卒年不詳。謝赫的生平未見於史，日本美術史論家金原省吾推測其與劉勰、鍾嶸約略同時。曾入梁『秘閣』，掌繪事，作有《安期先生圖》《晋明帝步輦圖》等，傳於後世。

漢代晚期以來的人物品藻風氣盛行，是通過品評向統治者推薦人才，不祇看人物的道德節操，且十分重視其才能、智慧等。到了晋代六朝時期，人物品藻主要是對人物氣質風度、神采風韵的審美評價，且品藻風氣由人物品評延伸至文學藝術品評。此際名家輩出，出現了數部輝耀後世的文學藝術名著，如南朝梁劉勰《文心雕龍》、南朝梁鍾嶸《詩品》、南朝梁謝赫《古畫品録》等。這些著作不僅代表了當時藝術和美學理論的最高水平，也是中國藝術史和美學史上具有里程碑意義的不朽之作。在書畫方面，東晋顧愷之的『以形寫神』，南朝梁謝赫的『氣韵生動』，南朝齊王僧虔的『書之妙道，神采爲上，形質次之』等觀點，都是受當時品藻風氣的影響，而且强調藝術神韵爲上的重要性，并把藝術之美與創作個體的精神氣質密切聯系，在先秦兩漢美學思想基礎上前進了一大步。

謝赫《古畫品録》所記録、品評的畫家，上至三國，下迄梁代。其中所録畫家丁光、江僧寶及陸杲等俱爲與謝赫同一時代人，因此《宋史·藝文志》又稱此書爲《古今畫品》。《古畫品録》自唐代以後，還有不少别稱，如《畫評》《畫品》《古今畫品》《古畫録》《古畫評》《古畫品》等。此書早已亡佚，在唐代刊印時，文字即有訛誤。此後數次翻印、徵引，且流傳版本甚多，如《歷代名畫記》本、《津逮祕書》本、《説郛》本、《古今圖書集成》本、《王氏畫苑》本、《佩文齋書畫譜》本等，各版本中脱錯之字尚待考證者不在少數。即便如此，也難掩其在中國美術美學史中的重要地位，這主要是由於此書中系統地提出了中國繪畫和批評『千年不易』的基本準則——謝赫『六法』，同時還保存了六朝時期許多重要畫家的信息。

《古畫品録》分兩部分：一是序論，二是畫品。在序論中，謝赫提出了『畫品』的基本原則，即『六法』：『六法者何？一氣韵生動是也，二骨法用筆是也，三應物象形是也，四隨類賦彩是也，五經營位置是也，六傳移模寫是也。』

『六法』遠承先秦以來儒家所講『六氣』『六律』，賈誼《六術》所云『六理』『六法』『六行』等概念，近參劉勰《文心雕龍·知音》以『六觀』論詩文優劣，使繪畫創作技巧、批評準則從零星點評上升到自成體系的高階段，對後世繪畫發展影響深遠。而冠於『六法』之首的『氣韵生動』，又是『六法』中最爲核心的部分，書中的畫家品評和相關繪畫藝術問題都圍繞其而闡發。對於這『六法』的掌握與靈活運用，確實能反映出畫家的繪畫功力、技巧和對繪畫材料、繪畫語言的掌握程度，以及對客觀物象的體悟深度等。若能六法盡備，衆美兼擅，繪畫方能成爲上品。謝赫『六法』爲中國畫的創作與批評確立了一套完備且行之有效的理論，也指出了其後中國畫發展的審美理念、審美標準和發展路向。

正文『畫品』分列爲六品二十七人。謝赫正是以『六法』爲標準，將三國至梁代的二十七位畫家進行了品評。第一品陸探微、曹不興、衛協、張墨、荀勖；第二品顧駿之、陸綏、袁蒨；第三品姚曇度、顧愷之、毛惠遠、夏瞻、戴逵、江僧寶、吴暕、張則、陸杲；第四品蘧道愍、章繼伯、顧寶先、王微、史道碩；第五品劉瑱、晋明帝、劉紹祖；第六品宗炳、丁光。《古畫品録》之『品』，既指品評繪畫作品，同時也品評畫家或『畫人』。通觀全書，重點在『六法』的闡釋和『六品』的評定上，二者相得益彰，反映了當時的普遍審美觀念以及書畫藝術理論的漸進成熟。

歷史上，《古畫品録》各傳本人數之不一，也是美術史論家研討的問題。《四庫全書・子部八・提要》云：《古畫品録》，『等差畫家之優劣……陸探微以下，以次品第，各爲序引，其意頗矜慎，得二十七人。』《四庫》所謂《古畫品録》品評二十七人，與《王氏畫苑》《津逮祕書》諸本同。但據美術史論家史岩考證，今世行本均漏却劉胤祖一評，而評語見於《歷代名畫記》，其品序在第五品晉明帝下。從《古畫品録》品目之差違紛錯看，今傳本實乃古之殘篇，或者係後人掇拾《歷代名畫記》徵引而成，故劉胤祖一評當屬失抄者。可知全書人數當有二十八人或二十八人以上。

如今，除了被列爲三品的顧愷之尚有畫作或摹本傳世外，謝赫所記録、品評的其他畫家之畫作早已芳踪難覓，正是由於謝赫《古畫品録》的珍貴記録和品評，使得那二十多位藝術家的藝術風采得以不被時光塵封、歲月湮没，而爲今人所知。尤爲難能可貴的是，作爲當時繪畫的記録者和品鑒者，謝赫撰寫《古畫品録》不爲權勢和社會地位等因素所干擾，把晉明帝列爲第五品的第二人，這種公正客觀的學術態度是值得後人學習的。

明萬曆金陵刻本《王氏書畫苑》本收有《古畫品録》，版本可分爲兩種：一是王世貞『以右副都御史撫治鄖陽』時所刻本，可稱之爲鄖陽本，此爲初刻本。王世貞於萬曆二年（一五七四）冬至萬曆四年（一五七六）秋任職於鄖陽，那麽鄖陽本的刊刻時間應在一五七四年冬至一五七六年秋之間。另一種是王世貞交付金陵王孟起所刻之本，可稱之爲金陵本，此爲重刻本。金陵刻本《古畫品録》，白口，單黑魚尾，半葉十行，行二十字，左右雙邊。《王氏書畫苑》卷十末有『萬曆庚寅歲夏五月王氏淮南書院重刊』字樣，其刊刻時間應在萬曆十八年（一五九〇）。

《金陵全書》收録的《古畫品録》即以南京圖書館藏明萬曆金陵刻本《王氏書畫苑》本爲底本原大影印出版。

歐陽摩壹

# 古畫品錄

南齊謝赫撰

夫畫品者蓋衆畫之優劣也圖繪者莫不明勸戒著升沈千載寂寥披圖可鑒雖畫有六法罕能盡該而自古及今各善一節六法者何一氣韻生動是也二骨法用筆是也三應物象形是也四隨類賦彩是也五經營位置是也六傳移模寫是也唯陸探微衛協備該之矣然迹有巧拙藝無古今謹依遠近隨其品第裁成序引故此所述不廣其源但傳出自神仙莫之聞見也

第一品 五人

陸探微 事五代宋明帝吴人

窮理盡性事絶言象包前孕後古今獨立非復激揚所能稱賛但價重之極乎上上品之外無他寄言故屈標第一等

曹不興 五代吴時事孫權吴興人

不興之迹殆莫復傳唯秘閣之内一龍而已觀其風骨名豈虚成

衞協 五代晉時

古畫之略至協始精六法之中迨爲兼善雖不説備

形妙頗得壯氣凌跨羣雄曠代絶筆

張墨　荀勗

風範氣候極妙參神但取精靈遺其骨法若拘以體物則未見精粹若取之象外方厭高腴可謂微妙也

第二品 三人

顧駿之

神韻氣力不逮前賢精微謹細有過往哲始變古則今賦彩製形皆創新意若包犧始更卦體史籀初改書法嘗結構層樓以爲畫所風雨炎燠之時故不操筆天和氣爽之日方乃染毫登樓去梯妻子罕見畫

蟬雀駿之始也宋大明中天下莫敢競矣

陸綏

體韻遒舉風彩飄然一點一拂動筆皆奇傳世蓋少所謂希見卷軸故爲寶也

袁蒨

比方陸氏最爲高逸象人之妙亞美前賢但志守師法更無新意然和璧微玷豈貶十城之價也

第三品九人

姚曇度

畫有逸方巧變鋒出魑魅神鬼皆能絶妙同流眞爲

雅鄭兼善莫不俊拔出人意表天挺生知非學所及雖纖微長短往往失之而輿皁之中莫與爲匹豈直棟梁蕭艾可搪揬璵璠者哉

顧愷之 五代晉時晉陵無錫人字長康小字虎頭

格體精微筆無妄下但跡不逮意聲過其實

毛惠遠

畫體周贍無適弗該出入窮奇縱橫逸筆力遒韻雅超邁絕倫其揮霍必也極妙至於定質塊然未盡其善神鬼及馬泥滯於體頗有拙也

夏瞻

雖氣力不足而精彩有餘擅名遠代事非虚美

戴逵

情韻連綿風趣巧拔善圖賢聖百工所範荀衛已後實爲領袖及乎子顒能繼其美

江僧寶

斟酌袁陸親漸朱藍用筆骨梗甚有師法像人之外非其所長也

吴暕

體法雅媚製置才巧擅美當年有聲京洛

張則

意思橫逸動筆新奇師心獨見鄙於綜採變巧不竭若環之無端景多觸目謝題徐落云此二人後不得預焉

陸杲

體致不凡跨邁流俗時有合作往往出人點畫之間動流恢服傳於後者殆不盈握桂枝一芳足懷本性流液之素難效其功

第四品五人

蘧道愍　章繼伯

並善寺壁兼長畫扇人馬分數毫釐不失別體之妙

亦爲入神

顧寶先

全法陸家事事宗禀方之袁蒨可謂小巫

王微　史道碩五代晋時

並師荀衛各體善能然王得其細史傳其眞細而論之景玄爲劣

第五品三人

劉頊

用意綿密畫體纖細而筆跡困弱形製單省其於所長婦人爲最但纖細過度翻更失眞然觀察詳審甚

得悉態

晉明帝 諱紹元帝長子師王廙

雖略於形色頗得神氣筆跡超越亦有奇觀

劉紹祖

善於傳寫不閑其思至於雀鼠筆迹歷落往往出羣時人為之語號曰移畫然述而不作非畫所先

第六品 二人

宋炳

炳明於六法迄無適善而含毫命素必有損益跡非準的意足師放

丁光

雖擅名蟬雀而筆跡輕羸非不精謹乏於生氣

古畫品錄畢

金陵全書

丁編·文獻類

# 千字文

（南朝梁）周興嗣　撰

南京出版傳媒集團
南京出版社

# 提要

《千字文》一卷，南朝梁周興嗣撰。

周興嗣（？—五二一），字思纂，祖籍陳郡項（今河南沈丘），漢太子太傅周堪後代。高祖周凝，官至晋征西府參軍、宜都太守。周興嗣先輩遷居姑孰（今安徽當塗），他幼年時代受到良好的家庭環境熏陶。十三歲時，來到離家鄉姑孰七十公里外的京師建康（今江蘇南京），游學十餘載。在這期間，他博覽羣籍，通觀古今，走師訪友，以『才學邁世』，名噪一時。

南朝齊隆昌元年（四九四），侍中謝朏出任吴興（今浙江湖州）太守，他對周興嗣十分青睞，常常一起談論文史。任職期滿後，謝朏在朝廷極力推薦周興嗣的才學。後來，周興嗣被推舉爲桂陽郡丞。郡守王嶸很欣賞他，對他禮遇有加。

五〇二年，蕭衍代齊自立，建立梁朝，周興嗣認爲展示自己才華的時機來了，在第一時間上奏《休平賦》，以頌揚梁武帝。《休平賦》文辭藻華美，對仗工整，平仄押韵，宛若天成，梁武帝讀後頗爲贊賞，授予他安成王國侍郎，上班的地點就在華林省。在此期間，河南獻來一匹會隨着音樂跳舞的馬，梁武帝命周興嗣與待詔到沆、張率分別作賦。賦成，梁武帝認爲周興嗣寫得最好，擢升他爲員外散騎侍郎。梁武帝愛好文學，熟諳重用文人可以安邦治國、長治久安，他身邊網羅了一大批文人墨客，每逢重大事件和活動，這些文人就填詞作賦，歌功頌德。大多數文人因泥古不化，措詞常流於空泛和庸俗，唯獨周興嗣的賦詞清新雋永，别具一格，因而赢得梁武帝的青睞和信任。周興嗣先後奉命爲梁武帝起草過《光宅寺碑文》《銅表銘》《栅塘碣》《北伐檄》等重要文告，每每令梁武帝贊嘆不已。

梁武帝蕭衍出生在秣陵縣同夏里三橋宅（今南京城南），其父蕭順之是齊高帝蕭道成的族弟，官至丹陽尹。蕭衍一生喜愛讀書，年輕時多才多藝，學識廣博，曾是齊朝竟陵王蕭子良西邸文學集團的『竟陵八友』中人，與沈約、謝朓、王融、蕭琛、范雲、任昉、陸倕等過從甚密。他三十九歲建立梁朝，八十六歲因侯景之亂被餓死在臺城（皇宫）。在四十八年的皇帝生涯中，梁武帝深知讀書的重要性，希望自己的兄弟子侄能在太平環境中多讀些書，最好能够成爲飽學之士，經綸滿腹。爲此，他甚至自己親自登臺授課。由於没有合適的啓蒙讀物，而當時流行的一些典籍，如《尚書》《春秋》《左傳》《詩經》《史記》《漢書》《三國志》等對於初學者來説程度太深，讓人望而却步，梁武帝感到有必要編出一本適合的啓蒙讀物。據唐朝韋絢《劉賓客嘉話録》記載：『《千字文》，梁周興嗣編次，而有王右軍書者，人皆不曉其始。梁武教諸王書，令殷鐵石於大王書中撮一千字不重者，每字一片紙，雜碎無序。武帝召興嗣謂曰：「卿有才思，爲我韵之。」興嗣一夕編次進上，須髮皆白，而賞賜甚厚。』這段話翻譯成今天的語言意思是：梁武帝下令文學侍從殷鐵石在晋代大書法家王羲之『飄若浮雲，矯若惊龍』的手迹中拓下一千個各不相同的字，每紙一字。可是鷄零狗雜，雜亂無章，不便記憶。梁武帝尋思：若是將這一千個字編綴成一篇文章，豈不妙哉！於是，他召來自己最信賴的員外散騎侍郎周興嗣，講述了自己的想法，命令周興嗣將這一千個字編寫一篇互不重復而又通俗易懂的啓蒙讀物。周興嗣接受任務後，回到家中，閉上房門，將王羲之的這一千個字的紙片分攤在桌上、床上乃至地上，逐字揣摩，反復吟讀。入夜，萬籟俱寂，透過方格窗紙，但見周興嗣屋内燭光摇曳，人影浮動。就這樣，他苦思冥想了一整夜，直到晨曦微露，金鷄報曉時，終將這一千個字聯綴成一篇内涵豐富的四言韵書，這就是後來長期流傳於世的《千字文》。周興嗣因用腦過度，一夜之間須髮皆白。它的第一位讀者梁武帝讀後，拍案叫絶，連忙叫手下人送去刻印，刊行於世，作爲初學者的識字課本。周興嗣因出色地撰成《千字文》一書，解决了梁武帝的燃眉之急，深得梁武帝的歡心。梁武帝對他優渥有加，賞以金銀玉帛，并且將他擢升爲給事中，佐撰國史。此後，周興嗣不負所望，陸續編寫出《皇帝實録》《皇德記》《起居注》《職儀》等百餘卷，直到普通二年（五二一）病逝。唐朝姚思廉《梁書》卷四十九《文學傳》中有其傳記。

《千字文》被公認爲世界教育史上現存最早、使用時間最長、影響最大的識字課本，它比宋代編寫的《三字經》和《百家姓》成書時間要早四百年到六百年，與《三字經》《百家姓》配套成龍，合稱『三百千』，成爲中國封建社會啓蒙教育的入門教材。明代學者吕坤在談到啓蒙教育時説：『初入社學，八歲以下者，先讀《三字經》，以習見聞；讀《百家姓》，以便日用；讀《千字文》，以明義理。』清人曾有詩形象描繪兒童讀書的畫面：『一群烏鴉噪晚風，諸生齊放好喉嚨。趙錢孫李周吴鄭，天地玄黄宇宙洪。三字經完翻鑒略，千家詩畢念神童。其中有個聰明者，一日三行讀大中。』詩中的『天地玄黄宇宙洪』就是來自

《千字文》首句『天地玄黄，宇宙洪荒』。

《千字文》以『天地玄黄，宇宙洪荒』開頭，以『謂語助者，焉哉乎也』結尾，全文二百五十句，四字一句，互不重復，句句押韵，前後貫通，氣勢磅礴，朗朗上口，内容涉及天文、地理、歷史、農業、園藝、飲食起居、修身養性以及封建綱常禮教等諸多方面，穿插諸多常識，適合兒童誦讀。在『萬般皆下品，唯有讀書高』的封建時代，啓蒙教育尤爲重視識字。《千字文》開創了中國啓蒙讀物的先河，自《千字文》面世以後，各類幼學啓蒙讀物如雨後春笋般涌現，著名的有《三字經》《百家姓》《幼學瓊林》《增廣賢文》《龍文鞭影》《笠翁對韵》等。

值得一提的是，《千字文》問世後，當時就傳入了新羅、百濟和日本，隨後便出現了注釋、續編和改寫的版本，如《千字文帖》《千字文釋義》《千字文考略》《續千字文》《演千字文》《廣義千字文》等著述達數十種之多，并譯有英文、法文、拉丁文、意大利文等多種語言。《千字文》因其在中國文化史上的獨特地位，又成爲歷代書法家進行書法創作的重要素材。從王羲之第七代孫、隋朝高僧智永和尚書寫真草《千字文》八百册開始，歐陽詢、虞世南、褚遂良、孫過庭、張旭、懷素、蘇軾、趙孟頫、祝允明、傅山、啓功等歷代書法家均有不同書體的《千字文》作品傳世。

如今，盡管時過境遷，斗轉星移，但是，周興嗣在一千五百年前撰成的《千字文》，作爲中華優秀傳統文化的重要組成部分，仍具有其歷史價值和時代價值。

智永真草《千字文》傳世版本有二，一爲『墨迹本』，唐代隨遣唐使傳入日本，現藏於日本小川簡齋家，册裝紙本，首頁殘缺，王國維《東山雜記》曰：『日本小川簡齋藏智永真草千字文墨迹，蓋當時所書八百本之一，行款與關中石本相同，其行筆全用右軍家法，而往往有北朝寫經遺意。』另一版本爲『關中本』，北宋大觀三年（一一〇九）薛嗣昌根據長安崔氏所藏真迹刻於石碑，原刻石已佚，據其翻刻者現保存於西安碑林博物館。《金陵全書》收録的《千字文》以西安碑林博物館藏『關中本』碑刻爲底本影印出版。

朱明娥

草字千字文 勑員外散騎侍郎周興嗣次韻

天地玄黃宇宙洪荒日月

天地玄黃宇宙洪荒日月

盈昃辰宿列張寒來暑往

盈昃辰宿列張寒來暑往

秋收冬藏閏餘成歲律呂
秋收冬藏閏餘成歲律呂
調陽雲騰致雨露結爲霜
調陽雲騰致雨露結爲霜
金生麗水玉出崑崗劍號
金生麗水玉出崑崗劍號

巨闕珠稱夜光菓珎李柰
巨闕珠稱夜光菓珎李柰
菜重芥薑海鹹河淡鱗潛
菜重芥薑海鹹河淡鱗潛
羽翔龍師火帝鳥官人皇
羽翔龍師火帝鳥官人皇

始制文字乃服衣裳推位

始制文字乃服衣裳推位

讓國有虞陶唐弔民伐罪

讓國有虞陶唐弔民伐罪

周發殷湯坐朝問道垂拱

周發殷湯坐朝問道垂拱

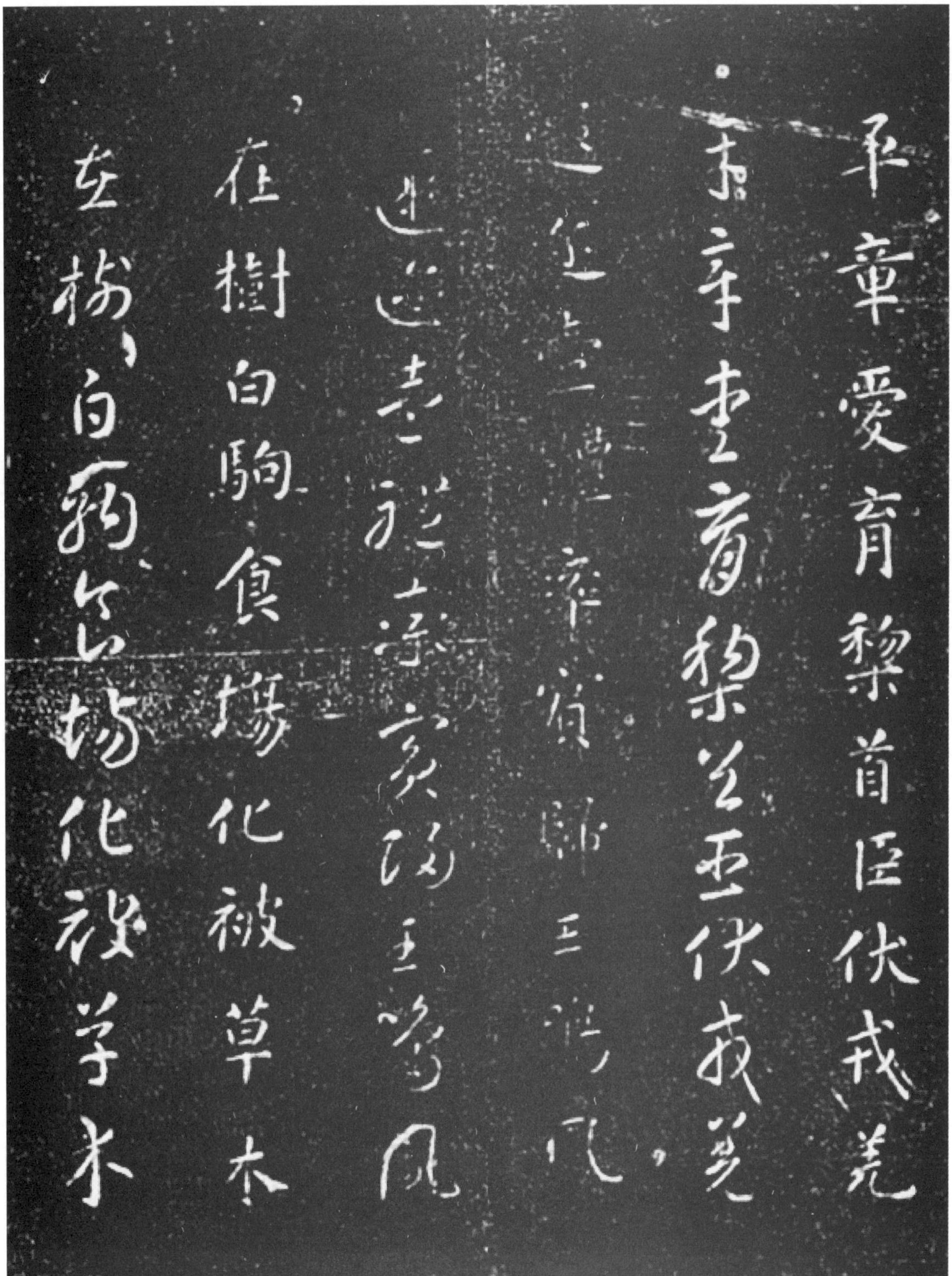

平章愛育黎首臣伏戎羌
平章愛育黎首臣伏戎羌
遐邇壹體率賓歸王鳴鳳
遐邇壹體率賓歸王鳴鳳
在樹白駒食場化被草木
在樹白駒食場化被草木

賴及萬方蓋此身髮四大
賴及萬方蓋此身髮四大
五常恭惟鞠養豈敢毀傷
五常恭惟鞠養豈敢毀傷
女慕貞絜男效才良知過
女慕貞絜男效才良知過

必改得能莫忘罔談彼短

必改得能莫忘罔談彼短

靡恃己長信使可覆器欲

靡恃己長信使可覆器欲

難量墨悲絲染詩讚羔羊

難量墨悲絲染詩讚羔羊

二

景行維賢剋念作聖德建

景行維賢剋念作聖德建

名立形端表正空谷傳聲

名立形端表正空谷傳聲

虛堂習聽禍因惡積福緣

虛堂習聽禍因惡積福緣

善慶尺璧非寶寸陰是競
善慶尺璧非寶寸陰是競
資父事君曰嚴與敬孝當
資父事君曰嚴與敬孝當
竭力忠則盡命臨深履薄
竭力忠則盡命臨深履薄

夙興溫凊似蘭斯馨如松
夙興溫凊似蘭斯馨如松
之盛川流不息淵澄取映
之盛川流不息淵澄取映
容止若思言辭安定篤初
容止若思言辭安定篤初

誠美慎終宜令榮業所基

誠美慎終宜令榮業所基

籍甚無竟學優登仕攝職

籍甚無竟學優登仕攝職

從政存以甘棠去而益詠

從政存以甘棠去而益詠

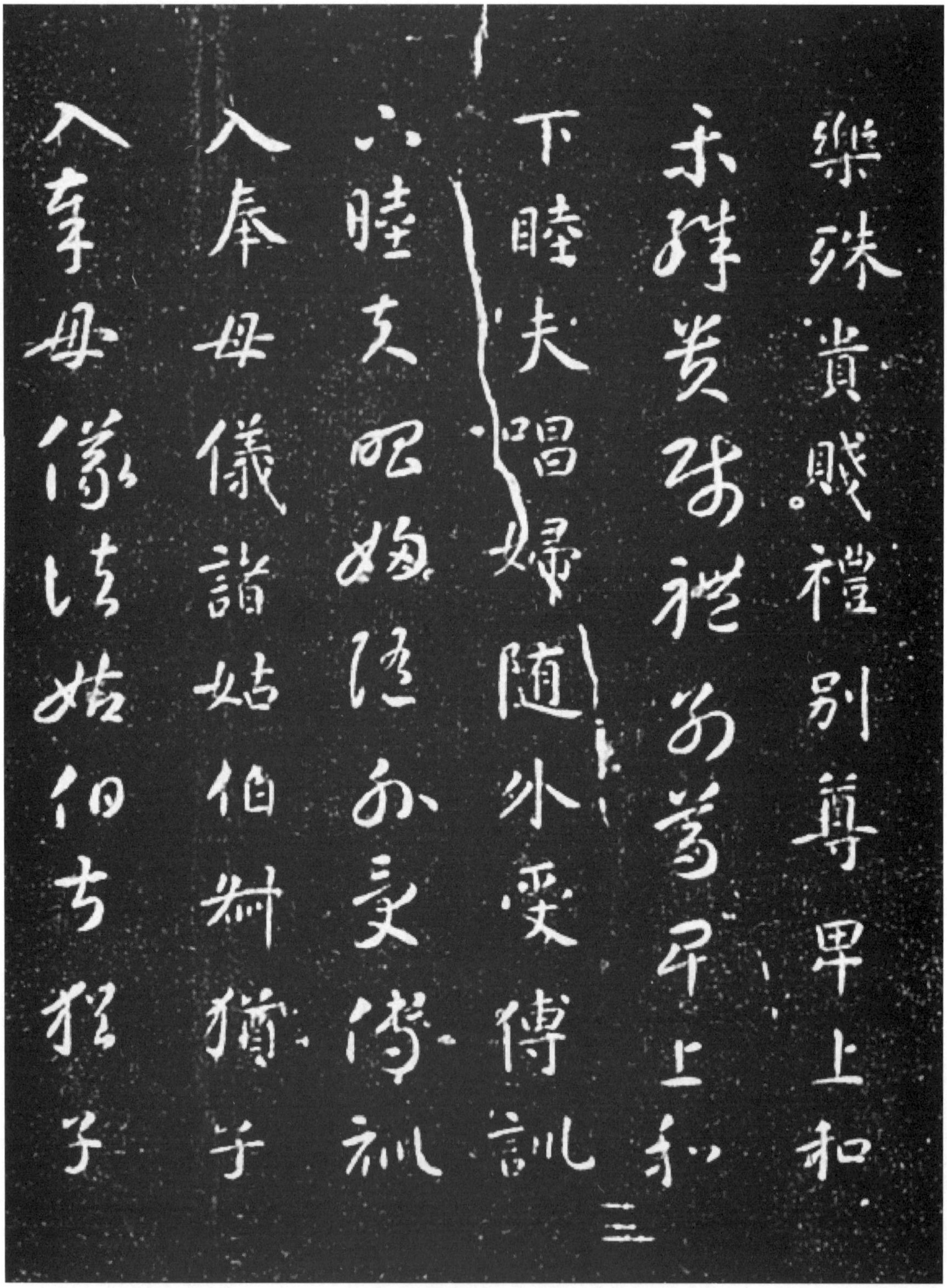
樂殊貴賤禮別尊卑上和
樂殊貴賤禮別尊卑上和
下睦夫唱婦隨外受傅訓
下睦夫唱婦隨外受傅訓
三
入奉母儀諸姑伯叔猶子
入奉母儀諸姑伯叔猶子

比兒孔懷兄弟同氣連枝
比兒孔懷兄弟同氣連枝
交友投分切磨箴規仁慈
交友投分切磨箴規仁慈
隱惻造次弗離節義廉退
隱惻造次弗離節義廉退

顛沛匪虧性靜情逸心動
顛沛匪虧性靜情逸心動
神疲守真志滿逐物意移
神疲守真志滿逐物意移
堅持雅操好爵自縻都邑
堅持雅操好爵自縻都邑

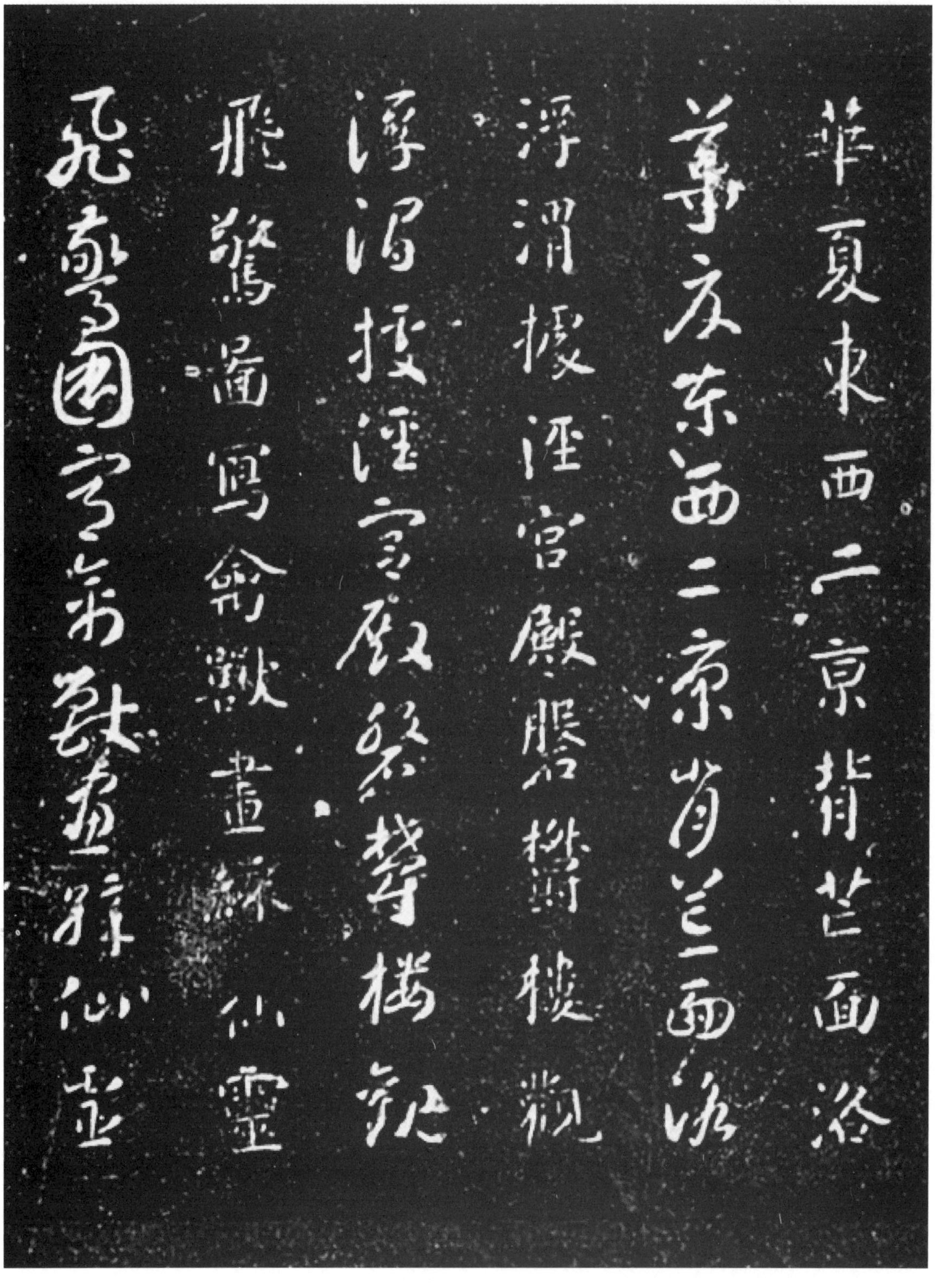
華夏東西二京背芒面洛
華夏東西二京背芒面洛
浮渭據涇宮殿盤鬱樓觀
浮渭據涇宮殿盤鬱樓觀
飛驚圖寫禽獸畫綵仙靈
飛驚圖寫禽獸畫綵仙靈

丙舍傍啓甲帳對楹肆筵
丙舍傍啓甲帳對楹肆筵
設席鼓瑟吹笙陞階納陛
設席鼓瑟吹笙陞階納陛
弁轉疑星右通廣内左達
弁轉疑星右通廣内左達

四

承明既集墳典亦聚群英
承明既集墳典亦聚群英
杜稾鍾隸漆書壁經府羅
杜稾鍾隸漆書壁經府羅
將相路俠槐卿戶封八縣
將相路俠槐卿戶封八縣

家給千兵高冠陪輦驅轂
家給千兵高冠陪輦驅轂
振纓世祿侈富車駕肥輕
振纓世祿侈富車駕肥輕
策功茂實勒碑刻銘磻溪
策功茂實勒碑刻銘磻溪

伊尹佐時阿衡奄宅曲阜
伊尹佐時阿衡奄宅曲阜
微旦孰營桓公匡合濟弱
微旦孰營桓公匡合濟弱
扶傾綺回漢惠說感武丁
扶傾綺回漢惠說感武丁

俊乂密勿多士寔寧晉楚
俊乂密勿多士寔寧晉楚
更霸趙魏困橫假途滅虢
更霸趙魏困橫假途滅虢
踐土會盟何遵約法韓弊
踐土會盟何遵約法韓弊

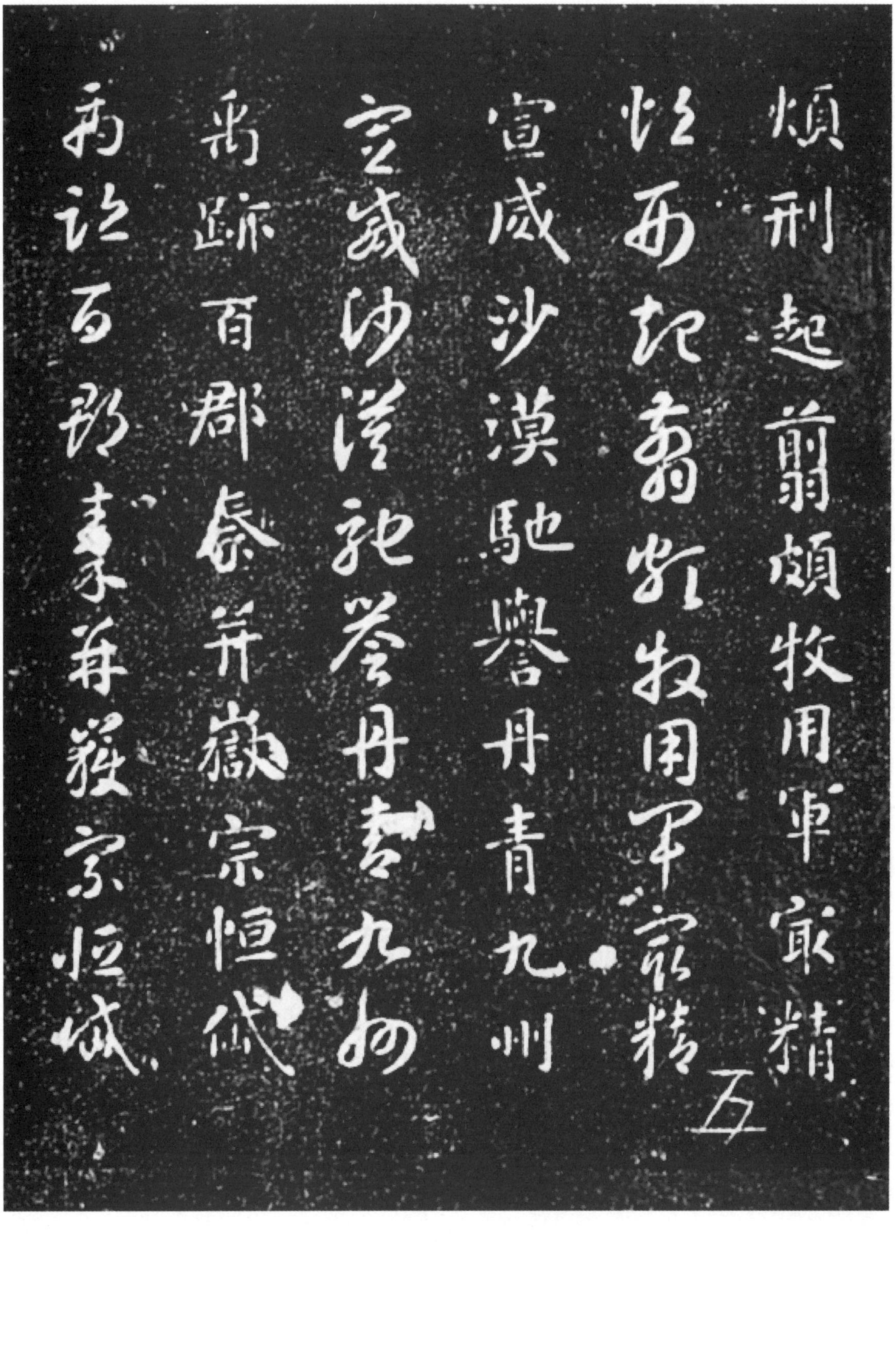
煩刑起翦頗牧用軍最精
煩刑起翦頗牧用軍最精
宣威沙漠馳譽丹青九州
宣威沙漠馳譽丹青九州
禹跡百郡秦并嶽宗恆岱
禹跡百郡秦并嶽宗恆岱

禪主云亭鴈門紫塞雞田
禪主云亭鴈門紫塞雞田
赤城昆池碣石鉅野洞庭
赤城昆池碣石鉅野洞庭
曠遠緜邈巖岫杳冥治本
曠遠緜邈巖岫杳冥治本

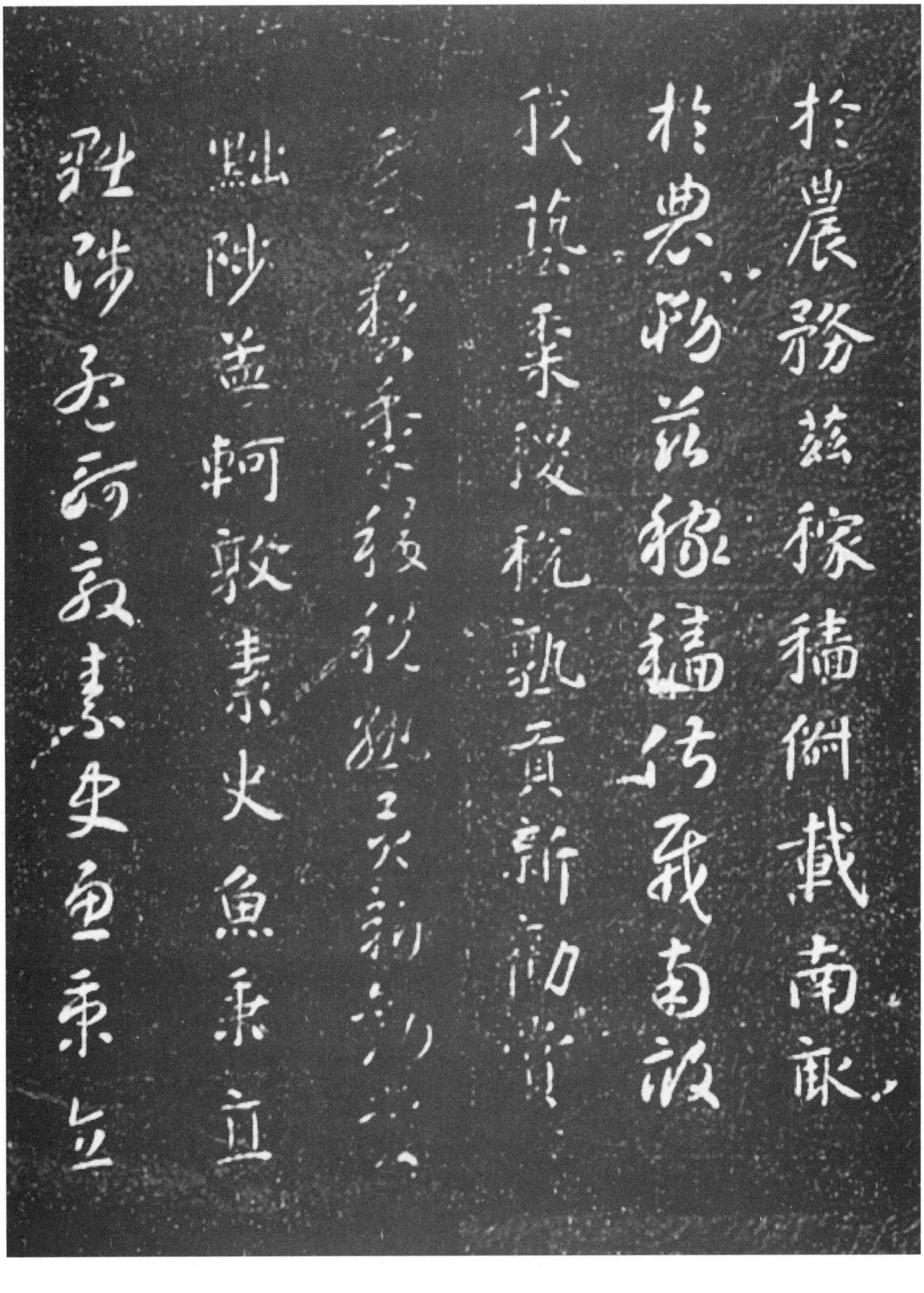
於農務茲稼穡俶載南畝
於農務茲稼穡俶載南畝
我藝黍稷稅熟貢新勸賞
我藝黍稷稅熟貢新勸賞
黜陟孟軻敦素史魚秉直
黜陟孟軻敦素史魚秉直

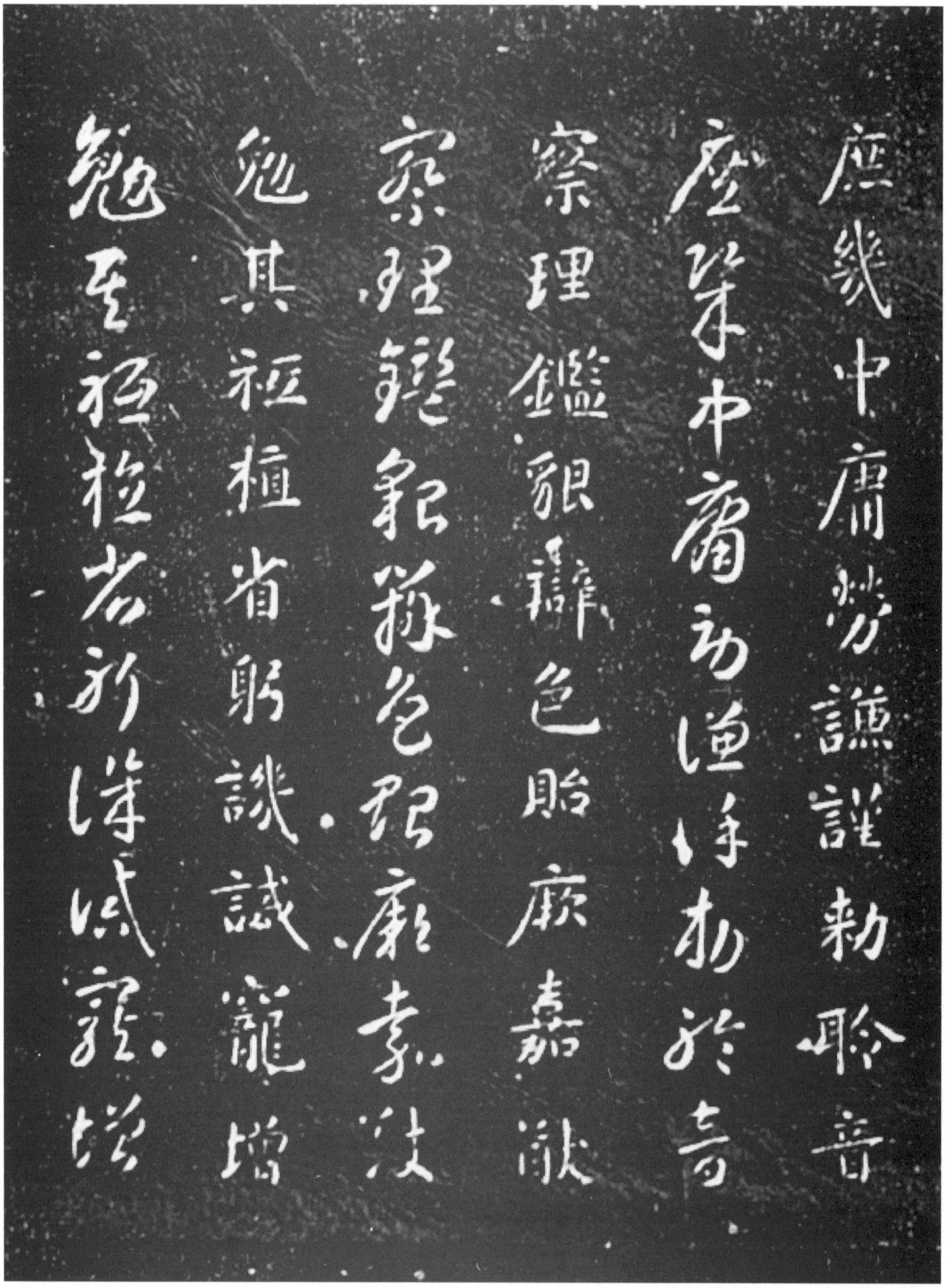
庶幾中庸勞謙謹敕聆音
庶幾中庸勞謙謹敕聆音
察理鑒貌辨色貽厥嘉猷
察理鑒貌辨色貽厥嘉猷
勉其祗植省躬譏誡寵增
勉其祗植省躬譏誡寵增

抗極殆辱近恥林皋幸即
抗極殆辱近恥林皋幸即
兩疏見機解組誰逼索居
兩疏見機解組誰逼索居
閑處沉默寂寥求古尋論
閑處沉默寂寥求古尋論

六

散慮逍遙欣奏累遣慼謝
散慮逍遙欣奏累遣慼謝
歡招渠荷的歷園莽抽條
歡招渠荷的歷園莽抽條
枇杷晚翠梧桐早凋陳根
枇杷晚翠梧桐早凋陳根

委翳落葉飄颻遊鵾獨運

委翳落葉飄颻遊鵾獨運

淩摩絳霄耽讀翫市寓目

淩摩絳霄耽讀翫市寓目

囊箱易輶攸畏屬耳垣牆

囊箱易輶攸畏屬耳垣牆

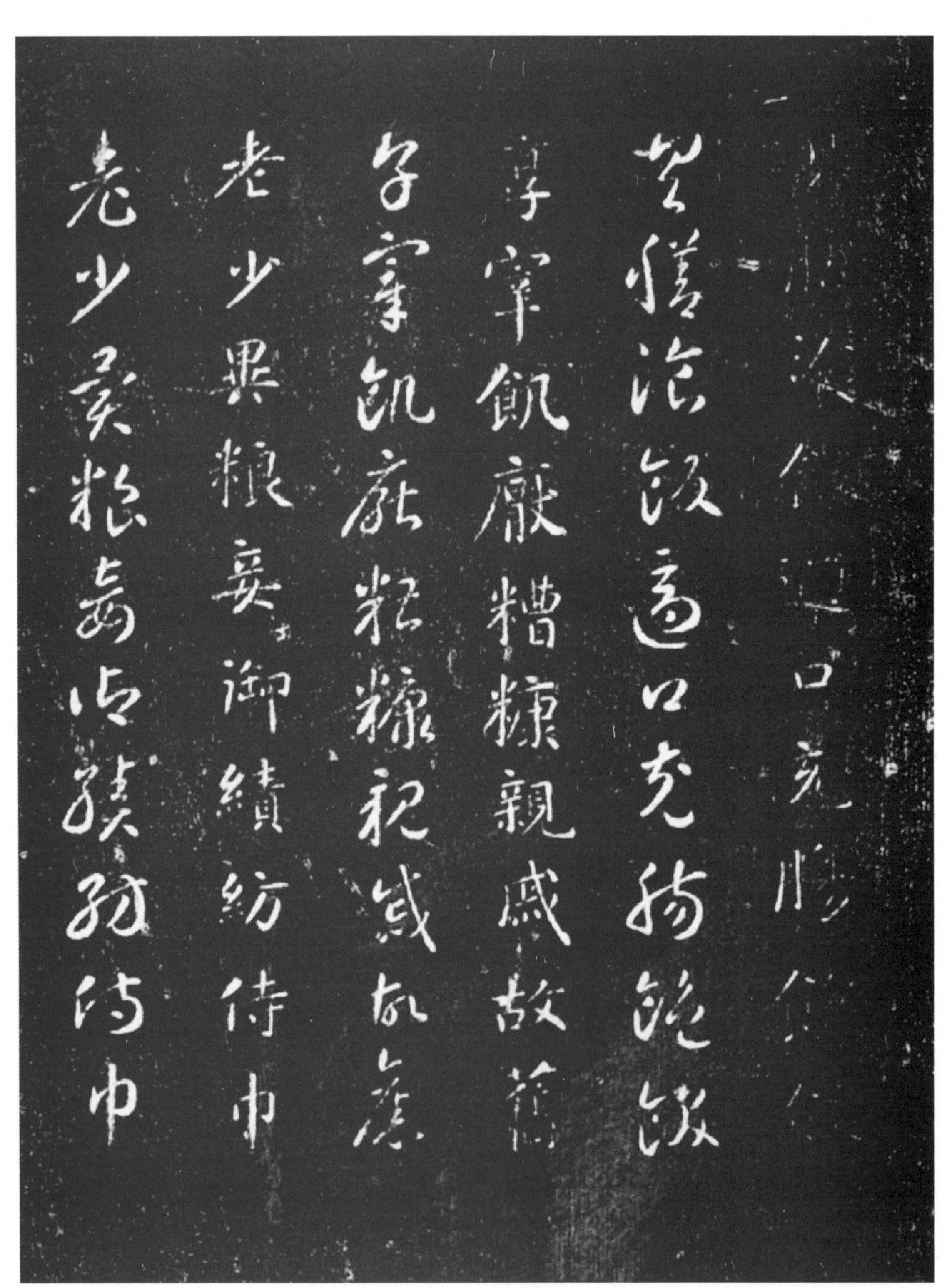

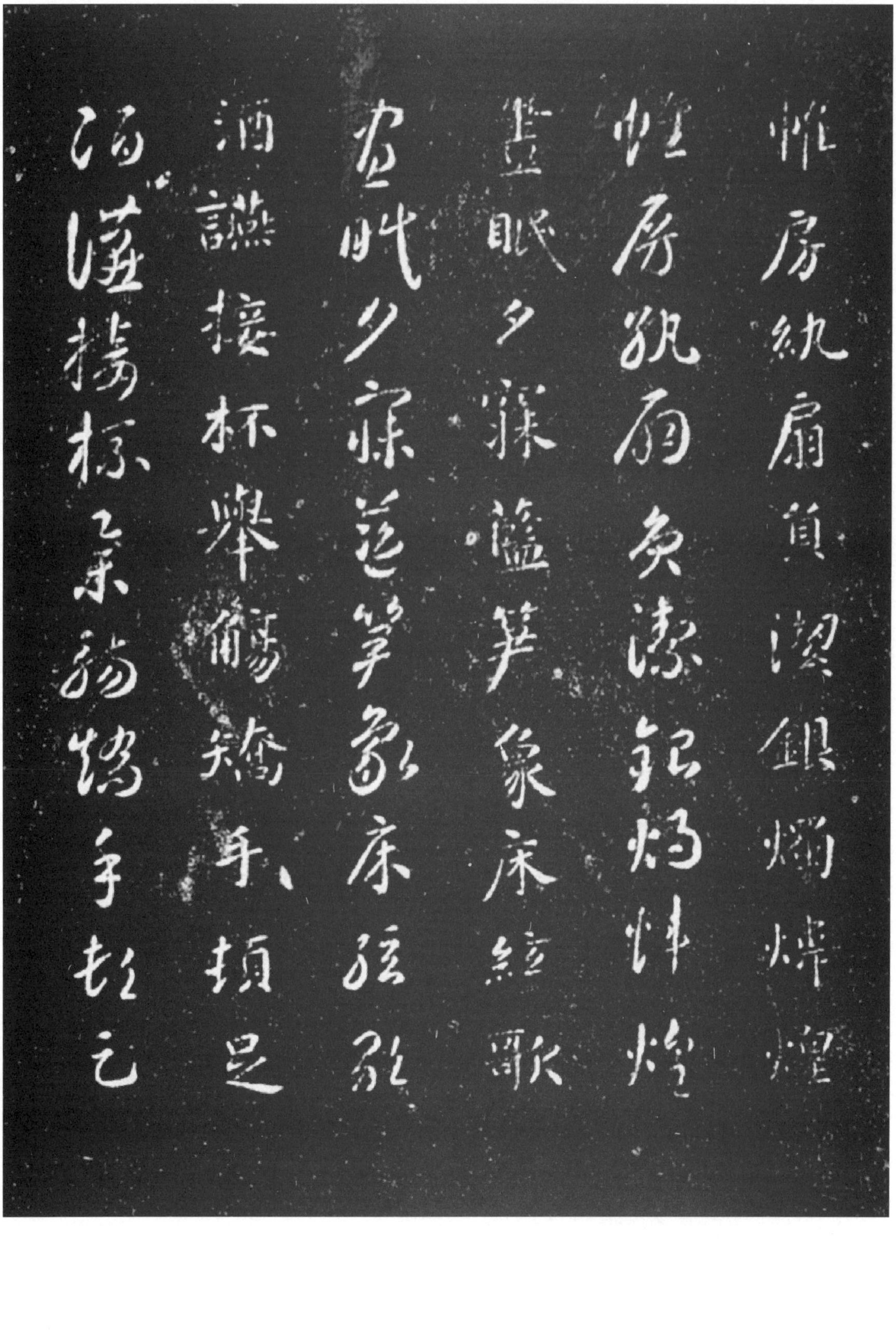
帷房紈扇圓潔銀燭煒煌
帷房紈扇圓潔銀燭煒煌
晝眠夕寐藍筍象床絃歌
晝眠夕寐藍筍象床絃歌
酒讌接杯舉觴矯手頓足
酒讌接杯舉觴矯手頓足

悦豫且康嫡後嗣續祭祀

悦豫且康嫡後嗣續祭祀

蒸嘗稽顙再拜悚懼恐惶

蒸嘗稽顙再拜悚懼恐惶

牋牒簡要顧答審詳骸垢

牋牒簡要顧答審詳骸垢

想浴執熱願涼驢騾犢特

想浴執熱願涼驢騾犢特

駭躍超驤誅斬賊盜捕獲

駭躍超驤誅斬賊盜捕獲

叛亡布射遼丸嵇琴阮嘯

叛亡布射遼丸嵇琴阮嘯

恬筆倫紙鈞巧任釣釋紛

恬筆倫紙鈞巧任釣釋紛

利俗竝皆佳妙毛施淑姿

利俗竝皆佳妙毛施淑姿

工顰研笑年矢每催羲暉

工顰研笑年矢每催羲暉

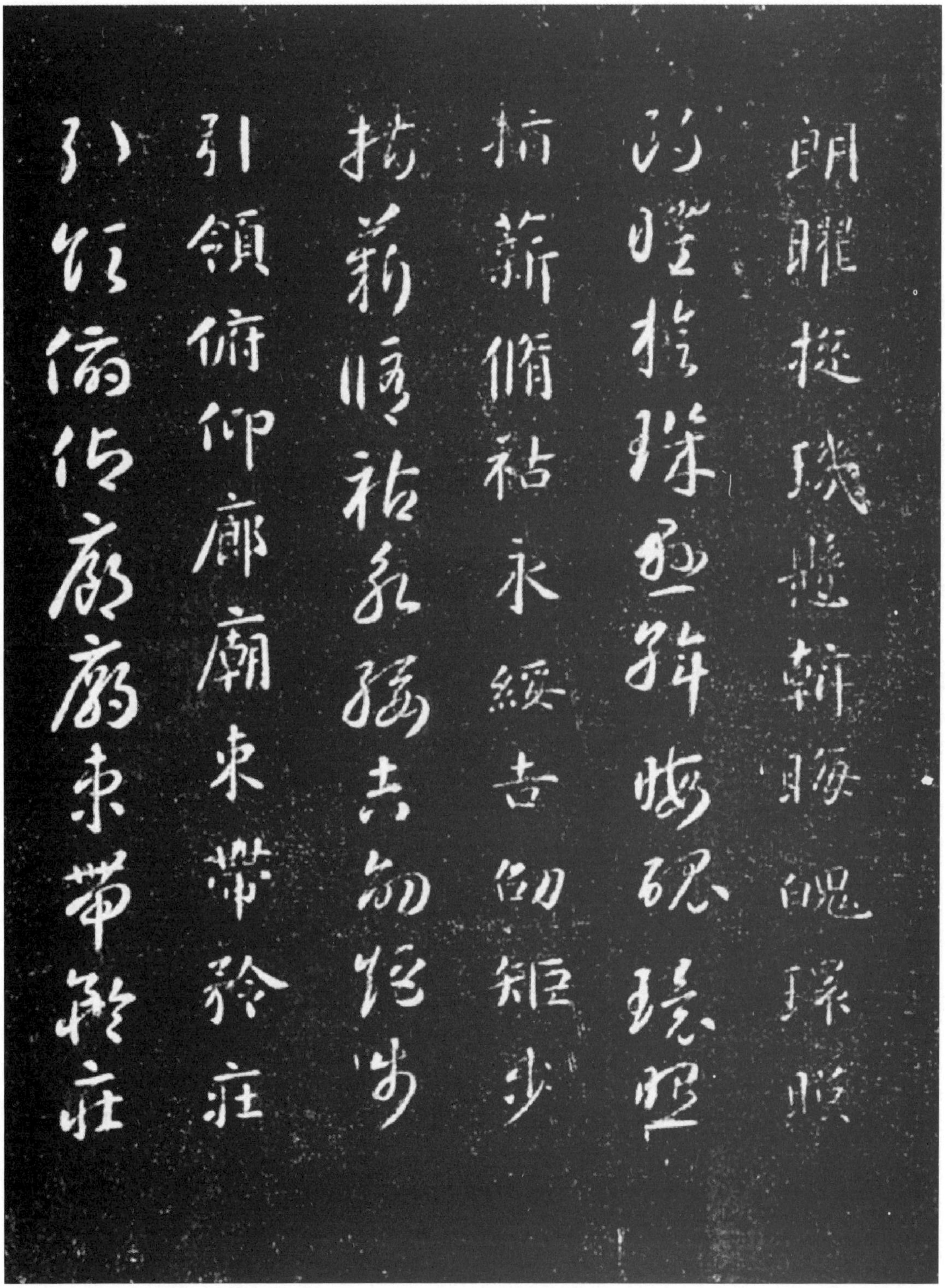
朗曜璇璣懸斡晦魄環照
朗曜璇璣懸斡晦魄環照
指薪修祜永綏吉劭矩步
指薪修祜永綏吉劭矩步
引領俯仰廊廟束帶矜莊
引領俯仰廊廟束帶矜莊

徘徊瞻眺孤陋寡聞愚蒙

徘徊瞻眺孤陋寡聞愚蒙

等誚謂語助者焉哉乎也

等誚謂語助者焉哉乎也

八

智永禪師王逸少之七代孫

妙傳家法爲隋唐間學書
者宗匠寫真草千文八百
本散於世江東諸寺各施
一本住吳興永欣寺積年
臨書所退筆頭置之大竹
簏受一石餘而五簏皆滿
求書者如市所居戶限爲

之穿穴乃用鐵葉裹之人
謂之鐵門限後取筆頭瘞
之號退筆塚長安崔氏所
藏真跡最為殊絕命工刊
石置之漕司南廳庶傳永
久大觀己丑二月十一日
樂安薛嗣昌記

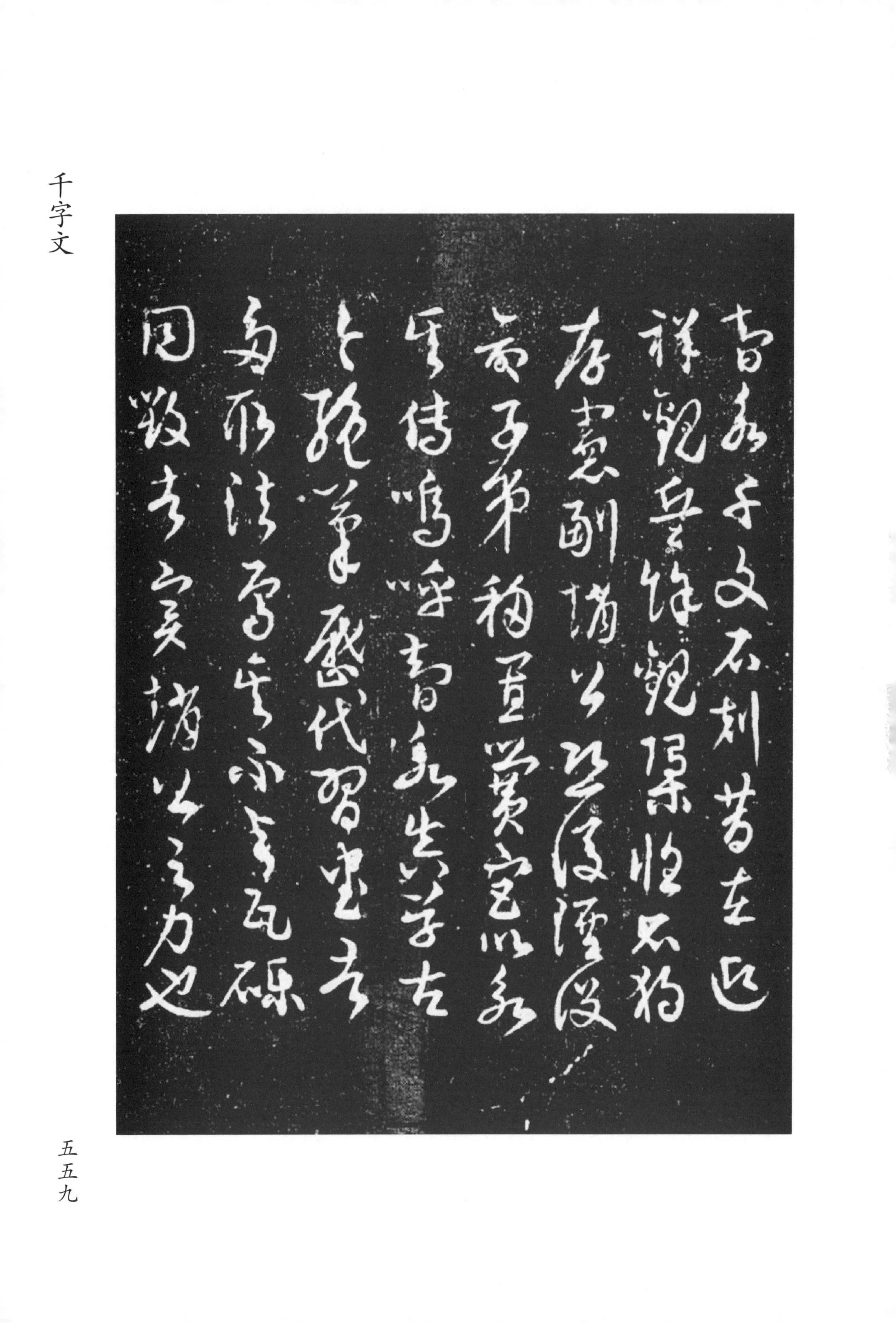

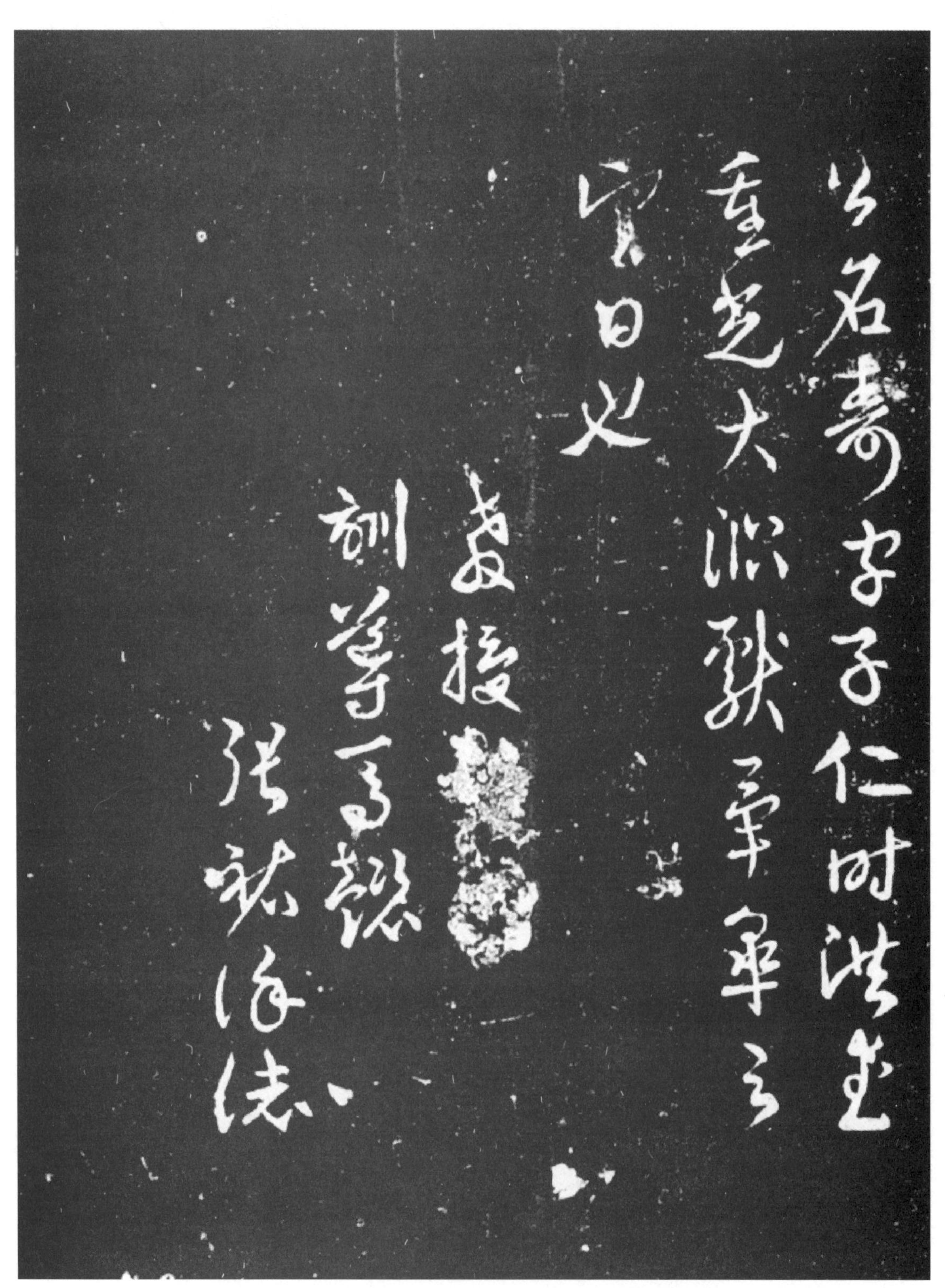